Walter Landin
Mordsherbst

Walter Landin, 1952 in Dirmstein/Pfalz geboren, seit 1974 in Mannheim lebend. Seine Prosa, Lyrik, Theaterstücke und Kriminalgeschichten wurden mit zahlreichen Literaturpreisen ausgezeichnet. Veröffentlichungen (u.a.): »Wenn erst Gras wächst«, Erzählungen (1985), »Dorfluft«, Erzählung (1988), »Das Gras die Stille der Mohn«, Gedichte (1999), »Das kalte Herz«, Hörbuch (2003), »Wu bitte is die Speiskart? – Pälzer Saund« (2005), »Mord im Quadrat«, Erzählungen, Buch und Hörbuch (2007), »Mannheimer Karussell«, Kriminalroman (2008), »Bluthitze«, Kommissar Lauer ermittelt (2009), »Eiswut«, Kommissar Lauers zweiter Fall (2011).
www.landin.de

Wellhöfer Verlag
Ulrich Wellhöfer
Weinbergstraße 26
68259 Mannheim
Tel. 0621/7188167
info@wellhoefer-verlag.de
www.wellhoefer-verlag.de

Titelgestaltung: Uwe Schnieders, Fa. Pixelhall, Mühlhausen
Satz: Creative Design, Lukas Fieber, Mannheim

Auch wenn in »Mordsherbst« authentische Schauplätze vorkommen und auf zeitgeschichtliche Ereignisse zurückgegriffen wird, handelt es sich doch um einen Roman. Alle Personen, so wie sie in der Geschichte vorkommen, und alle Begebenheiten sind frei erfunden. Jede Ähnlichkeit mit wirklichen Personen, lebendigen oder toten, wäre reiner Zufall.

ISBN 978-3-95428-136-7

Walter Landin

Mordsherbst

Kriminalroman

Kommissar Lauers dritter Fall

wellhöfer VERLAG

Für Hannelore und Johanna

Mittwoch, 3. November 2010

eins

Am Morgen des 3. November 2010, es war ein Mittwoch, stand sie wie jeden Morgen um 6:15 Uhr auf. Genau 37 Jahre war sie mit ihrem Mann zusammen aufgestanden und hatte ihm das Frühstück gemacht. Nachdem er als Prokurist in den Ruhestand gegangen war, hatte er darauf bestanden, die während seines Arbeitslebens eingeübten Rituale beizubehalten. Sie hatte ihm nicht widersprochen. Dann blieb er eines Morgens liegen, als der Wecker klingelte. Sie wusste sofort, dass etwas nicht stimmte.

»Plötzlicher Herztod«, diagnostizierte ihr Hausarzt. Sein Herz habe einfach aufgehört zu schlagen.

»Ein Segen in diesem Alter«, fügte er noch hinzu.

24 Jahre waren seit der Pensionierung vergangen. Sie warf den Wecker in den Müll. Trotzdem wurde sie jeden Morgen pünktlich um 6:15 Uhr wach. Sie hatte sich so an die Uhrzeit gewöhnt, dass sie beschloss, weiterhin zur gewohnten Zeit zu frühstücken. Wie jeden Morgen schaute sie auf das Thermometer. Elf Grad. Zu warm für die Jahreszeit, dachte sie. Und es regnete. Klar, November.

Seit ihr Mann gestorben war, hatte der November seinen Schrecken verloren. Im November war ihr Mann in seine Depressionen verfallen. Jahr für Jahr. Seit sie ihn kannte. Sie hatte es nie verstehen können. Vor zwei Jahren war er gestorben. Am 3. November. Ironie des Schicksals. Für sie war der November ein Monat wie jeder andere. Es gab keine Lieblingsmonate. Jeder Monat glich dem anderen.

So wie jeder Tag dem anderen glich. Man musste sich nach der Decke strecken. Jeden Tag. Man durfte sich nicht hängen lassen. An keinem Tag.

Um Viertel nach sechs stand sie auf, machte sich das Frühstück, ein Honigbrot und eine Tasse Kaffee, schwarz. Seit ihr Mann gestorben war, trank sie morgens wieder Kaffee. Er hatte ihn nicht vertragen. Also Kräutertee. Aber auch der hatte ihm Herzrasen verursacht.

Es war nicht so, dass sie ihren Mann nicht vermisste. Sie hatte sich in den vielen Jahren ihrer Ehe an ihn gewöhnt. Und jetzt fehlte er ihr. Die Einsamkeit machte ihr zu schaffen. Aber es gab Momente, da atmete sie durch und war froh, dass sie seinen Launen nicht mehr ausgesetzt war. Besonders im November. In diesen Momenten empfand sie ein Gefühl der Schuld.

Sie holte den Rhein-Neckar-Anzeiger aus dem Briefkasten, setzte sich an den kleinen Glastisch im Wohnzimmer und studierte die Zeitung. Es interessierte sie nicht, dass es im Kanzleramt einen Bombenalarm gegeben hatte. Die Aufregung über Testbilder aus fünf Städten, die Google im Internet zeigte, konnte sie nicht verstehen. Dass Kachelmann seine TV-Karriere beendet hatte, ging ihr nach. Sie hatte den Wettermoderator gerne gesehen.

Am Nachmittag würde sie auf den Friedhof gehen. Das hatte nichts mit dem Todestag ihres Mannes zu tun. Zweimal die Woche ging sie zu seinem Grab auf dem Friedhof neben dem Feudenheimer Wasserturm. Immer mittwochs und samstags. Und um halb zwölf würde sie sich in die Kirche setzen, zuerst beten, dann nachdenken. Das machte sie jeden Tag. Von Montag bis Samstag. Am Sonntag besuchte sie die Messe um elf in Sankt-Peter-und-Paul.

»Mein täglicher Ausflug in die Kirche hält mich fit«, sagte sie zu ihrer Tochter. »Da komme ich auch mal unter Leute.«

Um zehn vor halb zwölf verließ sie ihre Wohnung in der Weinbergstraße. Um vier vor halb zwölf winkte ihr die Besitzerin des Zeitschriftenladens in der Hauptstraße zu. Sie winkte zurück. Pünktlich um halb zwölf drückte sie die Eingangstür der Kirche auf. Wie jeden Tag musste sie ihre ganze Kraft aufwenden, um die Tür aufzustemmen. Wie jeden Tag empfand sie es im Kirchenraum als duster. Egal, ob es ein grauer, verregneter Novembertag wie heute war oder ob die Sonne am Himmel strahlte. Die dunklen, bleigefassten Fenster. Hier konnte man in der Tat in Depressionen verfallen. Sie lächelte. Sie war kein Typ, der Depressionen bekam. Sie stand jeden Morgen auf, weil es keinen Stillstand geben durfte. Meist war das Kirchenschiff leer. Das war ihr recht so. Unter Leute kommen. Sie sagte das, weil ihre Tochter es gerne hörte.

Heute war sie nicht allein in der Kirche. In der zweiten Reihe links der Apsis, außen bei den Fenstern zum Hof, saß ein Mann. Er hatte seine Stirn auf die Bank gelegt. Seine Hände lagen links und rechts neben dem Kopf. Er schien konzentriert, in sich versunken. Sie ging auf Zehenspitzen, ein Impuls, den sie nicht steuern konnte. Sie wollte den Mann nicht in seiner Andacht stören. Sie setzte sich auf ihren Stammplatz. Letzte Reihe im vorderen Kirchenschiff, rechts außen. Hier saß sie, solange sie denken konnte. Jeden Sonntag. Früher neben ihrem Mann, jetzt alleine. Und seit sie allein war, auch jeden Montag bis Samstag. Sie faltete die Hände und sprach in Gedanken mechanisch die Gebete. Der Mann in der zweiten Reihe hatte sich noch nicht bewegt. Nach kurzer Zeit beendete sie ihre Gebete. Nachdenken, das war ihr wichtig. Oder an nichts denken. Ihr Blick fiel auf die Seidenmalerei an der Südseite des Querschiffes. Von der Decke bis zum Boden reichend, zweibahnig, drei Meter breit und zehn Meter hoch. In dunklen Farben gehalten. Passend zu den Fenstern. Passend zum November. Passend zu Depressionen. Die Marienstatue von 1788 neben der Seidenmalerei, anscheinend ein wertvolles Stück. Die Madonna schien den Mann in der zweiten Reihe mitleidig zu mustern. Oder überheblich. Der Blick von oben herab. Jetzt tat der Mann ihr irgendwie leid. Sie schloss die Augen. Dachte an ihren Mann. Ganz am Anfang ihrer Beziehung. Sie beide blutjung.

Als sie die Augen aufschlug, saß der Mann immer noch unbeweglich in der zweiten Reihe. Die Hände lagen links und rechts auf der Bank. Eine unnatürliche Haltung, fand sie. Sie schaute auf die Uhr und erschrak. Zwanzig nach zwölf. Sie musste eingenickt sein. Das passierte ihr sonst nicht. Oder sie merkte es nicht. Fast eine Stunde war vergangen, seit sie die Kirche betreten hatte. Kann ein Mensch so in sich versunken sein, dass er eine Stunde regungslos verharrt? In einer unbequemen Haltung. Irgendetwas stimmte da nicht. Sie zog ihre Brille ab, kniff die Augen zusammen, damit sie den Mann da vorne genauer erkennen konnte. Der dunkle Nacken, den sie fixierte. Die gekrausten Haare. Der Mann war ein Schwarzer. Ein Neger, hatte ihr Mann immer gesagt. Seit ihre Tochter ihn das erste Mal zurechtgewiesen hatte, das sei politisch nicht korrekt, hatte sie das Gesicht verzogen, wenn ihr Mann das Wort in den Mund genommen hatte. Gesagt hatte sie selbst nie etwas. Genauso, wie sie nichts gesagt hatte, wenn ihr Mann über die Juden hergezogen war. Den Mann in der zweiten Reihe kannte sie. Seit einigen Jahren nahm er am Sonntagsgottesdienst teil und seit einigen Monaten stand er am Ende des Gottesdienstes an der Ausgangstür, den Klingelbeutel in der Hand. Am Erntedankfest hatte sie ihn in Begleitung seiner Frau gesehen, einer weißen Frau. An jeder Hand ein kleines Kind, ein Junge und ein Mädchen. Kaffeebraun. Ob ihre Tochter ihr das durchgehen lassen würde? Der Junge fünf oder sechs Jahre, das Mädchen jünger, noch keine zwei. Es war noch wacklig auf den Beinen. Ein hübsches Paar. Eine glückliche Familie. Sie hatte den Pfarrer beim Seniorenkaffee nach den Leuten gefragt.

»Ein zutiefst gläubiger Mensch«, hatte der Pfarrer geantwortet. »Flüchtling, aus Ruanda, Sie wissen.«

Der Pfarrer hatte den Namen des Mannes genannt, aber den hatte sie sich nicht merken können. Der Pfarrer nannte ihn Bruder Samuel und lächelte dabei. Bruder Samuel. Den Namen konnte sie behalten.

Sie hatte genickt, obwohl sie nichts wusste.

»Hat Schlimmes durchgemacht.«

Wieder hatte sie genickt und nicht nachgefragt. Hatte die Informationen des Pfarrers sofort ausgeblendet. Wollte ihr Bild einer glücklichen Familie konservieren. Wenn sie Geld in den Beutel geworfen hatte, hatte der Mann ihr jedes Mal zugenickt und gelächelt. Die Weihnachtskrippe fiel ihr ein. Sie, ein kleines Mädchen. Sieben Jahre oder acht. Die Spendenbüchse. Der kleine Negerjunge dahinter. Negerjunge. Niemand hatte sich damals an dem Wort gestört. Der Negerjunge, der genickt hatte bei jeder Münze, die sie in die Spendenbüchse geworfen hatte. Und sie hatte ihr gesamtes Taschengeld gespendet. Damals, als sie noch ein kleines Mädchen gewesen war. Irgendwann war der Negerjunge verschwunden gewesen. Aber da war sie schon älter und hatte andere Interessen.

Sie rutschte aus der Bank, stand auf und ging auf Zehenspitzen den Mittelgang nach vorne. In der vierten Reihe zwängte sie sich durch die Bank. Sie konnte später nicht sagen, warum sie das gemacht hatte. Sie hätte vor gehen und sich dem Mann, der so strahlen konnte, von vorne nähern können. Sie wählte diesen unbequemen Weg.

Ich muss etwas geahnt haben, sagte sie sich.

Am Ende der Bankreihe saß er schräg vor ihr. Fast hätte sie ihn berühren können. Sie machte zwei, drei Schritte, zögernd, vorsichtig.

»Ist Ihnen nicht gut?«, sagte sie.

Keine Reaktion. Da stimmte doch etwas nicht. Vielleicht hatte sie zu leise gesprochen, sodass er sie nicht verstanden hatte. Sie räusperte sich und machte einen Schritt auf ihn zu. Ein Geräusch, das sie nicht einordnen konnte, ließ sie zu Boden schauen. Ihr linker Schuh stand in einem roten Fleck.

»Herr im Himmel«, sagte sie und wunderte sich über die Lautstärke, mit der ihre Worte in der Kirche widerhallten. Der Mann vor ihr blieb unbeeindruckt. Sie machte einen Bogen um den Fleck und stand jetzt vor der ersten Reihe, die Madonna im Rücken.

Ich sehe ihn mit ihren Augen, dachte sie. Nicht überheblich hatte die Madonna ihn angeschaut, mitleidig, sie hat ihn mitleidig angeschaut. Und traurig. Nein, das war keine rote Farbe. Es musste Blut sein. Sein Blut.

Seine Handgelenke, das bemerkte sie beim genauen Hinsehen, waren mit Kreppband an der Bank befestigt. Die Finger standen unnatürlich ab, sie konnte nicht sagen, warum. Ihr wurde schwindlig. Sie schaute sich nach allen Seiten um. Sie schien allein zu sein. Sie setzte sich auf die Bank.

Wie gebrochen, dachte sie. Die Finger sehen aus wie gebrochen. Sie atmete ein, atmete aus, versuchte, sich zu beruhigen. Als ihr Puls langsamer ging, drehte sie sich um, wollte das Gesicht des Mannes sehen. Es gelang ihr nicht. Der Blickwinkel war zu ungünstig. Und weiter umdrehen ging nicht. Ihre Halswirbel machten nicht mit. Sie ging zur zweiten Reihe, achtete darauf, nicht noch einmal mit dem Blut auf dem Kirchenboden in Berührung zu kommen. Sie stellte sich neben den Mann, versuchte erneut, ihm ins Gesicht zu schauen. Gar nicht so einfach. Der Mann lag schließlich mit der Stirn auf der Betbank. Ihr Blick wanderte tiefer. Dann sah sie es. Sie streckte ihren Hals vor, um besser sehen zu können. Ihr Blick fixierte den Griff des Messers, das dem Mann aus der Brust ragte. In einer Schnelligkeit, die man ihr nicht zugetraut hätte, verließ sie die Bankreihe und rannte zurück zu ihrem Sitz. Nichts würde mehr sein, wie es gewesen war. Ihr täglicher Besuch in der Kirche. In der zweiten Reihe am Fenster würde der schwarze Mann sitzen, die Stirn auf die Bank gelegt. Die Hände mit Klebeband festgeklebt. In der Brust das Messer. Jeden Tag würde sie das Bild vor sich sehen. In ihrer Tasche, die sie an den Haken gehängt hatte, kramte sie nach ihrem Handy. Ein Geschenk ihrer Tochter vorletzte Weihnachten.

zwei

»Wo ist denn Lauer?«

Roman Clement, Erster Kriminalhauptkommissar und Lauers direkter Vorgesetzter, stand in der Tür. Sein Tonfall ließ nichts Gutes ahnen.

»Er hat einen dringenden Termin«, sagte Frau Werner, der »gute Geist in L 6«, wie Lauer seine Mitarbeiterin gerne bezeichnete.

»Was für einen Termin?«

»Da müssen Sie Herrn Lauer fragen.«

Clement winkte ab.

»Wie denn, an sein Handy geht er nicht ran, Mailbox.«

»Soll ich ihm etwas ausrichten, wenn er wieder hier ist?«, fragte Frau Werner.

»Ich wünsche ihn zu sprechen«, sagte Clement und verschwand, ohne die Tür zu schließen.

Julian Meißner, Kriminalhauptkommissar und Kollege von Lauer, stand auf, durchquerte Frau Werners Büro und machte die Tür zu.

»Ich wünsche ihn zu sprechen«, äffte er den Vorgesetzten nach.

»Wo ist Leo?«, rief eine Frauenstimme aus dem Zimmer der Kommissare.

»Wenn ich das wüsste, Susanne«, sagte Frau Werner. »Sie kennen ihn ja. Bei mir hat er sich nicht abgemeldet.«

Susanne Dobler, seit Januar 2009 Kommissarin in Mannheim. Die ersten Monate war sie vorübergehend im Büro von Lauer und Meißner untergebracht. Als die Renovierung des Büros, das Oberkommissarin Meyers alleine zur Verfügung gestanden hatte, abgeschlossen war, musste Susanne umziehen. Es fiel ihr schwer, sie hatte sich an Lauer und Meißner gewöhnt und fühlte sich dort wohl.

»Die Verhältnisse in L 6 sind zwar beengt, wir müssen aber nicht wie die Chaoten hausen«, hatte Clement Susanne abgebügelt, als sie ihren Wunsch vorgetragen hatte, mit Lauer und Meißner in einem Büro zu bleiben.

»In der letzten Zeit ist er schwierig, unser Herr Lauer«, sagte Frau Werner.

»Er hat es im Moment nicht einfach«, sagte Meißner. »Wohnungssuche. Er möchte mit seiner Lebensgefährtin zusammenziehen. Endlich. Schließlich kennen Sie sich schon seit fast zwei Jahren. Die Suche gestaltet sich schwierig.«

»Schwierig?«, fragte Susanne.

»Die Vorstellungen der beiden sind wohl nicht ganz kongruent.«

»Kongruent?«, fragte Frau Werner.

In diesem Augenblick klingelte das Telefon. Susanne Dobler nahm ab.

»Ja«, sagte sie. »Ja, ja, geht klar. Wir kommen. Ja, so schnell wir können. Ja. Zwanzig Minuten, höchstens.«

Sie legte auf.

»Auf geht's, Julian. Ein Toter in der Sankt-Peter-und-Paul-Kirche in Feudenheim.«

»Hoffentlich nicht wieder ein Schwachsinn wie letzte Woche«, sagte Meißner. »Da ist der Anruf auch kurz nach halb eins gekommen.«

Dienstag, 26. Oktober 2010. Schönau. Das hässlichste Haus in Mannheim. Protzige Villa. Blaue Dachziegel. Ein gusseiserner Zaun mit vergoldeten Spitzen. Die Tür steht offen, als Susanne und Meißner am Tatort eintreffen. Rosa Marmorfußboden. Vergoldetes Treppengeländer. Vergoldete Türgriffe. Der protzige Charme der Achtziger. Und Blut. Unmengen von Blut. Überall. Auf dem Boden. An den Wänden. Überall Blut.

Literweise, denkt Susanne.

Vollgeblutete, ehemals weiße Handtücher legen Zeugnis ab von sinnlosen Versuchen, das Blut aufzuwischen. Und in dem ganzen Durcheinander: zwei Schoßhündchen. Beim einen ist das Fell noch schneeweiß. Nur die Schnauze blutig. Die Zunge, die leckt. Die blutigen Pfoten. Die kleinen blutigen Fußabdrücke auf dem rosa Marmorboden. Das finden die beiden Beamten vor, als sie am Tatort eintreffen. Und der Geruch! Ein süßlicher Geruch. Kalter Zigarillogeruch, vermischt mit dem Geruch des Blutes. Die Heizung ist aufgedreht, der Kamin im Wohnzimmer gut bestückt.

Mehr als dreißig Grad im Haus, denkt Meißner. Das Thermometer zeigte heute Morgen minus zwei. Aber diese Hitze findet Meißner übertrieben.

Elektrogroßhandel Melzer. Für die Polizei eine bekannte Adresse. Häusliche Gewalt. Mehrere Einsätze schon. Vor Jahren beinahe ein SEK. Verdacht auf Waffenbesitz. Alkohol. Alkohol ist immer mit von der Partie. Am 26.10. ist der Hausherr, ein weißhaariger, untersetzter Mann über 60, schon um elf betrunken. Er wirft eine Schnapsflasche nach der Ehefrau, die ihm gegenüber auf dem Sofa sitzt und den Cognac in ihrem Glas kreisen lässt. Schneeweiß das Sofa. Die Flasche trifft die Frau am Kopf, fällt auf den Boden und zerspringt in wenige Teile.

Keine Splitter, stellt Susanne erstaunt fest.

Der Mann steht auf, geht ins Schlafzimmer, legt sich auf das Ehebett und schläft ein. Die Frau blutet. Sie versucht die Blutung zu stoppen. Vergeblich. Weiße Handtücher, die nicht mehr weiß sind. Sie versucht, die Blutspuren aufzuwischen. Noch mehr weiße Handtücher. Kurz vor zwölf ruft sie den Notarzt. Der kommt um 12:11 Uhr und findet die Frau bei Bewusstsein. Der Notarzt alarmiert die Polizei. Zwei Streifenpolizisten sind schnell zur Stelle und werden vom Notarzt über den Ablauf informiert. Als Susanne und Meißner am Tatort in der Villa auf der Schönau eintreffen, ist das Opfer schon im Krankenhaus. Intensivstation, erfahren sie später. Lebensgefahr. Der hohe Blutverlust. Bereits am nächsten Morgen kann sie auf die Normalstation verlegt werden.

»Der Ehemann muss sich noch im Haus aufhalten«, sagt einer der Polizisten. Susanne und Meißner durchkämmen zusammen mit den beiden Kollegen die Räume der Villa.

»Ich hätte nicht gedacht, dass es auf der Schönau solche Protzvillen gibt«, sagt Meißner.

»Tschäänau«, sagt Susanne.

»Du hast das Mannheimer Idiom gut drauf«, sagt Meißner und muss lachen.

Mannheimer was?, denkt Susanne, daran sieht man, dass er nicht von hier ist.

Sie finden den Ehemann schnarchend im Ehebett. Neben dem Mann liegen ein aufgeklapptes Messer und ein Baseballschläger aus Metall. Drei Gaspistolen entdeckt Susanne im Schlafzimmerschrank. Sie verhaften den Mann, der lautstark protestiert und nach seinem Anwalt verlangt. Bereits am gleichen Abend wird er unter Auflagen aus der Untersuchungshaft entlassen. Susanne sperrt die beiden Hunde mit gefülltem Fressnapf und Wasser in ein Zimmer im ersten Stock. Meißner informiert den Sohn des Ehepaars.

»Ich hätte mir nie vorstellen können, dass eine Schnittwunde an der Stirn derart bluten kann«, sagt Susanne, als sie die Villa verlassen.

»Blutungen an der Kopfhaut sind unverhältnismäßig stark«, sagt Meißner. »Denk nur an den blutigen Turban von Dieter Hoeneß. Die Platzwunde an seiner Stirn war sehr klein.«

»Blutiger Turban? Dieter Hoeneß?«

»Der Fußballer, Susanne. Vergiss es, das muss vor deiner Zeit gewesen sein.«

Susanne lacht.

»Mein Bedarf an Blut ist für heute gedeckt«, sagt sie.

»Das werden unsere bayrischen Kollegen auch gedacht haben, als sie den Arbeitslosen gefunden haben, der sich den Fuß abgesägt hat.«

»Was erzählst du da, Julian Meißner?«

»Vor einigen Wochen die Meldung im Rhein-Neckar-Anzeiger. Ein Empfänger von Arbeitslosengeld aus irgendeiner bayrischen Kleinstadt, den Namen hab ich vergessen, hat sich einen Tag, bevor er einen Termin bei der Jobagentur hatte, den Fuß mit einer präparierten Kreissäge abgesägt. Den abgesägten Fuß hat er in den Ofen geworfen. Dann hat er den Notarzt verständigt und ist ohnmächtig geworden. Es war zwar kritisch, aber er hat überlebt. Auf seinen Fuß wird er allerdings dauerhaft verzichten müssen.«

»Leute kommen auf Ideen«, sagte Susanne.

»An einen falschen Alarm glaube ich nicht«, sagte Susanne. »Das Opfer ist anscheinend tot.«

Schon in der Tür stehend, drehte sie sich zu Frau Werner um.

»Wenn unser Chef sich meldet, sagen Sie ihm bitte, wo wir sind.«

Frau Werner nickte. Dass mit »Chef« nicht Clement gemeint war, wussten alle.

drei

»Wo haben Sie Ihren Kollegen Lauer gelassen?«

Diese Frage wurde Susanne nicht zum ersten Mal mit Variationen gestellt, seit sie vor wenigen Minuten die Kirche betreten hatte. Zuerst der Polizeihauptmeister am Eingang, der die Schaulustigen am Betreten des Gotteshauses hinderte.

»Wo ist denn Hauptkommissar Lauer?«

Frühauf, glaubte sich Susanne zu erinnern. Sie wischte das Weihwasser von ihrer Hand am Hosenbein ab.

»Wo ist Leo?«

Ein Mitarbeiter der Spurensicherung im weißen Anzug. Susanne zog sich die Einweghandschuhe über und zuckte mit den Schultern.

»Wo steckt denn Ihr Kollege Lauer?«, sagte Dr. Julia Langner, Ärztin vom Institut für Rechtsmedizin der Universität Heidelberg.

»Der ist im Moment spurlos verschwunden«, kam von Susanne die Antwort.

Beim Eintritt in die Kirche hatte Meißner unwillkürlich den Kopf eingezogen. Der Platz vorne links war durch die Scheinwerfer der Spurensicherung erleuchtet. Dort musste sich das Opfer befinden. Der Rest der Kirche war in ein diffuses Licht getaucht. Die Stimmung bedrückend. Meißner war irritiert, blickte um sich. Der riesige Wandteppich in dunklen Farben. Die Bleifenster, die das Tageslicht absorbierten. Düster. Das war das Wort, nach dem Meißner gesucht hatte. Kein gemütlicher Ort zum Beten, fand er. Mit Kirche, noch dazu der katholischen, hatte er wenig am Hut. Darin war er sich mit Lauer einig.

Wo war der nur? Auf der Fahrt nach Feudenheim hatte Susanne ihm eine weitere Nachricht auf die Mailbox seines Handys gesprochen. Aus den Augenwinkeln bemerkte Meißner, dass Susanne ihre Hand in das Weihwasserbecken eintauchte und das Kreuz schlug.

Im hinteren Teil der Kirche entdeckte Meißner eine alte Frau, um die sich zwei Sanitäter kümmerten. Das musste die Zeugin sein, die den Toten gefunden hatte. Ein älterer Mann, könnte der Pfarrer sein, dachte Meißner, redete auf die Frau ein, die den Kopf schüttelte.

Obwohl vier Mitarbeiter der Kriminaltechnik sich im vorderen Teil der Kirche zu schaffen machten, war das Opfer vom Eingang der Kirche her zu erkennen. Dass es wirklich tot war, war auf diese Entfernung nicht zu sehen. Es war ein Mann, kräftig, groß. Er saß in der zweiten Reihe, am Anfang der Reihe. Die Hände lagen auf der Bank. Ebenso der Kopf. Von Weitem sah es aus, als ob der Mann in sich versunken sei. Oder schlicht und einfach eingeschlafen.

Eigentlich geht man zum Schlafen nicht in die Kirche, dachte Meißner. Oder doch? Meißner konnte es nicht sagen. Er war nicht getauft, hatte von kirchlichen Praktiken keine Ahnung. Lauer hätte womöglich weiterhelfen können. Schließlich war er als Kind Messdiener gewesen. Aber Lauer war nicht auffindbar. Und außerdem war die Frage ja belanglos. Der Mann in der zweiten Reihe schlief nicht. So viel war klar.

»Tod wahrscheinlich durch einen Stich in die Brust, wahrscheinlich ins Herz, vermute ich«, sagte Dr. Julia Langner. »Der Mann wurde nicht hier in der Bank ermordet.«

»Wo genau ist es passiert?«, fragte Susanne.

»Die Tat geschah aller Wahrscheinlichkeit nach im Gang vor der Bankreihe. Die Blutflecken, sehen Sie. Es ist nicht viel Blut ausgetreten, aber das ist üblich bei einem Stich ins Herz. Der Täter hat das Opfer vermutlich gepackt, es in die Bankreihe geschleift und hingesetzt. Die Handgelenke sind mit Klebeband an die Bank geklebt. So kam es, dass er in dieser Stellung, wie soll ich sagen, verharrte.«

Susanne und Meißner sahen erst jetzt die festgeklebten Hände. Die Finger standen unnatürlich ab.

»Sämtliche Finger sind gebrochen, einer nach dem anderen anscheinend. Da ich keinerlei Kampfspuren festgestellt habe, nehme ich an, dass die Finger nach dem tödlichen Stich gebrochen worden sind. Genaueres kann ich nach der Obduktion wahrscheinlich auch nicht sagen. Dieser Stich übrigens muss für das Opfer überraschend gekommen sein. Keine Hinweise auf Gegenwehr.«

»Wer bricht einem Toten die Finger?«, fragte Meißner.

»Das müssen Sie herausfinden«, sagte Dr. Julia Langner und verabschiedete sich nach Heidelberg.

»Wenn wir den Fingerbrecher gefunden haben, haben wir auch den Mörder«, sagte Susanne.

vier

»Er war ein höflicher, hilfsbereiter und zutiefst gläubiger Mensch.«

Diesen Satz würden Susanne und Meißner in der nächsten Stunde noch zwei weitere Male zu hören bekommen. Gerade hatte ihn die alte Dame gesagt, die den Toten gefunden hatte. Sie erzählte in aller Ausführlichkeit und, wie Meißner fand, mit vielen Ausschmückungen. Wie sie aufgestanden war. Wie sie immer zur gleichen Zeit aufstand. Früher mit ihrem Mann, jetzt alleine. Wie sie gefrühstückt und die Zeitung gelesen hatte. Wie jeden Morgen. Wie sie zur Kirche gelaufen war. Wie sie die Kirche betreten hatte. Wie sie überrascht gewesen war, nicht allein zu sein. Wie sie gebetet hatte. Wie sie eingenickt sein musste. Wie sie nach vorne gegangen war. Wie sie in der Blutlache gestanden hatte. Wie sie das Messer gesehen hatte. Wie sie ihr Handy gesucht hatte. Wie sie den Notruf gewählt hatte. Wie sie gewartet hatte. Wie die Streifenbeamten gekommen waren. Anfangs hatten Susanne und Meißner sie mit Fragen unterbrochen. Irgendwann hatten sie es eingesehen und die alte Dame, Frau Richter, Eugenie mit Vornamen, schon 91 Jahre alt, einfach erzählen lassen. Ja, sie kannte den Mann. Nein, an den Namen erinnerte sie sich nicht. Der Pfarrer habe ihn Bruder Samuel genannt. Ja, sie kannte auch seine Frau, eine Weiße, sie kannte die beiden Kinder, kaffeebraun. Ob sie das so sagen dürfe? Ihre Tochter sei da pingelig.

Was sie mit ›kennen‹ meine?, fragte Susanne nach. Vom Sehen halt. Meist während und nach dem Gottesdienst.

Der Mann habe schön gelächelt, wenn sie eine Spende in den Klingelbeutel geworfen habe. Nein, geredet habe sie nie mit ihm. Der Mann sei zurückhaltend gewesen. Aber mit dem Herrn Pfarrer habe sie über den schwarzen Mann gesprochen. Der habe ihn in den höchsten Tönen gelobt. Ein höflicher, hilfsbereiter und zutiefst gläubiger Mensch. Und intelligent. Studiert. Sogar mit Doktortitel. Das habe er von ihm gesagt. Susanne notierte sich die Adresse von Frau Richter und ihre Telefonnummer und teilte mit, dass sie eventuell noch Fragen zu dem Vorgang hätten. Sie würden sich bei ihr melden.

»Tun Sie das, tun Sie das, junge Dame. Ihnen helfe ich gerne.«

»Er war ein höflicher, hilfsbereiter und zutiefst gläubiger Mensch.«

So begann Winfried Jessen, der Pfarrer von Sankt-Peter-und-Paul, das Gespräch mit Susanne und Meißner.

»Samuel Imanayarakoze aus Ruanda. Ein schwieriger Name, schwierig für uns Europäer. Gleich bei unserer ersten Begegnung hat er mir die Bedeutung seines Namens erklärt.«

Pfarrer Jessen, ein hagerer, hoch aufgeschossener Mann, Meißner schätzte ihn auf Ende vierzig, machte eine Pause. Meißner und Susanne sahen ihn erwartungsvoll an.

»Und?«, sagte Susanne schließlich.

»Gott hat mich berührt.«

»Das will ich hoffen«, sagte Meißner. »Sonst wären Sie nicht Priester geworden.«

»Ich bin nicht zum Scherzen aufgelegt«, sagte Pfarrer Jessen und Meißner lief rot an. Er beschloss im gleichen Moment, den Pfarrer nicht sympathisch zu finden.

»Gott hat mich berührt. Die Bedeutung seines Namens. Ein zutiefst gläubiger Mensch.«

»Das erwähnten Sie«, sagte Susanne, der alles zu langsam ging. »Das hilft uns weiter, um den Charakter des Getöteten einschätzen zu können. Aber um seinen Mörder zu finden, brauchen wir mehr Informationen. Wie gut kannten Sie ihn? Hat er in der letzten Zeit Ihnen gegenüber erwähnt, dass er Probleme hatte? Hatte er Feinde?«

»Streng gläubig«, ließ sich Pfarrer Jessen nicht beirren. »Kennen? Was heißt kennen? Ich kannte Bruder Samuel so, wie man als Gemeindepfarrer seine Schäfchen kennt. Er trug einen Rosenkranz bei sich. Und er betete den Rosenkranz. Er glaubte an Marienerscheinungen. Wenn man sich mit ihm unterhielt, sprach er mit ruhiger Stimme, lächelte, hatte ein offenes Gesicht, sah einem in die Augen.«

Pfarrer Jessen fuhr sich mit der Hand über Stirn und Haare und atmete hörbar aus.

»Feinde? Er hatte keine Feinde. Im Gegenteil. Er war überall beliebt. Seit er sonntags mit dem Klingelbeutel am Ausgang steht, ist der Erlös unserer Kollekte gestiegen. Verheiratet, mit einer Deutschen, die Mitglied unserer Kirchengemeinde ist, zwei Kinder, ein Junge und ein Mädchen, ich habe sie beide getauft.«

»Wie lange ist er in Deutschland?«, fragte Meißner.

»Viele Jahre sicher schon, wie lange genau, kann ich Ihnen nicht sagen.«

Susanne erinnerte sich an die Massaker in Ruanda, Hutu gegen Tutsi, viele zehntausende Tote, in den Neunzigern des letzten Jahrhunderts musste das gewesen sein.

»Er hat studiert, Ingenieur. Genaueres weiß ich nicht. Meines Wissens hat er promoviert. Er hat nicht viel über sich geredet. In diesem Punkt könnte man ihn fast als verschlossen beschreiben. Glücklich verheiratet, zwei liebe

Kinder. Ich würde ihn als Musterbeispiel für eine erfolgreiche Integration bezeichnen.«

Pfarrer Jessen lehnte sich in der Kirchenbank zurück. Er machte auf Susanne und Meißner einen erschöpften Eindruck.

»Und er spricht – sprach fließend Deutsch. Ich kann mir beim besten Willen nicht vorstellen, wer diesen friedlichen, gläubigen Menschen auf diese schreckliche Art und Weise umgebracht haben sollte.«

»Kam es öfter vor, dass er allein in der Kirche saß?«, fragte Susanne.

»Kann sein, aber genau sagen kann ich es Ihnen nicht. Unser Gotteshaus wird nicht überwacht, wenn Sie wissen, was ich meine.«

Meißner wusste es nicht, fragte aber nicht nach.

»Heute Morgen hatte er einen Termin in der Realschule gegenüber. Vielleicht hat er sich danach in den Raum Gottes zurückgezogen. Er liebte die Marienstatue da vorne. Ein wertvolles Stück. Sie wird Johann Michael Düchert zugeschrieben, von 1788.«

Meißner nickte anerkennend, obwohl er den Namen Dücherts zum ersten Mal hörte.

»Ein Termin in der Realschule?«, hakte Susanne nach.

»Ja, Feudenheim-Realschule. Frau Strauß ist dort Religionslehrerin und gehört zu unserer Gemeinde. Sie ist Leiterin unseres Kirchenchors. Macht eine hervorragende Arbeit. Sie hat mich vor einiger Zeit angesprochen. Sie wollte in ihrer siebten Klasse die Situation der Kinder in Afrika thematisieren. Und daraus sollten die Schüler Ideen entwickeln, wie sie den armen Kindern dort unten helfen könnten. Ich habe ihr Bruder Samuel empfohlen. Und heute war er in der zweiten Stunde in der Klasse von Frau Strauß.«

fünf

»Sie suchen sicher unseren Chef. Der ist verschwunden«, sagte die Frau im Sekretariat der Feudenheim-Realschule. Die Frau hinter dem Tresen erinnerte Susanne an Frau Werner. Konnte es sein, dass Frau Werner eine Zwillingsschwester hatte? Susanne nahm sich vor, der Sache nachzugehen.

Als Susanne mit Meißner das Schulgebäude betrat, zog ihr Kollege hörbar die Luft ein.

»Was für ein Geruch«, sagte er.

»Ich rieche nichts«, sagte Susanne.

»Du warst bestimmt auf so einer Neubauschule«, sagte Meißner. »Alte Gebäude wie das hier, die haben einen unverwechselbaren Geruch. Genauso hat es früher in meiner Schule gerochen.«

»Wie denn?«

»So nach Bohnerwachs?«

»Julian, glaubst du im Ernst, dass die Putzkolonnen heute noch Bohnerwachs verwenden?«

»Es riecht so«, bestand Meißner auf seiner Meinung.

»Ich war auf der Internationalen Gesamtschule in Heidelberg. Und da muss ich dir recht geben, das Schulgebäude war um einiges moderner als das hier«, sagte Susanne und suchte auf dem Wegweiser das Sekretariat der Realschule.

»Im dritten Stock«, stöhnte Meißner, der sich daran erinnerte, dass die Feudenheim-Realschule schon einmal eine Rolle in einer Mordermittlung gespielt hatte. 2007, im heißen Juli, der erschossene Erntehelfer aus Polen, zwei Schüler der Realschule hatten den toten

Mann auf ihrem Schulweg von Ilvesheim kommend gefunden.

»Unser Kollege ist auch verschwunden. Und das ist bei ihm sehr ungewöhnlich«, sagte Susanne.

»Bei uns ist das anders«, sagte die Frau, die Susanne an Frau Werner erinnerte. »Unser Rektor ist ständig verschwunden.«

Meißner und Susanne zeigten Frau Böttcher, Susanne hatte den Namen am Türschild gelesen, ihre Dienstausweise.

»Wir hätten gerne mit Frau Strauß gesprochen«, sagte Meißner.

»Hoffentlich hat keiner unserer Schüler was angestellt«, sagte Frau Böttcher.

»Nein, keiner hat etwas angestellt.«

»Am besten Sie gehen zu Herrn Siegel, das ist unser Konrektor. Das Zimmerchen schräg gegenüber.«

Zimmerchen stimmte. Der Raum war länglich und extrem schmal. Am Ende saß ein Mann mit grauen Haaren, Meißner schätzte ihn einige Jahre älter als Lauer, und der war im Mai 51 geworden. Der Mann trug eine Brille, die so weit auf seiner Nasenspitze saß, dass Meißner dachte, sie würde jeden Moment herunterrutschen. Der Mann starrte auf einen Computerbildschirm. Die Tür hatte offen gestanden, auf ihr Klopfen hatte der Mann nicht reagiert. Also betraten Susanne und Meißner das Büro des Konrektors. Da es so schmal war, mussten sie im Gänsemarsch einmarschieren, Meißner vorneweg, der sich, als er vor dem Schreibtisch stand, räusperte.

»Einen Moment«, sagte Herr Siegel und hob den Arm. »Muss grad noch den Vertretungsplan ausdrucken.«

Der Drucker auf dem Schreibtisch schnurrte und spuckte zwei Blätter aus.

»So, jetzt habe ich Zeit für Sie.«

»Wir möchten gerne Frau Strauß sprechen«, sagte Meißner, nachdem sie sich vorgestellt hatten.

»Worum geht es?«

»Das möchten wir ihr schon selbst sagen.«

Über Meißners Tonfall überrascht, fügte Susanne hinzu: »Wir ermitteln in einer Strafsache, Frau Strauß kann uns vielleicht weiterhelfen.«

»Wie Sie wünschen. Einen Moment. Ich muss auf unserem Stundenplan nachschauen.«

Herr Siegel tippte auf die Tastatur, es dauerte eine Ewigkeit, bis der Bildschirm sich aufbaute.

»Hier«, sagte er. »Mittwoch, siebte Stunde. Frau Strauß hat Musik. Sie können warten, in zwanzig Minuten ist Pause, dann kommt Frau Strauß ins Lehrerzimmer. Oder Sie gehen in den vierten Stock, Sie können das Musikzimmer nicht verfehlen, die erste Tür nach der Treppe, Sie steuern direkt darauf zu.«

Das erste Klopfen an die Tür des Musikzimmers war in dem lauten Gesang untergegangen.

»Das Licht einer Kerze ist im Advent erwacht.«

»Die üben für das Weihnachtskonzert«, sagte Meißner und Susanne wunderte sich, warum er flüsterte.

Dann donnerte Meißner mit der Faust an die Tür. Das Klavier verstummte augenblicklich, bis die letzte Stimme mit dem Singen geendet hatte, dauerte es einige Sekunden. Die Tür wurde aufgerissen.

»Wer stört?«, ertönte die Stimme einer Frau, bei der es sich um Frau Strauß, die Religions- und Musiklehrerin, handeln musste. Im Musikzimmer war es jetzt mucksmäuschenstill.

»Wer stört die Probe zum Weihnachtskonzert?«

Der Blick, den Meißner Susanne zuwarf, sprach Bände.

»Es tut uns leid, wenn wir stören«, sagte Susanne und zeigte ihren Dienstausweis. »Dobler mein Name. Und das ist mein Kollege, Herr Hauptkommissar Meißner. Frau Strauß?«

»Richtig, Marita Strauß.«

»Können wir Sie einen Moment sprechen? Am besten ungestört.«

»Natürlich. Ich muss nur noch schnell die Kinder beschäftigen.«

Nach kurzer Zeit trat sie wieder auf den Flur.

»Folgen Sie mir bitte ins Elternsprechzimmer.«

Das Besprechungszimmer lag am Ende des Flurs im vierten Stock. Ein runder Tisch, Holzimitat, vier Stühle mit rotem Stoffbezug. In der Ecke ein Computer mit Drucker, mehrere Metallschränke mit den Aufschriften »Geschichte«, »EWG« und »Computer«.

»Was kann ich für Sie tun?«

Die Stimme von Frau Strauß hörte sich in dem Besprechungszimmer nicht mehr so resolut an wie noch vorhin im Klassenzimmer.

»Frisch ist es hier«, sagte Meißner.

»Stimmt, die Dachschräge ist nicht isoliert. Im Winter bekommt man es nicht warm und im Sommer geht man ein vor Hitze.«

»Sie kennen Herrn Imanayarakoze?«

»Sie meinen Bruder Samuel?«

Ein Lächeln erschien auf dem Gesicht der Frau Strauß.

»Ein wunderbarer Mensch. Bescheiden und zutiefst religiös. Er hat die Schülerinnen und Schüler beeindruckt.«

»Sie kennen ihn näher?«, fragte Meißner.

»Was heißt näher? Was heißt kennen? Was ist los mit Bruder Samuel?«

»Er wurde …«

»Das können wir Ihnen im Moment noch nicht sagen. Ermittlungstechnische Gründe«, unterbrach Meißner seine Kollegin.

»Persönlich habe ich Herrn Imanayarakoze heute Morgen kennengelernt. Herr Jessen, der Pfarrer von Sankt-Peter-und-Paul, hat ihn mir empfohlen. Am Sonntag habe ich mit ihm telefoniert, ihm erklärt, was ich von ihm will. Und heute Morgen um Viertel vor neun stand er vor dem Lehrerzimmer.«

»Was wollten Sie von ihm?«, sagte Susanne.

»Misereor, Sie kennen das katholische Hilfswerk bestimmt. Hilft den Ärmsten der Armen. Gemeinsam mit einheimischen Partnern unterstützt Misereor Menschen jeden Glaubens, jeder Kultur, jeder Hautfarbe. Ich bin nämlich auch Religionslehrerin, katholische Religion.«

Hätten wir es noch nicht gewusst, jetzt wüssten wir es, dachte Susanne.

»Und ich möchte, dass meine Schüler einen eigenen Beitrag zu den Spendenaktionen leisten. Die Schüler sollen selbstständig ihre Ideen entwickeln. Ich möchte nichts vorgeben. Nur das Thema: ›Kinder in Afrika‹. Als Einstieg in die Unterrichtseinheit besuchte uns heute Bruder Samuel. Er erzählte von seiner Kindheit in Afrika, in Ruanda. Er hatte viele Bilder dabei. Eindrucksvolle Bilder. Die Kinder waren hingerissen. Jetzt sagen Sie endlich, was ist los mit Bruder Samuel?«

Susanne schaute zu Boden und schwieg.

»Er wurde tot aufgefunden, gegen halb eins, mitten in der Kirche«, sagte Meißner nach einer Pause, die Susanne unendlich lang vorkam.

»Einen Moment«, sagte Susanne kurz vor dem Ausgang der Schule. »Ich muss noch was im Sekretariat erledigen.«

Meißner wartete vor der Schule. Nach fünf Minuten kam sie aus der Tür.

»Was wolltest du noch im Sekretariat?«, fragte er.

»Ich habe Frau Böttcher gefragt, ob sie eine Schwester hat.«

»Du hast was?«

»Sie hat eine Zwillingsschwester, aber sie hat sie seit sieben Jahren nicht gesehen. Ihre Schwester lebt in Australien.«

Meißner setzte zu einer Erwiderung an, schwieg dann aber.

»Was hat uns der Besuch in der Realschule jetzt gebracht?«, fragte Susanne.

»Nicht viel«, sagte Meißner. »Wir haben es mit einem Mordopfer zu tun, das allseits beliebt war, das keiner Fliege was zuleide tun konnte, ein zutiefst gläubiger Mensch, kein einziger Feind weit und breit.«

»Ich habe das Gefühl, wir drehen uns im Kreis«, sagte Susanne. »Und außerdem bin ich so was von hungrig.«

Meißner schaute auf die Uhr. Kurz nach zwei.

»Nicht so einfach, deinen Hunger zu stillen. Die meisten Gaststätten bieten nicht durchgehend warmes Essen an.«

Er dachte nach. Zumindest interpretierte Susanne so seinen Blick.

»*Das Neckartal*«. Ganz in der Nähe. Einfach die Neckarstraße runter. Passables Essen. Und da gibt es um diese Zeit noch was.«

»Die gebrochenen Finger, an die muss ich andauernd denken«, sagte Susanne, als sie schon auf dem Weg zum *Neckartal* waren, zu Fuß, wie Meißner vorgeschlagen hatte.

sechs

»Hochhaus am Aubuckel?«

»So sagen die Einheimischen zu dem Wohnblock, in dem der Tote mit seiner Familie gelebt hat«, sagte Meißner und hielt an der Ampel an. Als er anfuhr, tauchte der Wohnblock vor ihnen auf. Hochhaus war zwar übertrieben und die Mannheimer neigen zur Übertreibung. Die Erfahrung hatte Meißner, gebürtiger Münsteraner, Zugereister, Reingeschneiter, in den Jahren seines Hierseins gemacht. Waren es zehn Jahre? Oder schon zwölf? Er wusste es nicht. Aber es war egal. Meißner kam sich noch als Fremder vor. Mehr noch nach der Fehlgeburt seiner Frau vor einigen Jahren. Seine heile Familienwelt hatte einen Riss bekommen und ab und zu hatte er das Gefühl, dass der Riss größer wurde. Manchmal nachts, wenn er wach lag, glaubte er, der Riss sei so breit wie der Rhein zwischen Mannheim und Ludwigshafen, er auf der einen Seite, seine Frau mit den beiden Kindern auf der anderen Seite. Wenn er versuchte, über die Probleme zu sprechen, blockte seine Frau ab.

Das Hochhaus am Aubuckel. Ein Klotz, mehr als zehn Stockwerke, dunkelrote Farbe, die Fassade zerstückelt von unzähligen kleinen Balkonen, so klein, dass sich Susanne nicht vorstellen konnte, dass zwei Stühle und ein Tisch Platz finden konnten. Aber vielleicht täuschte die Perspektive. Das Flachdach übersät von unzähligen Funkantennen. Um einen guten Handyempfang brauchten sich die Anwohner keine Sorgen zu machen. Meißner fand in der Nähe einen Parkplatz. Sie standen vor dem Wohnblock und suchten den Namen des Toten. Der Tote! Heute

Morgen, als er aufgestanden war, mit seiner Frau und seinen Kindern gefrühstückt, seine Frau in den Arm genommen, den Kindern zugewinkt, die Wohnung verlassen hatte, zu dem Termin in der Feudenheim-Realschule aufgebrochen war, da war er noch quicklebendig gewesen, hatte Träume gehabt, Ängste, Hoffnungen. Jetzt war er der Tote. Lag mit gebrochenen Fingern und einem Messerstich im Herzen in einem Stahlsarg und war auf dem Weg in die Pathologie nach Heidelberg. Leblos. Eine Sache.

Samuel Imanayarakoze. Susanne entdeckte den Namen zuerst. Nur der Name des Mannes stand auf dem Klingelschild. Wenn sie verheiratet war und Kinder haben würde, müssten auch ihr Name und der Name der Kinder auf dem Klingelschild stehen. So viel war klar! Meißner und Susanne standen vor dem Hochhaus am Aubuckel, schauten auf das Klingelschild, standen da, sagten kein Wort, schauten sich nicht an, starrten auf das Klingelschild. Es war kurz vor 15 Uhr. Meißner wünschte, die Zeit stehe still. Wie er diese Momente hasste. Wie er seinen Beruf in diesen Momenten verfluchte. Solche Momente hatte er oft erlebt, von Abgebrühtsein keine Spur. Wie jedes Mal wäre er am liebsten weggelaufen. Und er beneidete Lauer, der nicht hier vor diesem Wohnblock stehen und eine Todesnachricht überbringen musste.

Nach einer Zeit, die Susanne endlos vorkam, sagte Meißner: »Dann wollen wir mal.«

Und drückte auf den Klingelknopf. Sie starrten auf das Namensschild und nichts passierte. Meißner drückte ein zweites Mal auf die Klingel. Wieder passierte nichts. Dann knisterte es aus der Sprechanlage über den Namensschildern. Es knackte und eine verzerrte Stimme war zu hören.

»Ja? Bitte?«

»Susanne Dobler, Kommissarin bei der Kripo Mannheim. Mein Kollege, Herr Hauptkommissar Meißner, und ich müssen mit Ihnen reden. Würden Sie uns bitte hereinlassen?«

»Einen Moment.«

Wieder verging Zeit, bis endlich der Türsummer ertönte. Meißner ging schnurstracks auf den Aufzug zu, Susanne zog ihn in Richtung Treppenhaus.

»Das ist nicht dein Ernst, Susanne. Siebter Stock, das ist verrückt.«

»Nicht verrückt. Gesund ist das. Gerade dir wird ein wenig Bewegung gut tun. Schau dich an.«

Meißner wollte protestieren, schaute an sich hinab, kratzte sich am Kopf und gab seinen Widerstand auf. Vielleicht sollte er wieder mit dem Radfahren anfangen. Im letzten Jahr war er kein einziges Mal auf Tour gegangen. Keuchend erreichte er, nach mehreren Pausen, das Ziel. Susanne hatte auf halber Höhe zum siebten Stockwerk auf ihn gewartet. Zusammen erreichten sie die geöffnete Wohnungstür. Eine Frau um die Vierzig wartete auf sie. Weißer Bademantel, nach allen Seiten abstehende blonde Haare.

Nachmittags noch im Bademantel. Dabei hat die doch kleine Kinder, dachte sich Meißner.

»Entschuldigen Sie meinen Auftritt«, sagte die Frau und gähnte. »Ich hatte Nachtschicht, Krankenschwester im Diakonissen. Heute Morgen habe ich noch mit den Kindern und meinem Mann gefrühstückt. Mein Mann hat den Großen in die Schule gebracht, Brüder Grimm Grundschule, zum Glück haben wir einen Hortplatz bekommen. Und die Kleine hat er in die Krippe gebracht. Dann ist er in die Schule gegangen. Vortrag über Kinder in Afrika. Mein Mann ist aktiv, müssen Sie wissen. Er möchte helfen. All die Not, das Elend. Wir können uns das gar nicht vorstellen. Glauben Sie mir, ich weiß, wovon ich rede.«

Die Frau redet ohne Punkt und Komma, dachte Susanne. Die lässt uns nicht zu Wort kommen.

»Ich rede und rede und lasse Sie vor der Tür stehen. Kommen Sie bitte herein. Entschuldigen Sie die Unordnung. Aber ich habe bis eben geschlafen. Normalerweise werde ich um zwei wach. Nach der Schicht heute Nacht war ich einfach erschlagen. Sie können sich nicht vorstellen, was da los war.«

»Wie gesagt, Frau Imanayarakoze ...«, wollte Meißner die Frau unterbrechen.

»Müller, Frau Müller. Wir sind verheiratet, ich habe meinen Mädchennamen behalten.«

»Frau Müller. Wir müssen mit Ihnen reden.«

»Es geht um meinen Mann. Ich weiß das. Er müsste längst zurück sein. Gegen Mittag wollte er da sein, spätestens.«

»Es geht um Ihren Mann«, sagte Susanne.

»Ihm ist hoffentlich nichts passiert«, sagte Frau Müller. »Aber kommen Sie herein. Hier im Hausflur ist es ungemütlich. Geradeaus geht es ins Wohnzimmer. Ich ziehe mir nur schnell was an«, sagte die Frau und verschwand in der Tür rechts vom Eingang.

Susanne und Meißner gingen durch einen schmalen Flur, in den kein Tageslicht fiel und der von einer nackten Glühbirne erleuchtet wurde. Außer der Wohnzimmertür, auf die sie zusteuerten und die der Eingangstür gegenüberlag, gingen vier Türen links und rechts vom Flur ab. Alle Türen waren geschlossen.

Ungewöhnlich, dachte Susanne. In ihrer Dreizimmerwohnung im Haus ihrer Eltern in Schwetzingen standen alle Türen immer offen. Bad, Küche, Schlafzimmer der Eltern, ein Kinderzimmer für die beiden Kinder. Auch eine Dreizimmerwohnung, dachte sie. Nicht groß für eine vierköpfige Familie. An der einen Wand waren Haken befestigt, die überquollen von den vielen Jacken und Mänteln. Auf der anderen Seite stand ein weißes Schuhregal, das Susanne bekannt vorkam. Das gleiche Modell stand bei ihr im Flur. Ikea. Das Regal schien nicht auszureichen, im ganzen Flur verstreut lagen Schuhe, Kinderturnschuhe, feste hohe Wanderschuhe, Männerhausschuhe und so weiter. Kein Spiegel. Kein Bild an den Wänden. Meißner drückte die Tür des Wohnzimmers auf. Die Luft war stickig. Das Zimmer war eindeutig überheizt. Selbst Meißner, dem es nicht warm genug in einem Zimmer sein konnte und der deshalb mit Lauer immer im Clinch lag, war das zu viel. Er unterdrückte den Impuls, das Fenster aufzureißen. Meißner machte einen Schritt ins Zimmer und blieb abrupt stehen, sodass Susanne beinahe auf ihn aufgelaufen wäre.

»Sie will Zeit gewinnen«, sagte Susanne. »Sie weiß, dass etwas passiert ist und sie will den Zeitpunkt hinauszögern, bis sie es erfährt.«

»Kannst du ihr das verdenken? Wie würdest du reagieren, wenn die Polizei vor deiner Tür stehen würde und mit dir reden möchte?«

»Du hast recht«, sagte Susannes, als Frau Müller ins Wohnzimmer kam.

»Setzen Sie sich. Möchten Sie was trinken? Einen Kaffee? Ein Glas Wasser?«

»Nein, danke«, sagte Susanne. Meißner bat, zu Susannes Überraschung, um ein Glas Wasser. Das Zimmer war schlicht möbliert. Ein blaues Stoffsofa, zum Ausklappen, zwei passende Sessel. Eine Kiefernkommode. Ein

Kiefernregal mit einem Flachbildfernseher. Eine Stehlampe neben dem Sofa. Ein Strahler mit drei Halogenleuchten an der Decke. Ebenfalls Ikea, wie Susanne erkannte. Auch hier keinerlei Bilder oder Fotos an den Wänden. Frau Müller kam zurück, stellte das Glas Wasser auf den Wohnzimmertisch, ein rechteckiger Kieferntisch, und deutete auf das Sofa. Susanne setzte sich neben ihren Kollegen. Frau Müller blieb vor ihnen stehen.

»Es geht um Ihren Mann, Frau Müller«, fing Meißner an. »Es ist ihm etwas passiert.«

»Hoffentlich nichts Schlimmes. Ist er im Krankenhaus?«

»Nein, Frau Müller, Ihr Mann ist nicht im Krankenhaus«, sagte Meißner und sagte dann nichts mehr. Susanne versuchte, mit ihm Blickkontakt aufzunehmen, doch Meißner hatte einen undefinierbaren Punkt auf dem Teppich vor sich fixiert.

»Ihr Mann ist tot«, sagte Susanne, die die Stille nicht mehr ertrug. Sie sagte es viel zu laut. Sie hatte das Gefühl, dass ihre Stimme von den Wänden zurückschallte und auf ihre Ohren hämmerte.

»Ich habe es gewusst. Was ist passiert? Ein Unfall?«

»Nein, Ihr Mann, Frau Müller, wurde ermordet.«

»Ermordet? Ich wusste es.«

Ihre Stimme klang gefasst.

»Ausdruckslos«, würde Susanne später sagen. Aber im Moment, als Frau Müller die Worte aussprach, war es ihr nicht aufgefallen.

»Wie wurde er ermordet?«

»Erstochen, Ihr Mann wurde erstochen.«

Frau Müller griff sich an die Stirn. Für einen Moment hatte Susanne das Gefühl, sie würde bewusstlos werden. Meißner war aufgesprungen und einen Schritt auf die

Frau zugegangen, aber die hatte sich gefangen. Ein Ruck ging durch ihren Körper, sie streckte sich, ihr Kinn zeigte nach oben.

»Sie sollten sich lieber setzen«, sagte Meißner, der bisher geschwiegen hatte. Frau Müller setzte sich auf den Sessel links vom Sofa, stand aber gleich wieder auf.

»Ich brauche jetzt einen Kaffee.«

Und schon war sie aus dem Wohnzimmer verschwunden. Es klingelte. Sie hörten, wie eine Tür ging, Frau Müller sagte etwas, das sie nicht verstanden. Dann streckte die Frau den Kopf durch die Wohnzimmertür.

»Mein Sohn. Mein Mann wollte ihn aus dem Hort abholen. Eine Nachbarin, die ihre Tochter abgeholt hat, hat ihn mitgebracht. Kein Wort zu meinem Sohn. Ich bitte Sie!«

Wenige Minuten später betrat sie das Wohnzimmer, in der einen Hand eine Tasse Kaffee, an der anderen ihren Sohn.

»Das sind Bekannte von Papa, Frau Dobler, Herr Meißner, das ist Jean-Pierre.«

»Mama, Was ist mit Papa? Der wollte mich doch abholen, Warum ist er nicht gekommen?«

»Papa konnte nicht, er musste weg. In der Küche steht Pudding, Jean-Pierre. Schokopudding, den magst du doch. Hast du alle Hausaufgaben gemacht?«

Der Junge schüttelte den Kopf.

»Iss den Pudding und fang mit den Hausaufgaben an. Ich schau gleich nach dir.«

Der Junge verließ das Zimmer. Frau Müller setzte sich in den Sessel, nippte an ihrem Kaffee, einmal, zweimal, dreimal, und stellte die Tasse auf den Tisch.

»Wo ist es passiert?«

»In der Kirche«, sagte Meißner.

»Sankt-Peter-und-Paul?«

»Ja, dort.«

»Und wann?«

»Gegen Mittag. Nach dem Besuch in der Schule.«

»Das macht er manchmal. Er liebt die Kirche, die Ruhe, die Beschaulichkeit.«

Frau Müller wischte sich über die Augen. Dann schlug sie die Hände vors Gesicht und schluchzte auf. Doch gleich darauf schüttelte sie sich, und sie sagte mehr zu sich selbst als zu ihren Besuchern: »Ich muss stark bleiben. Die Kinder. Die Kinder brauchen mich. Ich darf mich nicht gehenlassen.«

Susanne wartete einen Augenblick, bevor sie die Frage stellte, die ihr die ganze Zeit schon auf der Zunge lag.

»Was meinen Sie damit, dass Sie es gewusst haben?«

»Wie bitte? Ich verstehe nicht, was Sie meinen?«

»Als ich Ihnen gesagt habe, dass Ihr Mann tot ist, haben Sie geantwortet: ›Das habe ich gewusst‹. Sie erinnern sich?«

Die Frau nahm ihre Tasse in die Hand, trank nicht.

»Das hab ich so dahergesagt.«

»Sie müssen sich etwas dabei gedacht haben«, sagte Meißner. »So einen Satz sagt man nicht einfach so.«

»Ich weiß nicht, was Sie von mir wollen. Mein Mann ist tot.«

Die Frau stellte die Tasse zurück, ohne einen Schluck genommen zu haben.

»Wir wollen gar nichts von Ihnen«, sagte Susanne. »Wir wollen nur den Mörder Ihres Mannes finden.«

»Entschuldigen Sie bitte«, sagte Frau Müller, griff nach der Tasse und trank sie in einem Zug leer. »Ich weiß, dass Sie nur Ihre Pflicht tun.«

»Hatte er Feinde?«

»Feinde? Mein Mann? Der hatte keine Feinde. Der wollte nur helfen.«

Frau Müller zögerte.

»Ja?«, hakte Meißner nach.

»Letztes Jahr. Da hat es einen Zwischenfall gegeben. Mein Mann ist angegriffen worden. An der Straßenbahnhaltestelle. Von Neonazis. Aber er war nicht verletzt.«

»Gab es eine Anzeige?«

»Wie? Ja, eine Anzeige.«

»Und wie ging das aus?«

»Das ist im Sand verlaufen. Einstellung des Verfahrens.«

»Woher kam Ihr Mann?«, fragte Susanne.

»Aus Ruanda.«

»Ein politischer Flüchtling?«

»Mein Mann kam zum Studieren. Er hat in Göttingen studiert. Wirtschaftsingenieur.«

»Wo arbeitete er?«

»Als Marie, unsere Kleine, geboren wurde, hat Samuel gekündigt. Er wollte mehr Zeit mit den Kindern verbringen.«

»Und vorher?«

»Vorher? 2002 hat er bei Ellstorm angefangen. Die Anstellung hat ihn nach Mannheim verschlagen. Mein Mann war hochqualifiziert, Wirtschaftsingenieur, promoviert.«

»Wie lange ist Ihr Mann in Deutschland?«, fragte Meißner.

»Seit mehr als zwanzig Jahren. Vor fast acht Jahren haben wir uns kennengelernt. Am Silvestertag 2002. Im Diakonissen. Mein Mann war Patient auf meiner Station. Blinddarmoperation.«

Frau Müller lächelte, das Lächeln verschwand sofort aus ihrem Gesicht. Die Wohnzimmertür ging auf und Jean-Pierre stürmte herein.

»Du musst mir helfen, Mama. Die Matheaufgaben kapiere ich nicht. Wo bleibt denn Papa? Und wann kommt Marie?«

Frau Müller griff sich mit der Hand an den Mund, sah auf die Uhr und stand auf.

»So spät. Ich muss Marie aus der Krippe abholen. Ich bin viel zu spät dran. Samuel hatte versprochen, sie abzuholen. Ich muss Sie bitten zu gehen.«

»Was mir noch einfällt«, sagte Frau Müller, als Susanne schon in der Tür stand. »Mein Mann hat den Kontakt zu seiner Heimat nicht abreißen lassen. Jeden Tag saß er vor dem Bildschirm und hat E-Mails an seine Freunde geschrieben.«

»Ihr Mann hatte einen Computer?«

Frau Müller nickte.

»Ein Notebook.«

»Können wir das mitnehmen?«

»Einen Moment, ich hole es.«

Elvira Müller verschwand in der Wohnung und kam Sekunden später mit dem Notebook zurück.

»Finden Sie Samuels Mörder«, sagte sie leise und drückte Susanne das Notebook in die Hand.

sieben

»Wo um alles in der Welt ist dieser Lauer?«

Susanne fand den Auftritt des Mannheimer Polizeipräsidenten kurz und beeindruckend.

Die Tür wurde aufgerissen, Faulhaber schleuderte die Worte heraus, nach jedem Wort eine Pause. Genau berechnet.

»Wo. Um. Alles. In. Der. Welt. Ist. Dieser. Lauer?«

Gute Frage, dachte Susanne. Wo war ihr Kollege?

Frau Werner schaute herein und verdrehte die Augen. Aber da war Faulhabers Auftritt längst Geschichte. »Unser aller Präsident«, wie Frau Werner Faulhaber zu titulieren pflegte, hatte die Tür im dritten Stock des Mannheimer Polizeipräsidiums aufgestoßen, seine Botschaft herausgebellt, wie Meißner es später ausdrücken sollte, und die Tür, ohne eine Antwort abzuwarten, zugeknallt.

»So ist er, unser aller Präsident«, sagte Frau Werner. »Noch einen Kaffee?«

Meißner schüttelte den Kopf und auch Susanne wehrte ab.

»Ich trinke viel zu viel von dem schwarzen Zeugs«, sagte sie. »Meine Mutter meint, ich wäre abhängig.«

»Sie als junge Frau, da schadet ein Tässchen mehr oder weniger nicht. Ich geh. Für heute reicht es.«

Meißner stand von seinem Stuhl auf und setzte sich auf den Schreibtisch, nicht so richtig, mit nur einer Pobacke. Susanne fand, es sah lässig aus. Es ließ den steifen Meißner weniger steif wirken.

»Frau Werner, wissen Sie, wo Lauer ist?«

»Ich muss los«, ignorierte Frau Werner die Frage.

»Susanne und ich machen uns Sorgen. Sie wissen immer Bescheid. Wir sind doch ein Team.«

Man sah es Frau Werner an, wie es in ihr arbeitete. Dann gab sie sich einen Ruck.

»Der Herr Hauptkommissar kommt heute nicht mehr ins Büro. Morgen früh ist er wieder da.«

»Und?«

Meißner rutschte vom Schreibtisch und machte einen Schritt in Richtung Tür.

»Jetzt erzählen Sie endlich.«

»Der Chef hat mich zwar gebeten, den Mund zu halten, aber, gut, wir sind ein Team. Herr Lauer besichtigt heute einige Wohnungen.«

»Alleine?«, fragte Susanne.

»Nicht allein, mit seiner«, es folgte eine Pause, »neuen«, wieder eine Pause, »Lebensgefährtin. Aber jetzt muss ich los. Meine Mutter, Sie wissen.«

Frau Werner war die Einzige im Präsidium, die Leo Lauer Chef nannte. Weder Meißner noch Susanne wussten, was mit der Mutter von Frau Werner war.

»Wir wissen nichts über das Privatleben von Frau Werner«, sprach Susanne ihre Gedanken aus, als Frau Werner die Tür geschlossen hatte ...

»Das stimmt«, sagte Meißner.

»Ich sehe im Moment noch kein Motiv«, fasste Susanne zusammen, die mit Meißner die Ereignisse dieses 3. Novembers zum wiederholten Male durchsprach.

»Wir stehen ganz am Anfang«, sagte dieser. »Wenn wir mehr wissen, werden wir auf das Motiv kommen.«

»Die Frau des Toten, Regina Müller, ich fand ihre Reaktion seltsam.«

»Seltsam?«

»Ich weiß nicht, wie ich es ausdrücken soll. Ich habe ein anderes Verhalten erwartet.«

»Wie hätte sie sich verhalten sollen?«, fragte Julian Meißner. »Weinen? Schluchzen? Jammern? Wie sieht deiner Meinung nach normales Verhalten in so einer Situation aus?«

»Es geht nicht um normal oder nicht normal. Es geht ums Mitgefühl. Mir hat das gefehlt. Die Frau war zu gefasst.«

»Weißt du, wie es in ihr drinnen aussieht? Wir, zwei wildfremde Menschen für sie, überbringen die schrecklichste Nachricht, die man überbringen kann. Würdest du dich einem Wildfremden gegenüber öffnen?«

»Ich weiß nicht, Julian. Die Frau war beherrscht.«

»Sie kann nicht in Trauer versinken, Susanne. Da sind zwei kleine Kinder. Da ist Verantwortung. Das Leben geht weiter, muss weitergehen.«

»Wahrscheinlich stimmt alles, was du sagst. Wahrscheinlich bin ich versaut von den unzähligen Fernsehkrimis, die ich mit Begeisterung ansehe.«

»Schauspieler, Susanne, du sagst es!«

Meißner stand auf, griff nach seiner Tasse und ging ins Nebenzimmer.

»Der Kaffee ist kalt«, sagte er, als er zurückkam. »Fakten. Wir müssen uns an die Fakten halten.«

»Richtig! Wie sagt Leo immer so schön: ›Die Fakten sind der Ausgangspunkt unseres Handelns, nicht Spekulationen.‹«

Meißner setzte sich auf den Schreibtisch.

Das macht er sonst nicht, dachte Susanne.

»Der Tote in der Sankt-Peter-und-Paul-Kirche in Feudenheim. Das ist unser Ausgangspunkt.«

Meißner setzte die Tasse, die er noch in der Hand hielt, zur Unterstützung seiner Worte ein.

»Der Satz könnte von Leo stammen«, sagte Susanne. »Wusstest du, dass Leo mit Hanne eine Wohnung sucht?«

»Ich bin der Letzte, mit dem er darüber reden würde«, sagte Meißner. »Wir wissen, immer vorbehaltlich des Obduktionsberichtes, dass der Tote erstochen wurde, dass er sich, so wie es aussieht, nicht wehrte.«

»Die gebrochenen Finger nicht zu vergessen«, ergänzte Susanne.

»Ja, die Finger«, sagte Meißner. »Das ist auch so ein Rätsel. Weiter wissen wir, dass der Tote schwarz ist, dass er aus Ruanda stammt. Da gab es mal einen Völkermord. Ist schon einige Zeit her.«

»Völkermord in Ruanda. Hutu und Tutsi. 800 000 Angehörige des Volksstammes der Tutsi wurden 1994, wenn ich mich erinnere, von den Hutu ermordet. Ich hab ein Referat in Gemeinschaftskunde gehalten, wurde übrigens mit einer Eins bewertet.«

»Gut aufgepasst im Unterricht, Susanne. Du siehst, es ist dir jetzt von Nutzen. 1994, sagst du. Wenn die Witwe sagt, ihr Mann sei länger als 20 Jahre hier in Deutschland, dann hätte er dieses Morden ja nicht miterlebt. Vielleicht seine Familie? Auf jeden Fall brauchen wir genaue Daten.«

»Wir müssen wissen«, sagte Susanne, »wann er genau nach Deutschland gekommen ist, wo und wann er studiert hat, wo er gearbeitet hat. Wann er aufgehört hat.«

»Genau. Und ob er Probleme hatte mit Arbeitskollegen. Seit wann genau kennt er seine Frau? Vielleicht war die vorher schon einmal verheiratet. Ein geschiedener Ehemann, der eifersüchtig ist.«

»Ich weiß, Julian, Eifersucht ist ein starkes Motiv. Genauso stark wie Geld.«

»Der Satz könnte jetzt auch wieder von Leo stammen.«

Susanne lachte.

»Er stammt von Leo, bestimmt.«

Meißner schaute auf seine Uhr.

»Mein Gott, sieben vorbei. Wir sollten langsam Schluss machen, Susanne.«

»Probleme«, ließ Susanne nicht locker. »Der Tote hatte anscheinend Probleme mit Nazis. Du erinnerst dich, der Angriff der Neonazis. Wenn eine Anzeige existiert, dann müssen wir uns die Unterlagen besorgen.«

»Wir stehen ganz am Anfang, Susanne, aber wir stehen nicht mit leeren Händen da. Es gibt viele Ansatzpunkte. Es gibt viel zu tun. Packen wir es an! Aber erst morgen!«

»Ja, ja, morgen. Du solltest dich mal hören, Julian! Du brauchst übrigens nicht auf mich zu warten«, sagte Susanne.

acht

Musik.
Musik war sein Leben.
Singen.
Immer wurde gesungen.
Tanzen.
Immer wurde getanzt.

Charles.
Ich nenne ihn Charles.

Charles hatte sich ein kleines Studio aufgebaut. In einer Baracke. Keine ausgefeilte Technik. Dazu fehlte ihm das Geld. Einfache Mikros. Gebrauchte Boxen, ausrangierte Verstärker, ein einfaches Mischpult. Nichts Großartiges, aber solide. Er nahm die Musik von Künstlern aus dem Ostkongo auf. Es war was los in seiner Baracke, in seinem Studio. Er ließ sich sogar Visitenkarten drucken. „Musikproduzent" stand da drauf. Was war er stolz. Die Musik kopierte er anfangs auf Kassetten, die er bei Festen, auf dem Markt, wo immer sich die Gelegenheit bot, verkaufte. Später brannte er die Songs auf CDs. Jetzt konnte er größere Auflagen herstellen. Sein Geschäft florierte.

Bei Hochzeiten, bei Festen aller Art legte er Musik auf. Er konnte sich vor Aufträgen kaum retten. Mit Charles konnte man feiern. Gut feiern. Er verdiente eine Menge Geld. So ernährte er seine Frau und seine drei Kinder.

Früher lachte Charles viel. Eigentlich pausenlos. Den ganzen Tag.
Lachen.

Das gehörte zu Charles. Die beiden waren eine Einheit.

Das Leben?
Probleme überrollen dich?
Du weißt nicht mehr, wo dir der Kopf steht?
Vergiss es, Baby!
Vergiss alles!
Komm!
Sing mit mir!
Komm!
Tanz mit mir!
Wenn du singst,
wenn du tanzt,
dann kannst du alles vergessen.
Glaube mir.
Alles.

Charles liebte seinen Job. Er könne sich keinen besseren vorstellen, sagte er.
Früher.
Charles liebte seine Musik.
Ein Leben ohne Musik?
Ein sinnloses Leben, sagte er.
Früher.

Charles.
Ich nenne ihn Charles.
Sein Leben war Musik.
Musik.
Musik.
Früher.

Donnerstag, 4. November 2010

neun

Als Susanne am Donnerstag, dem 4. November 2010, kurz nach acht das Mannheimer Polizeipräsidium betrat, führte sie ihr erster Weg nicht in das Büro im dritten Stock, das sie sich mit Kriminaloberkommissarin Meyers teilte.

»Glückwunsch, Sie dürfen endlich Ihren eigenen Schreibtisch beziehen«, hatte Clement im März 2009 gesagt, als sie notgedrungen das Büro von Lauer und Meißner verlassen musste, in dem sie sich wohlgefühlt hatte. Sie klopfte an die Tür des Büros, in dem Frau Werner, Lauer und Meißner residierten, wartete nicht auf das »Ja, bitte« von Frau Werner, wusste inzwischen, dass das Fritz Wunderlich war, der da ein Lied besang, das angeblich um die Welt ging, begrüßte Frau Werner mit einem Nicken, streckte den Kopf durch die Verbindungstür zum Büro der Kommissare, sah, dass sowohl Lauers als auch Meißners Schreibtische leer waren, drehte sich um und sagte zu Frau Werner: »Ist er noch nicht aufgetaucht?«

»Nein, nein, Susanne, Sie brauchen sich keine Sorgen zu machen. Er ist heute Morgen zum Dienst erschienen. Jetzt ist er zur Privataudienz bei Herrn Faulhaber.«

Wie sie das ohne Ironie sagte, wurden die Sorgen, die Susanne die ganze Nacht verfolgt hatten, noch größer.

»Hat er von gestern erzählt?«

»Kein Wort.«

»Wissen Sie, was der Polizeipräsident von ihm will?«

»Nein.«

Obwohl Frau Werner immer auf dem Laufenden war, nahm Susanne ihr das Nein ab. Wortlos ging sie aus dem

Zimmer. Ihr eigenes Zimmer war wenige Meter von dem der beiden Kommissare entfernt. Susanne schätzte Irene Meyers als Kollegin, auf die Verlass war, die sich vor keiner Arbeit drückte. Mit ihren analytischen Fähigkeiten, mit den Schlussfolgerungen, die sie aus den vorliegenden Fakten zog, konnte sie Bewegung in manchen Fall bringen, der ins Stocken geraten war. Das imponierte Susanne. Aber richtig warm wurde sie nicht mit ihr. Dazu gab die Oberkommissarin zu wenig Persönliches preis, dazu war sie zu korrekt. Susanne hatte mit Lauer über ihre Probleme gesprochen, aber der hatte Meyers in den höchsten Tönen gelobt, im Gegensatz dazu Meißner, der die Kollegin nicht ausstehen konnte und davon sprach, dass sie Haare auf den Zähnen habe.

Ihr Büro war noch abgeschlossen. Susanne wunderte sich nicht. Irene Meyers erschien meist erst kurz vor halb neun, sodass sie noch pünktlich zur morgendlichen Besprechung da war. Susanne wollte die Zeit nutzen und sich die Recherchen anschauen, auf die sie gestern Abend, als Meißner schon gegangen war, gestoßen war. Clement und die Kollegen würden staunen.

»Guten Morgen zusammen.«

Clement eröffnete die morgendliche Sitzung so, wie er sie jeden Morgen eröffnete.

»TOP eins: der Tote in der Kirche. Meißner und Dobler, Sie waren am Fundort der Leiche, ich warte auf Ihren Bericht.«

Meißner und Susanne berichteten, wie sie den Toten aufgefunden hatten.

»Also Fundort gleich Tatort«, schlussfolgerte Clement und Lauer bewunderte die glasklare Logik seines Vorgesetzten.

Susanne und Meißner erzählten von der alten Frau, die den Toten entdeckt hatte, erzählten vom Gespräch mit dem Pfarrer von Sankt-Peter-und-Paul, schilderten die Begegnung mit der Religionslehrerin in der Feudenheim-Realschule und erläuterten die Reaktion der Frau des Toten. Bei der Tatwaffe handelte es sich um ein Opinel-Klappmesser mit einem geschwungenen Griff aus Olivenholz, die schlanke Klinge hatte eine Länge von zwölf Zentimetern. Das Messer war überall erhältlich und konnte auch über das Internet problemlos bezogen werden.

»Was uns bislang fehlt«, beendete Meißner den Bericht, »ist ein schlüssiges Motiv, von Verdächtigen ganz zu schweigen.«

Susanne hob den Arm, Clement ignorierte sie.

»Lauer, wo waren Sie gestern?«

»Privat unterwegs«, kam die knappe Antwort.

»Während Ihrer Arbeitszeit? Ich muss doch bitten.«

Lauer rückte den Stuhl zurecht und setzte sich aufrecht hin. Ziemlich steif, fand Susanne.

»Überstundenausgleich.«

»Und warum wusste ich nichts davon?«

»Ich hab Frau Werner Bescheid gesagt. So handhabe ich das seit vielen Jahren.«

»Aber ich …«

»Sie, Sie wissen, dass wir das in der Abteilung seit jeher so machen«, fuhr Lauer seinem Vorgesetzten ins Wort, wurde jedoch von einem Hustenanfall unterbrochen. Er würde heute Abend zu seinem Wundermittel greifen, viel Melissengeist, wenig heißes Wasser, viel Honig, und der Husten wäre verschwunden und mit ihm das Kratzen im Hals, noch ganz weit hinten.

»Lauer, in Zukunft möchte ich über jeden Ihrer Schritte informiert sein. Damit das klar ist.«

»Ich kann bestätigen, was Kollege Lauer sagt. Nicht nur Frau Werner wusste Bescheid, auch Kollegin Dobler und ich waren informiert. Stimmt doch, Susanne«, wollte Meißner die Situation entschärfen. Er wusste, dass Lauer und Clement sich nicht grün waren und er fürchtete, dass die Situation eskalieren könnte. Lauer sah er an, dass dieser bereits eine Erwiderung auf Clements Anweisung auf den Lippen hatte. Susanne, die die ganze Zeit über etwas sagen wollte, sah Meißner an, mit einer gewissen Skepsis, wie dieser fand, und stimmte ihm zu.

»Kollege Lauer hat uns informiert, das ist korrekt. Aber zurück zu unserem Fall. Gestern Abend bin ich auf interessante Erkenntnisse gestoßen, die von Bedeutung sein könnten. Die Witwe von Samuel Imanayarakoze erzählte von einem rassistischen Übergriff auf ihren Mann. Neonazis sollen ihn an einer Haltestelle angegriffen haben. Es habe eine Anzeige gegeben, die Justiz habe das Ganze fallengelassen. Ich habe recherchiert. Der Vorfall ereignete sich im März 2009 an der Straßenbahnhaltestelle am Neckarplatt. Das ist die Haltestelle direkt an der Esso-Tankstelle kurz vor der Ortseinfahrt in Feudenheim. Imanayarakoze war aus der 2, die nach Feudenheim reinfährt, ausgestiegen und wartete auf die 7 Richtung Vogelstang, die hält direkt am Hochhaus am Aubuckel, in dem der Mann mit seiner Familie wohnte. Was mich total überrascht hat, war die Tatsache, dass nicht Imanayarakoze Anzeige erstattet hat. Er war in dem Verfahren Beschuldigter. Oliver Reichert, 20 Jahre, wohnhaft in Sandhofen, und Leon Ahn, 19, er wohnt im Geraer Ring auf der Vogelstang, erstatteten Anzeige wegen Körperverletzung. Beide gehören der rechtsradikalen Szene an, sind polizeibekannt, aber waren damals noch nicht vorbestraft. Imanayarakoze, so die beiden bei der Polizei, habe sie am Straßenbahnhäuschen grundlos und ohne Vorwarnung angegriffen. Das Ergebnis: Prellungen, Schürfwunden und Gehirnerschütterung bei

Reichert, eine gebrochene Nase bei Ahn. Imanayarakoze schilderte den Vorgang anders. Die beiden hätten ihn massiv beleidigt, ich verzichte hier auf die Zitate aus dem Vernehmungsprotokoll und kürze ab. Imanayarakoze wurde freigesprochen. Eindeutiger Fall von Notwehr, befand der Richter, der den beiden Neonazis eine Anklage wegen Beleidigung androhte. Dazu ist es nicht gekommen.«

Lauer erinnerte sich nicht daran, dass Susanne jemals vorher so lange auf einer Dienstbesprechung geredet hatte.

»Lange Rede, kurzer Sinn: Wir sollten uns Leon Ahn mal genauer anschauen. Oliver Reichert ist außen vor. Er sitzt seit drei Monaten in Untersuchungshaft im Café Landes. Gefährliche Körperverletzung und Erpressung.«

»Gute Arbeit, Dobler. Lauer und Meißner, Sie kümmern sich gleich im Anschluss an unsere Besprechung um diesen Ahn. Dobler, Sie sammeln Fakten zum Arbeitsverhältnis von diesem Schwarzen, Gründe für Kündigung, Stellung zu Kollegen, das Übliche. Vielleicht kommen wir auf dieser Schiene weiter. Konflikte mit Arbeitskollegen soll es ja geben. Gernhardt unterstützt Sie. Kommen wir zum nächsten Tagesordnungspunkt.«

Das geht heute flott, dachte Susanne. Keine weitschweifigen Diskussionen. Keine Befürchtungen Clements.

Die Presse. Unser guter Ruf. Alle Kräfte bündeln. Zum Wohle der Stadt und ihrer Bürger.

Susanne wunderte sich, dass der Mord an Samuel Imanayarakoze von Clement so schnell abgehandelt worden war. Meyers sah das ähnlich.

»Und was ist mit mir? Welche Aufgabe übernehme ich in diesem neuen Mordfall?«

»Sie, Meyers? In diesem Fall keine. Aber keine Angst, Sie werden nicht arbeitslos. TOP zwei: ungelöste Fälle. Lauer, Sie waren heute Morgen beim Polizeipräsidenten. Berichten Sie.«

zehn

Lauer war überrascht. Er hatte nicht damit gerechnet, bei der Besprechung einen Vortrag halten zu müssen. Notizen hatte er sich keine gemacht. Die wären jetzt hilfreich gewesen, denn Faulhaber hatte anfangs mit Zahlen nur so um sich geworfen.

»Also, es ging um eine Tagung, die unser Polizeipräsident letzten Monat besucht hat. Brüssel. EU-Kommission. Europaweite Kooperation bei Verbrechensbekämpfung, effiziente Methoden der Aufklärungsarbeit. Das genaue Thema hab ich mir nicht gemerkt.«

»Da hätten Sie sich ein paar Notizen machen können«, kommentierte Clement die Ausführungen. Lauer ließ sich nicht beirren.

»Es ging um länderübergreifende Zusammenarbeit. Europas Polizisten sollen Daten austauschen. DNA-Daten, Fingerabdrücke, Angaben zu Kraftfahrzeugen. Die meisten Länder der EU sind dazu bereit. Die Briten äußerten Bedenken, zu hohe Kosten.«

Wieder unterbrach ihn der Vorgesetzte.

»Lauer, es ist nicht nötig, dass Sie uns einen lückenlosen Überblick über den Verlauf der Tagung geben. Kommen Sie zum Wesentlichen. Was bedeutet das für uns in Mannheim?«

Lauer redete mit ruhiger Stimme weiter.

»Unser Polizeipräsident hat mir in dem Gespräch viele Zahlen genannt. Ein Punkt hat seine besondere Aufmerksamkeit gefunden. Es geht um die Aufklärungsrate. Die ist in allen Ländern unterschiedlich. Ich weiß nicht, ob die tatsächliche Quote so unterschiedlich ist, da jedes Land andere statistische Verfahren anwendet. Unser oberster

Chef hat sich vor allem für die, wie er es nannte, ‚Altlasten' interessiert. Ungelöste Fälle, die die Aufklärungsquote senken. Und er hat eigene Berechnungen angestellt, hat die nationalen Aufklärungsquoten mit der Aufklärungsquote hier in Mannheim verglichen.«

Lauer machte eine Pause, eine Kunstpause, wie Susanne fand.

»Jetzt kommen Sie endlich zum Kern«, drängte Clement.

»Mannheim steht schlecht da. Unser Präsident rückte nicht mit den genauen Zahlen heraus, Mannheim stehe im internationalen Vergleich eher weiter hinten, meinte er. Ein Land hat ihn beeindruckt, Estland. Estland sei vor Mannheim platziert. Ich kann nicht beurteilen, ob die Berechnungen unseres Polizeipräsidenten wissenschaftlich stimmig sind. Die Schlussfolgerungen für unser aller«, beinahe wäre Lauer Frau Werners Titulierung herausgerutscht, »für unseren geschätzten Präsidenten lautet: Die Aufklärungsquote in der Quadratestadt muss erhöht werden. Wir sollen uns systematisch Altfälle, ungelöste Altfälle, vornehmen und diese zügig aufklären, damit die Quote besser wird.«

»Richtig, Lauer. Zwar populistisch geschildert, aber Sie haben das Problem, um das es unserem Polizeipräsidenten geht, erkannt.«

Lauer verkniff sich eine Erwiderung.

»Herr Polizeipräsident Faulhaber hat sich für einen Fall entschieden, der aufgegriffen werden soll. Der Doppelmord von 1999.«

Im Besprechungszimmer wurde es unruhig.

»Wir haben damals eine Sonderkommission gebildet, aus allen Abteilungen Kollegen abgezogen, wir haben wochenlang in diesem Fall ermittelt, ohne jeden Erfolg.

Und jetzt, elf Jahre später, soll der Knoten platzen. Das ist realitätsfern«, sagte Oberkommissarin Meyers.

»Und warum gerade diesen Altfall?«, warf Christian Gernhardt ein. »Etwa weil die Presse den Fall aus der Mottenkiste geholt hat?«

Lachen ertönte.

»Gernhardt, ich erwarte …, von Ihnen allen erwarte ich Respekt.«

Gernhardt spielte auf einen Artikel im Rhein-Neckar-Anzeiger an, der vor zwei Wochen in großer Aufmachung auf Seite drei erschienen war.

»Noch ungelöst – der Doppelmord von Sandhofen aus dem Jahr 1999«

Darin wurden massive Vorwürfe gegen die Polizei laut. Von Mauern, Unterdrückung von Informationen, von gezielten Falschinformationen der Öffentlichkeit war die Rede. Das traditionell liberale Image des Mannheimer Polizeipräsidiums habe damals Schaden genommen. Lauer hatte sich gefragt, warum dieser Artikel jetzt lanciert worden war. Und war zu dem Schluss gekommen, dass sich der verantwortliche Redakteur mal wieder aufspielen wollte. Roland Hanke, Kulturredakteur, aber seit der spektakulären Verhaftung des Wasserturmmörders im Winter 2009 griff Hanke ab und zu Kriminalfälle auf und versuchte jedes Mal, die Polizei bloßzustellen. Der Mörder, der den Anlageberater hinter dem Wasserturm und den Obdachlosen am alten Frachtpostzentrum abgelegt hatte, beide tiefgefroren, hatte sich in seinem Haus in der Spinozastraße verschanzt, Susanne in seiner Gewalt, und der Täter wollte nur mit seiner getrennt von ihm lebenden Ehefrau und mit Roland Hanke reden. Hanke hatte in mehreren Artikeln über den Eismörder und den Sondereinsatz der Polizei berichtet und seine eigene Rolle nicht unerwähnt gelassen.

Meißner konnte über Gernhardts Anspielung nicht lachen. Der ungelöste Mordfall saß wie ein Stachel in seinem Fleisch. Im Mai 1999 war Meißner nach einem einjährigen Intermezzo in Bruchsal, wohin er direkt nach Ende der Ausbildung versetzt worden war, nach Mannheim ans Polizeipräsidium gekommen. Seine Frau, sie waren frisch verheiratet, war mit ihrer Tochter schwanger. Der Doppelmord in Sandhofen war der erste große Fall, an dem er beteiligt war. Clement, damals noch nicht Dezernatsleiter, hatte die Untersuchungen geleitet, Lauer und Meißner waren Teil der Sonderkommission gewesen. Meißner hatte sich regelrecht in den Fall verbissen, wegen der Ermittlungen sogar die Geburt seiner Tochter verpasst. Als er die Uniklinik in Heidelberg betrat, hörte er den Schrei eines Neugeborenen durch ein Fenster im zweiten Stock, der erste Ton seiner Tochter, wie er später erfuhr. Wenigstens bei der Nachgeburt war er anwesend. Lange hatte seine Frau ihm sein Zuspätkommen vorgehalten. Alle Anstrengungen im Mordfall blieben erfolglos. Der Mörder der 24-jährigen Frau und ihres 29 Jahre alten Freundes, die gemeinsam in einer Wohnung in Sandhofen lebten, wurde nie gefunden. Wochen vergingen, Monate, die Sonderkommission wurde nach und nach verkleinert und am Ende waren nur noch Meißner und Lauer übrig, die den Mörder suchten. Eine Sisyphusarbeit, die keinerlei Fortschritte erbrachte. Irgendwann wurden Meißner und Lauer wieder ins Alltagsgeschäft integriert.

Montag, 28. Juni 1999:

Frau Paulus findet ihre Tochter Chantal, 24 Jahre, Frisörin, tot in deren Schlafzimmer in der Wohnung in der Leinenstraße in Sandhofen. Sie alarmiert die Polizei. In der Küche liegt die Leiche von Holger Krück, dem Lebensgefährten der Tochter. Holger Krück, 29 Jahre alt, Gabelstaplerfahrer in einem Getränkehandel in Lampertheim. Den eintreffenden Beamten der Kripo Mannheim, darunter Julian Meißner, bietet sich ein schreckliches Bild: zwei in ihrem getrockneten Blut liegende Leichen, ein umgestürzter Küchentisch, Blutspuren an einem Tischbein, die, wie sich später herausstellt, nicht von den Opfern stammten, ein zerbrochener Stuhl. Eindeutige Kampfspuren findet die Spurensicherung nur in der Küche. Bereits in den ersten zwei Wochen der Ermittlungen bearbeitet die eigens für diesen Fall gebildete Sonderkommission ›Sandhofen‹ 350 Spuren. Aufgrund von Hinweisen und Zeugenaussagen können die Beamten einen möglichen Tatablauf rekonstruieren, der anfangs nicht an die Presse weitergegeben wird. Tatzeit war voraussichtlich die Nacht zum 24. Juni. Bis zur Auffindung waren die Opfer bereits fünf Tage tot.

Zwischen 22 Uhr und Mitternacht: Der Täter kommt in die Wohnung. Er muss Chantal Paulus gekannt haben, die Polizei findet keine Anzeichen für ein gewaltsames Eindringen. Die junge Frau ist allein in ihrer Wohnung, sie lernt für die bevorstehende Meisterprüfung. Ihr Freund verbringt den Abend in seiner Stammkneipe, dem Gasthof *Zum Adler* in der Ausgasse. Dort trifft er sich jeden Donnerstag mit Freunden zum Skat. Um 23:30 Uhr verlässt er das Lokal, die Polizei findet mehrere Zeugen, die dies bestätigen. Er stellt sein Auto in der Niederbronner Straße ab und legt den Weg bis zur Leinenstraße zu Fuß zurück. Als er die Wohnungstür aufschließt, ist der Täter bereits in der Wohnung. Seine Freundin ist schon tot, erwürgt mit einem Telefonkabel. Nachdem die junge Frau tot ist, fügt ihr der Täter, aus welchen Gründen auch immer, noch zwei Messerstiche zu, die auch zum Tod geführt hätten, aber bei der Obduktion eindeutig als post mortem analysiert werden. Holger Krück wird vom Täter mit einer Gaspistole bedroht. Die Pistole wird er später in der Wohnung zurücklassen. Dann schlägt der Täter Krück eine Wasserflasche auf den Kopf und versucht ihn mit dem Kabel, mit dem er Chantal Paulus erwürgt hat, zu fesseln. Holger Krück wehrt sich heftig. Schließlich sticht er wie besinnungslos auf Krück ein. Fünfundzwanzig Stiche zählt der Arzt bei der Obduktion. Die Tatwaffe, ein Küchenmesser, bleibt in der Küche neben der Leiche liegen. Der Täter versucht, Spuren zu verwischen, so findet die Spurensicherung ein Cocktailglas auf dem Küchentisch, das penibel abgewischt ist. Als der Täter die Wohnung verlässt, zieht er die Tür hinter sich zu.

Die Polizei hatte sich damals mit Informationen zum Tathergang zurückgehalten, da sie der Öffentlichkeit kein Täterwissen preisgeben wollte. Insbesondere machte die Polizei anfangs keine Angaben zur Tatwaffe und zum möglichen Tathergang. Darauf ritt Hanke jetzt herum, wenn er in seinem Artikel im Rhein-Neckar-Anzeiger der Polizei eine Mauertaktik im Fall des Doppelmordes von Sandhofen vorwarf.

Trotz der vielen Spuren, der Hinweise und der Zeugenaussagen war für die Sonderkommission kein Tatmotiv erkennbar. Raub wurde durch die Tatortuntersuchung ausgeschlossen, ein Sexualdelikt war unwahrscheinlich. Die wildesten Spekulationen, befeuert durch entsprechende Berichte in der Presse, tauchten auf. Drogenszene. Russenmafia. Autoschiebereien. Alle diese Spekulationen entbehrten jeglicher Grundlage.

»Der Doppelmord in Sandhofen«, sagte Clement und Lauer kam es fast genüsslich vor, denn Clement zog jedes einzelne Wort in die Länge. »Kollegin Meyers, Ihre Aufgabe. Besorgen Sie sich die Akten. Schauen Sie sich alles genau an. Ich kann es mir zwar nicht vorstellen, aber vielleicht haben wir damals etwas übersehen. Wenn Sie Unterstützung brauchen, sagen Sie mir Bescheid. Der Doppelmord in Sandhofen steht ganz oben auf unserer Agenda.«

Meyers zeigte keine Reaktion auf Clements Worte. Sie hatte ihr Pokerface aufgesetzt, das Susanne jeden Tag studieren konnte, wenn Irene Meyers ihr gegenübersaß. Meißner wunderte sich, welche Wörter zu Clements aktivem Wortschatz gehörten. Agenda. Er selbst wäre nie im Traum auf die Idee gekommen, ein solches Wort zu benutzen.

elf

Pflichtbewusst, wie sie waren, machten sich Lauer und Meißner sofort nach der Besprechung auf den Weg, um Leon Ahn, den angeblichen Neonazi, dem Samuel Imanayarakoze die Nase gebrochen hatte, aufzusuchen. Es war Meißners Vorschlag, das Navi zu benutzen.

»Nie im Leben«, erwiderte Lauer und nahm den Weg über Wallstadt Richtung Vogelstang. »Ich kenn mich hier aus wie in meiner Westentasche.«

Er fuhr die Römerstraße entlang, die in die Pommernstraße übergeht, und bog zu früh in die Mecklenburger Straße ab. So landeten sie vor der Geschwister-Scholl-Schule. Lauer hatte ganz vergessenen, dass das Stadtteilzentrum vor Durchgangsverkehr geschützt werden sollte und die Zufahrt zu dem Stadtteil durch Stichstraßen geregelt wurde, die baulich die Form von Grundstückszufahrten hatten. Nicht jeder Punkt im Stadtteil war durch jede Zufahrt mit dem Auto zu erreichen. Meißner schlug vor, das Auto vor der Schule stehen zu lassen und zu Fuß weiterzugehen. Lauer, in seiner Ehre gekränkt, fuhr zur Pommernstraße zurück, dann geradeaus, und bog, dieses Mal richtig, in den Eberswalder Weg ab und brachte Meißner direkt vor das Hochhaus im Geraer Ring.

Als sie am Geraer Ring ausstiegen, war Meißner bester Laune, während Lauer vor sich hin schimpfte.

»Wir hätten uns besser dem Navi anvertrauen sollen«, sagte Meißner und bereute sofort seine Stichelei. Aber Lauer zog die Schultern hoch und sagte: »Wäre gescheiter gewesen.«

Meißner wunderte sich über Lauers Einsicht.

»Hier wurde im September 1964 der Grundstein für den neuen Stadtteil gelegt. Der Grundstein ist im Hochhaus, vor dem wir stehen, eingemauert. Genau da, wo wir hinwollen.«

Meißner war von Lauers Wissen beeindruckt.

»Halb so wild. Ich hab auf der Vogelstang gewohnt, einige Monate nur, war mir zu steril.«

Sie standen vor dem Hochhaus und verrenkten sich fast die Köpfe, um alle Stockwerke sehen zu können.

»24 Etagen«, sagte Lauer.

»Durch den toten Ruander lerne ich so ziemlich alle Hochhäuser Mannheims kennen.«

»Weil es ja so viele hier gibt«, sagte Lauer.

»Unterschätz das nicht, Leo. Gestern, die Wohnung, in der der Schwarze gewohnt hat, das Hochhaus am Aubuckel.«

»Jetzt mach mal halblang, Julian, im Vergleich zu dem hier kommt einem der Aubuckel wie ein Puppenhaus vor. Und am Neckarufer gibt es auch noch einige hohe Häuser.«

Meißner und Lauer studierten die Tafel mit den Klingelschildern und Meißner musste zugeben, dass es nicht so einfach war, den gesuchten Namen zu finden.

»Hier«, sagte Meißner nach einer Ewigkeit. »Leo Ahn, ich dachte der Typ heißt Leon.«

»Bestimmt der Vater, der Bursche wohnt noch bei seinen Eltern«, sagte Lauer und drückte auf die Klingel.

»Leo und Leon, originell. Zum Glück heißt dein Sohn Fabian.«

Lange passierte nichts. Meißner kam es wieder wie eine Ewigkeit vor. Dann endlich ein schlichtes »Ja«.

»Sind Sie Leo Ahn?«, fragte Meißner.

»Kann gut sein.«

»Wohnt hier ein Leon Ahn?«, fragte Lauer.

»Kann gut sein.«

Meißner stellte sich und seinen Kollegen vor und bat, in die Wohnung eingelassen zu werden. Nichts passierte.

»Sind Sie noch dran?«

Keine Reaktion.

»Haben Sie nicht verstanden? Wir sind von der Polizei und müssen mit Ihnen reden. Machen Sie endlich auf.«

Zur Unterstützung seiner Worte wedelte Meißner mit seinem Polizeiausweis in Richtung Klingel.

»Ich glaube nicht, dass der Eingangsbereich videoüberwacht ist«, sagte Lauer.

»Sie glauben wohl, wir erzählen Ihnen Märchen«, versuchte es Meißner ein weiteres Mal.

»Kann gut sein.«

Lauer platzte der Kragen.

»Aufmachen, sofort! Oder ich lasse die Tür aufbrechen«, schrie er in die Sprechanlage. Ein älterer Mann, der auf den Eingang zugesteuert war, drehte um und entfernte sich, so schnell er es mit seinem Rollator bewerkstelligen konnte. Lauers Ausbruch zeigte Wirkung. Der Türöffner summte schon, als das letzte Wort noch nicht verklungen war.

Die Tür im 16. Stock stand offen. Da sich niemand zeigte, betraten sie die Wohnung. Im Flur war es nahezu dunkel, alle Türen, bis auf eine, waren geschlossen.

»Nur herein in die gute Stube«, hörten sie aus der Richtung des Lichtscheins. Lauer war überrascht, dass der Sprecher über ein breiteres Repertoire verfügte, als das bisher gehörte »Kann-gut-sein«. Sie kamen in ein Wohnzimmer, dessen Rollos zur Hälfte heruntergelassen waren und das nicht gerade einen aufgeräumten

Eindruck machte. Die Luft im Zimmer war abgestanden. Der Mann, der auf dem Sofa lag, steckte sich eine Zigarette an, dann griff er nach seiner Bierflasche. Der Fernseher lief, ein Flachbildschirm, mindestens 40 Zoll, das sah Meißner auf einen Blick. Irgendeine Talksendung auf Super-RTL. Wie aus dem Klischeelehrbuch, dachte Meißner. Lauer musste niesen, einmal, zweimal, dreimal. Das war nur die schlechte Luft hier, sagte er sich.

»Werde bloß nicht krank jetzt«, flüsterte ihm Meißner zu.

»Sie sind Leo Ahn?«

»Kann gut sein.«

Meißner überlegte, wie oft sie diese Antwort schon gehört hatten.

»Wohnt hier Leon Ahn?«, sagte er, äußerlich ganz die Ruhe in Person.

»Kann gut sein.«

Lauer machte zwei, drei schnelle Schritte auf das Sofa zu und streckte den linken Arm weit nach hinten. Meißner fand, es sah aus, als ob er zum vernichtenden Faustschlag ausholte. Der Mann auf dem Sofa sah das auch so. Er ließ die Bierflasche fallen, die unter den Wohnzimmertisch kullerte und auslief.

»Jetzt hör mal gut zu, du Neunmalkluger!«

Meißner war sich nicht sicher, ob der Mann damit etwas anfangen konnte.

»Noch einmal dieses dämliche ›Kann gut sein‹ und ich räum dir eine ab. Und jetzt noch einmal: Name, Alter, Beruf!«

»Leo Ahn, 47 Jahre, gelernter Kfz-Mechaniker, arbeitslos, verheiratet, ein Sohn«, kam es wie aus der Pistole geschossen. Meißner wäre nicht überrascht gewesen, wenn Ahn dazu strammgestanden hätte.

»Deine Frau geht putzen, was?«

Ahn nickte.

»Rackert sich ab für dich. Und was machst du? Versäufst dein HARTZ IV und die paar Kröten, die deine Frau dazuverdient, schwarz, bestimmt. Wo ist dein Früchtchen?«

»Nicht da.«

»Ist er etwa bei der Arbeit?«

»Nein, nein, der ist auch arbeitslos. Hat er was ausgefressen? Von mir hat er das nicht, die rechtsradikalen Sperenzchen.«

»Du strengst jetzt die paar Gehirnzellen an, die du dir noch nicht weggesoffen hast, und sagst uns, wo sich dein Sohn aufhalten könnte.«

Leo Ahn war vom Sofa gerutscht und fingerte unter dem Wohnzimmertisch nach der Bierflasche. Zu dem Rauchgeruch mischte sich Biergeruch.

»Ist er bei Freunden?«, fragte Meißner nach.

»Kann gut …«

Ahn brach den Satz ab und schaute in Lauers Richtung.

»Wo ist Leon? Ich warte!«

Lauer stand jetzt direkt vor dem Mann, der auf dem Boden vor dem Sofa kauerte.

»Beim Arbeitseinsatz, fällt mir ein.«

»Was? Arbeitseinsatz?«

»Ist früh los heute Morgen. Ein Kumpel hat ihn abgeholt, so ein Dicker. Wird spät heute, hat er zu mir gesagt.«

»Wo ist er hin?«

Lauers Stimme klang bedrohlich.

»Woher soll ich das wissen?«

»Wohin?«

Lauer schlug sich mit der Faust auf die Handfläche. Meißner hätte seinen Kollegen am liebsten in der Wohnung zurückgelassen. Aber Leo Lauer und Leo Ahn zusammen in diesem Wohnzimmer, das würde nicht gutgehen. Lauer hatte Ahn inzwischen am Kragen vom Boden hochgezogen. Wie der kleine Mann, mindestens einen Kopf kleiner als Lauer, und der war weiß Gott kein Riese, vor Lauer stand, zusammengesunken, wacklig, tat er Meißner fast leid.

»Ich höre.«

Der Mann vor Lauer stellte die Bierflasche, die jetzt ziemlich leer war, auf den Wohnzimmertisch. Die Flasche schwankte und Meißner glaubte, sie würde umkippen, aber sie blieb stehen.

»Jetzt fällt es mir wieder ein«, sagte Leo Ahn. »Mit dem Dicken, der ihn abgeholt hat, bosselt er meist in einer ausgebrannten Kneipe rum.«

»Und wo?«, fragte Meißner.

»Eine Kneipe, in der Pfalz, glaube ich, ja, irgendwo in der Pfalz.«

Lauer sah, wie Meißner rot anlief, die Backen aufblies, laut die Luft durch die Zähne presste und den Mund dann aufriss.

»Lass gut sein, Julian, ich weiß, wo diese Kneipe ist. Gehen wir.«

Als Meißner Lauers Worte hörte, fiel die Anspannung von ihm ab, seine Hände entspannten sich, das Auftreten seines Kollegen, das er vor wenigen Minuten noch als schrecklich empfunden hatte, kam ihm jetzt sympathisch vor und er freute sich, als er sah, wie Lauer dem kleinen Mann seinen Finger auf die Brust setzte und der auf das Sofa kippte.

»Das wird ein Nachspiel haben«, brachte der arbeitslose Kfz-Mechaniker heraus.

Da waren Lauer und Meißner bereits im Flur.

»Kann gut sein.«

Lauers Worte gingen unter im Zuschlagen der Wohnungstür.

zwölf

»Ich muss mit dir reden«, sagte Meißner, als Lauer an der Ausfahrt Grünstadt die A6 verließ.

»Ich kann deinen Ärger verstehen«, sagte Lauer und bog in den Kreisverkehr ein und wählte die zweite Ausfahrt Richtung Grünstadt-Zentrum, Sausenheim, Altleiningen.

»Ich hätte euch Bescheid sagen müssen. Ich hab mir mit Hanne Wohnungen angeschaut. Kam überraschend. Ich musste gleich los.«

»Mit mir und Elvira, das macht keinen Sinn mehr.«

»Ja, ja, bei Hanne und mir läuft auch nicht alles rund. Eine komplizierte Angelegenheit, so eine Wohnungssuche. Hanne würde am liebsten eine Eigentumswohnung kaufen, dabei besitzt sie außer Schulden nichts. Dann wenigstens eine Neubauwohnung, auf jeden Fall Erstbezug. Ich bevorzuge eine Altbauwohnung. Eigentlich fühle ich mich in meiner Wohnung in der Mutterstadter Straße richtig wohl, drei Zimmer, kleiner Balkon, Garten. Das reicht doch auch für zwei Personen. Aber nein, die Wohnung sei zu klein, meint Hanne, die Heizkörper seien zu altmodisch, das Bad wäre nicht exklusiv genug ausgestattet. Ein Fiasko, unsere gestrige Wohnungssuche.«

»Ich werde mich von Elvira trennen.«

»Fünf Wohnungen gestern besichtigt. Alles Neubau, in Käfertal, in Ilvesheim, ich zieh doch nicht nach Ilvesheim, nie im Leben, in Wallstadt, in der Innenstadt, in der Nähe vom Paradeplatz, im Erdgeschoss, direkt nebendran eine Kneipe, grässlich laut, eine Wohnung in der Oststadt, die hat Hanne am besten gefallen, moderne 4-Zimmer-Wohnung, 127 Quadratmeter, zwei Tageslichtbäder, ein

Schnösel, der Makler, ruhige Lage am Oberen Luisenpark, war auch mit Abstand am teuersten, 1 295 Euro, Kaltmiete, Julian, Kaltmiete, da kommen noch die Nebenkosten dazu. Unter vier Zimmer geht nichts, sagt Hanne, ein gemeinsames Wohnzimmer, ein Schlafzimmer, dann braucht jeder ein eigenes Zimmer, ein Rückzugszimmer, nennt sie es. Dann noch ein zusätzliches Gästezimmer, das wäre natürlich toll, aber keine Bedingung. Ich hab ihr gesagt, ich verzichte auf ein Rückzugszimmer und sie kann sich das dritte Zimmer in meiner Wohnung einrichten, ist eh im Moment so was wie eine Rumpelkammer. Nicht einfach, meine Beziehung zu Hanne. Ganz abgesehen von meinem Kater. Was soll aus dem werden, wenn wir zusammenziehen? Bei ihrer Katzenhaarallergie.«

Meißner wusste, wie sehr Lauer an dem alten Kater hing, der ihm im heißen Juli 2007, als sie den Mörder des polnischen Erntehelfers suchten, zugelaufen war.

»Ich weiß nicht, wie es mit Hanne und mir weitergehen soll.«

Lauer stutzte, griff sich mit der Hand an den Mund und hätte beinahe die Abfahrt nach Sausenheim übersehen.

»Was hast du da gerade gesagt, von Elvira und dir?«

»Ich werde mich von meiner Frau trennen.«

»Und die Kinder?«

»Was weiß ich, Leo, darüber habe ich mir noch keine Gedanken gemacht.«

Meißners Frau hatte im Juli 2007 ein Kind verloren. 20. Schwangerschaftswoche. Lauer erinnerte sich noch an Meißners Anruf. Der Mörder des polnischen Erntehelfers war überführt und auch der alte Mann, der die Journalistin mit einem Beil in ihrer Wohnung erschlagen hatte, saß hinter Schloss und Riegel.

»Leo, unser Kind hat es nicht geschafft.«

Meißners Stimme klang Lauer noch im Ohr, als sei der Anruf erst vor einigen Minuten gewesen.

»Damals hast du mir sehr geholfen, Leo, dein Mitgefühl, deine Worte«, sagte Meißner.

Lauer glaubte sich zu erinnern, dass ihm damals die Worte gefehlt hatten. Es gab Situationen, da fehlten einem die Worte. Nach Meißners Flucht nach Augsburg, so nannte Lauer die Dienstreise seines Kollegen und Freundes, und der kurzen Affäre mit einer Jugendfreundin hatte Lauer das Gefühl gehabt, dass sich Meißners Ehe wieder eingerenkt hatte. Er sprach ihn darauf an.

»Nichts ist besser geworden. Den Seitensprung mit Vera, den hat meine Frau mir verziehen, aber über die Fehlgeburt ist sie nicht hinweggekommen. Die Zeit heilt die Wunden. Dass ich nicht lache. Nichts wird besser. Wenn auch noch so viel Zeit vergeht. Ich habe das Gefühl, dass Elviras Schmerz mit jedem Tag eher schlimmer wird. Sie verkriecht sich immer mehr. Ich komme nicht mehr an sie ran.«

»Aber du liebst sie doch.«

»Natürlich liebe ich sie, aber was ist das für ein Leben, wenn ich ihr meine Liebe nicht zeigen kann? Ich ertrage das nicht mehr. Ich kann nicht mehr, Leo. Die Enge der Wohnung, Elviras Leiden, ich fühle mich eingeschnürt, zusammengepresst.«

»Und die Kinder?«

»Ja, die Kinder.«

Meißner schwieg.

Lauer passierte das Ortsschild Maihof-Drahtzug.

»Wir sind gleich da. Drahtzug, stellen Drahtwaren her, unter anderem Drahtkörbe für Geschirrspüler. Und der *Maihof* ist ein Swingerclub. Meine Tante schwärmt immer vom Maihof. Der *Maihof*, den sie kannte, war ein Ausflugslokal, den besten Kaffee, den besten Kuchen weit und breit, alles selbstgemacht. Aber das ist schon eine Ewigkeit her.«

Meißner sagte nichts.

»Altleiningen-Tal«, sagte Lauer. »Die paar Häuser rechts der Straße gehören alle zu Altleiningen.«

Bis sie an ihrem Ziel ankamen, dem *Gasthaus zur Burg*, in der Kurve gelegen, hinter der der eigentliche Ort Altleiningen anfing, gegenüber Sankt Raphael, einer Caritas-Einrichtung der Jugendhilfe, kam die Sprache nicht wieder auf die Eheprobleme Meißners und die Beziehungsprobleme Lauers.

»Das ist es«, sagte Lauer. »Das *Gasthaus zur Burg*. Als der vorige Besitzer pleiteging, zogen die Nazis hier ein. NPD. Die haben daraus ein nationales Schulungs- und Freizeitzentrum gemacht. Bis es dann vor einigen Jahren mitten in der Nacht plötzlich abbrannte.«

Das langgezogene Haus, das in der Kurve stand, in der die kleine Straße abgeht, die an der Hetschmühle vorbei nach Wattenheim führt, machte einen erbärmlichen Eindruck. Am hinteren Teil befand sich ein handgeschriebenes Schild, weiße Farbe auf schwarzem Grund, herabtropfende Farbe verzierte die Buchstaben: »ZUM VERKAU«. Der Platz hatte nicht ausgereicht und der Schreiber machte eine Zeile tiefer einen zweiten Versuch. »VERKAUFEN«. Es folgte eine Handynummer. Lauer war noch dabei, die Nummer zu entziffern, da hatte Meißner sie bereits in sein Handy eingetippt und trat von einem Fuß auf den anderen. Dann schob er sein Handy in seine Jackentasche zurück.

»Die Nummer ist nicht mehr vergeben«, sagte er zu Lauer.

Der vordere Teil des Daches, etwa ein Viertel, schien intakt zu sein, dann klaffte ein schwarzes Loch, Teile des Dachs, Ziegel und Balken des Dachstuhls waren in den Vorgarten gestürzt. Die Scheiben im ersten Stock waren zerborsten, die Fensteröffnungen zugenagelt. Die Ziegel fehlten zur Hälfte, verkohlte Balken streckten sich zum Himmel. Die Konstruktion über dem letzten Abschnitt des Gasthauses, etwas niedriger als das übrige Dach, war dann wieder in Ordnung. Zumindest hatte es den Anschein. Die Fensterläden im Erdgeschoss waren geschlossen und zusätzlich vernagelt. Über dem »A« von Gasthaus zur Burg, das in altdeutscher Schrift über den Fenstern im Erdgeschoss stand, prangte ein roter Farbklecks. Ein weiteres handgeschriebenes Schild über der Eingangstür der ehemaligen Gaststätte verkündete: »Betreten verboten auf eigene Gefahr«.

»Was jetzt?«, fragte Lauer. »Betreten verboten oder betreten auf eigene Gefahr?«

Unzählige Birkenschösslinge und Brombeerranken überwucherten den Zaun und den Vorgarten. Zerfetztes, rot-weißes Absperrband vervollständigte den trostlosen Anblick.

»Einladend!«, sagte Meißner.

Sie kämpften sich durch den Dschungel des Vorgartens. Lauer stolperte gegen einen verrosteten Grill.

»Happy Holocaust«, las er in altdeutscher Runenschrift.

»Widerlich«, sagte Meißner.

Die Eingangstür war aufgebrochen und angelehnt. Vorsichtig betraten sie das Gebäude. Es war duster. Ein wenig entfernt hörten sie Stimmen. Lauer und Meißner blieben im Flur stehen.

dreizehn

»Jetzt mach mal langsam, Leon, ich bin grad kacken.«

»Ach so, na ja, ich wollte dich nicht stören, aber ich hab Hunger.«

»Ich könnte jetzt auch Bratkartoffeln mit Leberwurst verdrücken, eine Riesenportion.«

»Warum hat deine Alte dir nichts mitgegeben? Das macht die doch sonst immer. Leckere Wurstbrote.«

»Die ist sauer auf mich. Hab ihren Macker provoziert. Heil Hitler, du faule Sau, hab ich zu dem gesagt. Der war aber so besoffen, dass er nicht vom Sofa hochgekommen ist.«

»Und deine Mutter?«

»Die hat was von Respekt gefaselt.«

Meißner, der sich vorgetastet hatte, stieß an einen Kleiderständer.

»Still, hast du das gehört?«

»Hast du etwa Angst?«

»Ich und Angst, du tickst wohl nicht richtig.«

»Ich geh lieber mal nachschauen.«

»Mach dir nicht in die Hosen. Wird irgendeine verfickte Katze gewesen sein, die was umgeworfen hat.«

Es folgte ein Rülpsen, das so laut war, dass Lauer dachte, der Verursacher würde direkt neben ihm stehen. Eine Tür am Ende des Flurs ging auf und Lauer und Meißner gegenüber stand ein junger Mann, der mindestens 150 Kilo wiegen musste. Wenn nicht noch mehr.

»Umdrehen, Hände über den Kopf, Beine spreizen«, sagte Lauer mit einer Stimme, die keinen Widerspruch zuließ. Der Dicke reagierte nicht.

»Los, los!«

Erst jetzt schien er zu kapieren, dass er angesprochen war.

»Wer sind Sie? Was haben Sie hier zu suchen? Das ist Privatgelände.«

Drinnen im Schankraum polterte ein Stuhl. Meißner schob sich an Lauer vorbei und riss die Tür auf. Im Halbdunkel sah er einen Schatten, der auf die gegenüberliegende Tür zurannte, die halb offen stand.

»Polizei! Stehenbleiben! Oder ich schieße!«

Der junge Mann blieb auf der Stelle stehen und hob die Arme.

Die beiden jungen Männer saßen am Tisch direkt neben dem Ausschank, Lauer saß auf einem Tresenhocker, Meißner stand an die Theke gelehnt, über ihm an der Wand ein Zeichen, das aussah wie ein Y, nur war die mittlere Linie so weit hochgezogen wie die beiden Seitenlinien des Y.

»Die Lebensrune«, hatte Meißner gesagt, als die Situation sich beruhigt hatte. »Symbol von Lebensborn.«

Mehr musste Meißner nicht sagen. Lebensborn e.V., sagte sich Lauer. Von der SS getragen, ein staatlich geförderter Verein. Arische Kinder sollten in Massen produziert werden. Typisch arisch aussehende Männer und Frauen trafen sich in den Heimen des Vereins und paarten sich miteinander.

»Noch einmal in Ruhe und zum Mitschreiben: Name, Alter, Anschrift und alles, danach: Was habt ihr hier verloren?«, sagte Meißner, der seine Heckler & Koch ebenso wie Lauer weggesteckt hatte.

»Leon Ahn, 19 Jahre, Geraer Ring 10 in Mannheim, arbeitslos, ohne Schulabschluss, falls Sie das auch interessiert, wir wollten doch nur …«

»Halt die Klappe«, fiel ihm der Dicke ins Wort.

»Jetzt du!«

Lauer deutete auf den Dicken.

»Wir haben nichts angestellt. Wir sind völlig legal hier. Außerdem möchte ich sofort meinen Anwalt sprechen.«

»Du siehst wohl zu viele Krimis im Fernsehen. Name, Alter, du weißt schon.

»Jetzt mach mal halblang, Alter. Aber gut, damit du Ruhe gibst.«

»Noch einmal du und es setzt was!«

»Was denn?«

Der Dicke sah Lauer herausfordernd an.

»Gut, gut, wir wollen keinen Ärger. Norbert Johnson. 22 Jahre. Im Gegensatz zu meinem Kumpel hab ich einen Schulabschluss. Sonderschule.«

»Du findest dich wohl sehr lustig«, sagte Lauer. »Also, was habt ihr hier verloren?«

»Wir sind öfters hier, wir sind mit den Besitzern befreundet. Können Sie nachprüfen, rufen Sie einfach die Nummer an, die draußen auf dem Schild steht«, sagte der, der sich als Leon Ahn ausgegeben hatte.

»Noch so ein Witzbold«, sagte Lauer.

»Ich verstehe nicht«, sagte Leon Ahn.

»Die Nummer gibt es nicht mehr.«

»Sie machen Witze.«

»Was habt ihr hier zu suchen?«

»Wir machen uns hier nützlich, räumen auf, versuchen, hier alles wieder instand zu setzen.«

Lauer blickte sich um.

»Davon ist reichlich wenig zu sehen.«

»Das kostet Geld, verdammt viel Geld, wir tun, was wir können.«

»Was ist denn hier passiert?«

»War ein tolles Haus, bis die Scheiß-Linken das Schulungszentrum hier abgefackelt haben.«

»Schulungszentrum! Was zum Teufel sollte hier geschult werden? Dass der Holocaust eine Lüge ist? Happy Holocaust?«, sagte Meißner. Ahn ging auf Meißners Fragen nicht ein.

»2007 war das. Sonnwendfeier, glaube ich. Brandstiftung, echt, die Polizei hat nichts herausgefunden. Die haben sich eh nicht angestrengt. Alles im Sand verlaufen, verdammt ungerecht. Vielleicht hat der Geheimdienst was zu tun damit. Die mischen doch überall mit. Oder die Israelis.«

»Ich finde es klasse, dass der Laden angesteckt wurde, von wem auch immer«, konnte sich Meißner nicht verkneifen.

»Uns ist es im Grunde egal, was ihr treibt«, sagte Lauer. »Wir sind aus einem anderen Grund hier. Samuel Imanayarakoze, sagt dir der Name etwas?«

Ahn schlug mit der Faust auf die Tischplatte.

»Der Scheißkerl! Verrecken soll der!«

»Liest du keine Zeitung? Er ist tot.«

Ahn hatte ein Grinsen im Gesicht, das erst festfror und dann ganz langsam verschwand.

»Sie glauben doch nicht … Nein, nein, nein, das können Sie mir nicht anhängen. Damit hab ich nichts zu tun. Ich hab ein Alibi. Ich war gestern zu Hause, den ganzen Tag, mein Alter kann das bezeugen.«

»Schönes Alibi. Ein besoffener Vater, der seinem Sprössling ein Alibi gibt. Wir werden das trotzdem überprüfen«, sagte Lauer.

»Woher willst du wissen, dass Imanayarakoze gestern ermordet wurde?«, fragte Meißner.

»Wann denn sonst? Die Polizei würde doch nicht hier auftauchen, wenn er einen Herzinfarkt gehabt hätte, oder?«

Lauer bohrte nicht weiter nach. Wenn er ehrlich war, konnte er sich nicht vorstellen, dass der schmächtige junge Mann, der vor ihm auf dem Stuhl saß, etwas mit der Ermordung des Mannes aus Ruanda zu tun haben könnte.

»Wir wollen was ganz anderes von dir wissen«, sagte Meißner. »Es geht um die Anzeige vom Frühjahr 2009. Was ist da passiert?«

»Das ist vielleicht ein Ding gewesen. Ich kann es immer noch nicht fassen. Ausgerechnet mir und meinem Kumpel, dem Oliver, muss so was passieren. Der Kerl hat uns angegriffen, grundlos. Wir standen an der Haltestelle, ganz friedlich. Der hat zugeschlagen, plötzlich, ohne Vorwarnung. Zuerst dem Oliver eine abgeräumt, dann mir eine reingehauen. Der hatte einen Schlagring, müssen Sie mir glauben. Die sind doch verboten. Sehen Sie meine Nase, noch ganz schief. Wird so bleiben, hat der Arzt gesagt. Das Verfahren gegen den Schläger wurde eingestellt. Uns hat der Richter angemacht! Sieht so Gerechtigkeit aus? Keinen Cent Entschädigung hab ich bekommen. Und mein Job war futsch damals. Der Kerl ist gewalttätig und unberechenbar, ja, unberechenbar.«

»Und das alles wie aus heiterem Himmel, vollkommen grundlos?«

»Na ja, Oliver hat was von Nigger abklatschen gemurmelt, aber das war so leise, dass der Neger das bestimmt nicht hören konnte. Ich hab Oliver gebremst, der Neger ist ja nicht gerade klein, der hat nicht ausgesehen, als ob er sich von uns so einfach abklatschen lassen würde. Der wollte uns eine Lektion erteilen. Der hatte was gegen uns, weil wir so aussehen, Glatze halt, Springerstiefel, Lonsdale-Jacke und so. Der hat uns provoziert. Ja, jetzt fällt es mir wieder ein. Was von bescheuerten Glatzen hat der gesagt. Und lauter so Zeugs.«

»Davon steht nichts im Protokoll.«

»Das ist mir auch eben gerade wieder eingefallen. Ich schwör's. Ehrlich!«

»Was machen wir jetzt mit euch?«, sagte Lauer.

»Wir haben nichts angestellt«, sagte Leon Ahn.

»Sie wollen uns nur einschüchtern«, sagte Norbert Johnson. »Dabei haben Sie hier gar nichts zu melden. Ich hab mir Ihren Ausweis angeschaut. Sie kommen aus Mannheim. Mannheim ist Baden-Württemberg. Hier ist aber Rheinland-Pfalz.«

»Da schau an«, sagte Lauer, »unser kleiner Dicker ist ein schlaues Kerlchen. Der weiß, in welchem Bundesland Mannheim liegt. Und wozu Altleiningen gehört. Gut aufgepasst, in der Sonderschule, Dicker.«

Meißner fuhr sich mit der Hand über den Bauch.

»Mein Magen meldet sich, Leo«, sagte er. »Ich brauch was zu essen.«

»Wir sind hier auch gleich fertig.«

Lauer drehte sich zu den beiden jungen Männern um.

»Ihr beiden meldet euch morgen bei mir, dann machen wir ein Protokoll. Morgen um zehn, Polizeipräsidium in Mannheim, L 6, meldet euch an der Pforte und sagt, ihr sollt euch beim Hauptkommissar Lauer melden. Und wehe, ihr kommt nicht.«

Meißner baute sich vor den jungen Männern auf.

»Wir haben ein Auge auf euch«, sagte er: »Da könnt ihr Gift drauf nehmen, in Mannheim und sonst wo, wegen mir auch auf dem Mond. Wenn wir eines nicht ausstehen können, dann sind es dumme Nazis.«

vierzehn

Meißner wunderte sich über die Begrüßung in der *Krone*.

»Mensch, Leo, dass du dich auch mal wieder blicken lässt«, sagte die Frau, die bediente.

»Die Arbeit, Johanna«, antwortete Lauer und drückte der Chefin die Hand. »Die frisst mich auf. Die Gauner in Mannheim geben einfach keine Ruhe.«

»Jetzt übertreib nicht, Leo, früher hast du dich doch auch öfter mal sonntags blicken lassen. Aber schön, dass du den Weg gefunden hast.«

»Hannel, noch eine Schorle«, rief es vom Tisch am grünen Kachelofen.

Dieses »Hannel« sollte Meißner noch öfter an diesem Mittag hören, und es war ihm unbegreiflich, dass man Johanna, diesen schönen Vornamen, so verunstalten konnte. Diese Pfälzer, dachte Meißner nur und wusste sehr wohl, dass sein Kollege Lauer aus der Pfalz stammte.

»Der Herr Kriminalhauptkommissar! Welche Ehre!«

Der Mann, der aus der Küche gekommen war und der Lauer mindestens um einen Kopf überragte, trug kleinkarierte Hosen und eine blütenweiße Jacke mit abgesetztem roten Rand und der Aufschrift »Küchenmeister 2010«.

»Lange nicht gesehen, Dieter«, sagte Lauer. »Was kannst du empfehlen?«

Lauer tunkte die Soße auf und schob sich das Stück Fleisch in den Mund. Er schloss die Augen, während der Sauerbraten auf seiner Zunge zerging. Lauer war der Empfehlung des Kochs gefolgt und hatte den Sauerbraten mit Kartoffelknödeln und Rotkraut, natürlich frisch zubereitet, gewählt. Meißner musste nicht überlegen. Er bestellte, wenn dies möglich war, immer paniertes Schnitzel mit Pommes und Salat.

»Nichts passt zusammen«, sagte er. »Ein heilloses Durcheinander. Wir haben viele Ansatzpunkte, aber die widersprechen sich, sind nicht auf eine Reihe zu bringen. Ich verstehe das alles nicht.«

»So ist das doch immer zu Beginn eines neuen Falles«, sagte Lauer, aber erst, als er zu Ende gekaut, das Besteck zur Seite gelegt und sich den Mund mit der Serviette abgetupft hatte. »Wir sind doch schon weit. Wir wissen, wer der Tote ist, aber wir wissen noch zu wenig von ihm. Wenn wir mehr von ihm wissen, werden wir auch auf das Motiv stoßen. Unweigerlich.«

Er griff nach dem Besteck.

»Und dass es Widersprüche gibt«, fügte er noch hinzu, »darüber können wir doch nur froh sein. Daraus ergeben sich Anhaltspunkte, die unsere Ermittlungen weiterbringen werden.«

Dann widmete er sich wieder seinem Sauerbraten. Ein Hustenanfall störte ihn beim Essen. Meißner schlug ihm auf den Rücken.

»Ich weiß, Leo, Geduld. Ich muss Geduld haben, aber mir geht das viel zu langsam.«

Beide aßen eine Zeitlang schweigend.

»Weißt du, was ich manchmal glaube?«, sagte Meißner schließlich. Lauer sah von seinem Teller auf.

»Alles zur Zufriedenheit?«

Der Koch, dem zusammen mit seiner Frau das Gasthaus zur *Krone* in Altleiningen gehörte, stand neben ihrem Tisch.

»In Ordnung alles«, sagte Meißner.

»Ausgezeichnet wie immer«, sagte Lauer. »Noch ein wenig Soße könnte nicht schaden, Dieter.«

»Wie der Kommissar es wünscht«, sagte der Koch lächelnd und verschwand in der Küche.

»Manchmal, Leo, glaube ich, Iman …«, Meißner brach ab. »Den Namen kann ich mir nicht merken, dieser Bruder Samuel, das geht mir manchmal durch den Kopf, muss ein Doppelleben geführt haben.«

Doppelleben! Das Wort schien Lauer zu elektrisieren. Er hörte mit dem Kauen auf, Meißner schwor später, dass sein Mund einige Sekunden offen gestanden habe, was Lauer bestritt.

»Am Ende behauptest du noch, mir sei das Besteck aus den Händen gefallen.«

Doppelleben. Das war zwar nicht der Durchbruch gewesen, darin würden sich Meißner und Lauer später einig sein, aber beim Mittagessen in der *Krone* in Altleiningen nahm der Fall des erstochenen Mannes aus dem fernen Ruanda in gewisser Weise eine Wendung. Wenn vorher nichts als Chaos geherrscht hatte, bekamen die Ermittlungen ab diesem Moment eine Struktur. Doppelleben. Der friedfertige, zutiefst religiöse Bruder Samuel und der aggressive Schläger, der im Affekt auf zwei junge Männer losgegangen war.

»Die Soße, bitte.«

Lauer bedankte sich und griff mechanisch nach dem Soßenbehälter und kippte den gesamten Inhalt über seinen Kartoffelknödel.

»Einige Pommes würde ich noch schaffen«, sagte Meißner zum Koch.

»Selbstverständlich.«

Lauers Handy klingelte. Wobei man nicht wirklich von klingeln sprechen konnte, verzerrte Gitarren, dann Glockentöne, eine zarte, zerbrechliche Melodie setzte ein, dann die Stimme eines Mannes, Eels, hatte Lauer seinem Kollegen irgendwann einmal erklärt.

You're such e beautiful freak.

»Leo, dein Handy.«

I wish there were more …

Lauer durchsuchte sämtliche Jackentaschen, … *just like you*, dann reichte ihm Meißner das Handy, das er auf dem Rand des Tisches abgelegt hatte.

… and not like all of the others.

»Ja, Lauer hier. Fabian. Du! Mit dir habe ich nicht gerechnet. Von wo aus rufst du an? Woher? Sag, dass das nicht stimmt.«

Lauer stand auf.

»Entschuldige, Julian, ein Anruf meines Sohnes«, sagte er und verließ die Gaststube. Meißner kannte Lauers Sohn. Er wusste auch, dass er sich in Australien aufhielt und dort, wie Lauer es ausgedrückt hatte, eine aufstrebende Punkband promotete. Nach wenigen Minuten kam Lauer zurück, setzte sich an den Tisch und nahm den Faden von vorhin wieder auf.

»Doppelleben, das könnte ein wichtiger Anhaltspunkt sein zur Aufklärung des Mordes an Bruder Samuel«, sagte Lauer.

»Leo, was ist mit Fabian?«

»Nichts, was soll sein?«

»Ich kenne dich, Leo. Ich brauche dich nur anzusehen. Du kannst nicht einfach zur Tagesordnung übergehen.«

Lauer schob den leeren Teller zur Tischmitte.

»Fabian hat mich von Basel aus angerufen.«

»Und was macht er da?«

»Das habe ich nicht so genau verstanden. Die Verbindung war nicht gerade gut. Irgendwas mit neuer Freundin und Heidschnucken.«

»Das hört sich wirr an.«

»Stimmt, Julian, ich weiß auch nicht, was ich damit anfangen soll. Aber ich hab ja seine Nummer, ich werde ihn heute Abend in aller Ruhe anrufen. Zurück zu unserem Fall. Wir gehen die ganze Zeit davon aus, dass nichts zusammenpasst, die Meinung des Pfarrers, der Religionslehrerin, der alten Frau, die ihn gefunden hat und das, was die beiden Neonazis uns erzählt haben von der Gewaltbereitschaft des Schwarzen. Vielleicht sind das nur zwei Seiten einer Medaille. Vielleicht führte Bruder Samuel wirklich ein Doppelleben.«

»Vorausgesetzt, dieser Leon Ahn sagt die Wahrheit«, wandte Meißner ein.

»Klar, der kann uns natürlich einen Bären aufgebunden haben, aber Susanne hat seine Aussage ja bestätigt. Wenn die Aggression von ihm und seinem Spezi ausgegangen wäre, hätten sie nie und nimmer Anzeige erstattet. Also, Julian, ich glaube dem Ahn. Der ist so einfach gestrickt. Ich glaube nicht, dass der uns in dieser Ruine etwas vorgespielt hat.«

Doppelleben. Der Fall um den ermordeten Bruder Samuel wurde mit einem Mal übersichtlicher. Zwei Schubladen. Lauer und Meißner beschlossen, sich die Schublade mit der Aufschrift »gewalttätig, unberechenbar« genauer anzusehen.

fünfzehn

Die Geschichte vom *Gasthaus zur Burg*, die Dieter Schwarze, der *Kronen*-Wirt und gleichzeitig Koch dort, Lauer und Meißner erzählte, hörte sich anders an, als das, was ihnen Leon Ahn und Norbert Johnson zu Gehör gebracht hatten.

»Linksradikale, alles Quatsch«, sagte Schwarze, der sich zu den beiden Kommissaren an den Tisch gesetzt hatte. »Die Nazis waren zu blöd, die haben sich selbst angesteckt.«

Schwarze, das hatte er vorher Meißner erzählt, war wegen seiner Schwäche für Suppen in der Pfalz hängengeblieben.

»Ich komme aus dem Ruhrpott, Recklinghausen, hab Großhandelskaufmann gelernt bei Marl-Hüls. Dann mit der Kegelgruppe beim Ausflug in der *Krone* gelandet. Die Linsensuppe hat es mir angetan und Johanna«, sagte er und lächelte seiner Frau zu. »Zum Glück gibt es ganz in der Nähe den Drahtzug, da habe ich etliche Jahre gearbeitet, zuletzt als Abteilungsleiter. Verantwortlich für den Einkauf. Dann habe ich mein Hobby zum Beruf gemacht und koche hier in der *Krone*. Alles selbst beigebracht, Autodidakt, quasi, alles frisch zubereitet, alte Rezepte, ich durchstöbere alte Kochbücher. Vor einigen Jahren war hier in der Gegend sonntags Stromausfall. Da war hier vielleicht etwas los. Holzofen, ich koche mit einem Holzofen. High-Tech. Das brauche ich, da kann ich die Pfannen hin- und herschieben, je nachdem, was für eine Hitze ich brauche.«

Er goss Lauer vom Williams Christ nach, Meißner hatte geistesgegenwärtig die Hand auf sein Glas gelegt.

»Das *Gasthaus zur Burg*, ich muss da ein wenig ausholen. Der Vorbesitzer hat die Gaststätte heruntergewirtschaftet, stand kurz vor der Pleite. Was tun, hat er sich gefragt? Einen Brand legen, der Geistesblitz, dabei hat der nicht besonders viel da oben, die Versicherung bezahlt, alle Sorgen auf einen Schlag los. Gedacht, getan, Feuer gelegt im Souterrain, alles läuft nach Plan. Nur an die Wasserleitung, die quer durch den Raum verläuft, hat er nicht gedacht. Plastikrohre, die platzen, der Wasserstrahl löscht das Feuer perfekt. Nichts mit dem Versicherungsbetrug. Verkaufen, die einzige Chance. Die Gemeinde zeigt Interesse. Der Vorbesitzer möchte den Verkaufspreis in die Höhe treiben, bringt die NPD als potentiellen Interessenten ins Spiel. Die Gemeinde winkt ab, nimmt ihr Vorkaufsrecht nicht wahr. Also bekommen die Nazis den Zuschlag. Ein Aufschrei bei den Nachbarn, Proteste der Anwohner, Demonstrationen, Polizeieinsätze. Wochenlang ist hier der Teufel los. Aber der Verkauf war rechtskräftig, nichts zu machen. Im März vor einigen Jahren ist die Bude voll. Die Nazis, die Bekloppten, versammeln sich im ersten Stock im großen Saal des Gasthauses, Bier und Wein fließen in Strömen, alle sind besoffen, Stühle werden aufgetürmt, angezündet, ein großes Feuer zur Feier des Tages. Winteraustreibung. Die Flammen breiten sich aus in rasender Geschwindigkeit. Alles läuft aus dem Ruder. Die Decke fängt Feuer, die Dachbalken. Die Feuerwehr wird alarmiert. Und die lässt sich Zeit.«

Johanna stellte vor Lauer, Meißner und ihren Mann einen Espresso hin.

»Verschwörungstheorien, alles Quatsch. Bis auf eine Kleinigkeit: Die Feuerwehr ließ sich wirklich verdammt viel Zeit. Es dauert eine Ewigkeit, bis endlich der erste

Löschzug vor dem Gasthaus zur Burg erscheint. Der Wagen sei nicht angesprungen, behauptet der Einsatzleiter.

Ein Gast streckte den Kopf zur Eingangstür herein.

»Offen?«

»Nur herein in die gute Stube«, rief Dieter Schwarze in Richtung Tür.

Ein Strahlen erschien auf dem Gesicht des Mannes an der Tür. Er überschritt die Türschwelle.

»Super. Ich sage nur den anderen Bescheid.«

Der Mann wollte die Gaststube wieder verlassen, sah aber Dieters Arm, den dieser erhoben hatte.

»Es ist zwar offen, aber die Küche ist ab vierzehn Uhr geschlossen.«

»Und wie spät ist es«, fragte der Mann und das Strahlen war von seinem Gesicht verschwunden.

Schwarze deutete auf die Uhr über der Tür.

»Na, toll.«

»Bei McDonalds gibt es durchgehend warme Küche«, sagte der Koch, aber die Worte waren eher an Meißner und Lauer gerichtet, denn der Gast hatte das Zimmer bereits verlassen.

»Der Dachstuhl im mittleren Teil des Gebäudes wird vollständig ein Opfer der Flammen, der Versammlungsraum im ersten Stock ist zerstört, das Gebäude in weiten Teilen unbewohnbar, einsturzgefährdet. Das ist die wahre Geschichte.«

»Und die Verzögerung beim Einsatz der Feuerwehr?«, fragte Meißner.

»Klar, die sind nicht gekommen, weil sie gewusst haben, dass es bei den Nazis brennt. Das wusste damals jedes Kind. In Kirchheim brannte auch eine Gaststätte ab, die von den Nazis genutzt wurde, auch da kam die Feuerwehr mit Verspätung. Es gab ein Ermittlungsverfahren gegen die Einsatzleitung. Das wurde nach einigen Wochen eingestellt, alles korrekt, keine Beanstandungen. Ich habe mich auch gefreut darüber, wenn ich ehrlich sein soll. Die haben hier nichts verloren!«

Meißner schaute auf die Uhr.

»Schon so spät«, sagte er. »Wir sollten langsam ans Bezahlen denken.«

Lauer nickte.

»Das übernehme ich. Du bist eingeladen heute.«

Sie hatten die *Krone* längst verlassen, waren auf dem Weg zum Festplatz von Altleiningen, auf dem Lauer geparkt hatte und Meißner wunderte sich noch immer über die Großzügigkeit seines Kollegen. Er war es nicht gewohnt, dass Lauer so spendabel war. Der Abschied aus der *Krone* hatte sich hingezogen. Lauer hatte versprochen, demnächst mal wieder vorbeizuschauen. Meißner konnte sich gut vorstellen, bei einem Sonntagsausflug mit Frau und Kindern hier einzukehren, wenn, ja, wenn seine Frau sich noch auf die Straße trauen würde, wenn sie sich nicht in ihrer Wohnung verkriechen würde.

»Die Geschichte, die der Koch uns erzählt hat, klingt ganz plausibel«, sagte Meißner.

»Ja, so könnte es gewesen sein.«

»Nur der eine Nazi, der schmächtige.«

»Leon Ahn.«

»Genau der. Der hat was davon gesagt, dass der Brand zur Sonnwendfeier gelegt worden sein soll, 2007.«

»Jetzt weiß ich, worauf du hinauswillst. März, davon hat Dieter gesprochen«, sagte Lauer. »Die Sonnwende wird doch am Ende des Sommers gefeiert, oder?«

»Damit liegst du falsch. Die Sommersonnwende wird im Juni gefeiert, die Sonne erreicht ihren Höchststand über dem Horizont. Und dann gibt es noch die Wintersonnwende. 21. auf den 22. Dezember. Die längste Nacht des Jahres. Danach geht es wieder aufwärts, sagte meine Oma immer.«

»Was du alles weißt, Julian, ein wandelndes Lexikon. Aber im März ist weder Sommer- noch Wintersonnwende, da wird höchstens der Winter ausgetrieben.

»Stimmt«, sagte Meißner. »Und?«

»Worauf willst du hinaus?«

Eine Antwort blieb Meißner schuldig.

sechzehn

Susanne war enttäuscht. Sie hatte nicht gedacht, dass Gernhardt und sie mit einem einfachen Sachbearbeiter abgespeist werden würden. Der sich noch dazu aufspielte und die Vernehmung unnötig in die Länge zog. Er hatte sie begrüßt und mit der Hand auf die Stühle vor seinem Schreibtisch gedeutet.

»Nehmen Sie doch bitte Platz.«

Susanne und Gernhardt setzten sich, schauten Herrn Schuck an und warteten. Roger Schuck, Sachbearbeiter, stand auf dem Schild auf seinem Schreibtisch. Herr Schuck blätterte in einem Schnellhefter, mal überschlug er einige Seiten, dann wieder vertiefte er sich in die eine oder andere Passage. Vertiefen, Susanne fand, dass dieses Verb das Verhalten des Sachbearbeiters von Ellstorm treffend wiedergab. Der Sachbearbeiter, an den sie an der Pforte verwiesen worden waren, nachdem sie mitgeteilt hatten, dass sie im Mordfall des Samuel Imanayarakoze ermittelten. Gernhardt saß stoisch auf seinem Stuhl und hatte die Arme vor der Brust verschränkt. Susanne hatte schon mindestens fünf Mal die Beine übereinandergeschlagen, das linke auf das rechte, das rechte auf das linke. Schließlich brach sie das Schweigen, das eigentlich gar kein Schweigen gewesen war, denn das Geräusch des Umblätterns hatte die ganze Zeit als Untermalung gedient.

»Sicher haben Sie vom Tod des ehemaligen Mitarbeiters von Ellstorm gehört.«

Roger Schuck hob die Hand.

»Einen Augenblick noch.«

Der Augenblick zog sich wieder in die Länge, vier Mal Beine übereinanderschlagen, es bestand jedoch auch die Möglichkeit, dass sich die Intervalle des Wechselns verkürzten. Vielleicht war aber auch Susannes gefühlte Zeit länger als die tatsächliche Zeit. Schließlich griff Herr Schuck nach einem Füllfederhalter vor sich und setzte seinen Namen auf das letzte Blatt im Schnellhefter, zumindest schlussfolgerte Susanne dies an der Art, wie er die Buchstaben auf das Blatt brachte. Aus dem Handgelenk heraus nahm er Anlauf, sie sah das »S« förmlich vor ihren Augen. Schuck legte den Hefter auf einen Stapel links von ihm.

»Tut mir leid, dass Sie warten mussten, aber der Vorgang duldete keinen Aufschub.«

Aufschneider, fast wäre es Susanne herausgerutscht, denn der Schnellhefter lag jetzt nutzlos auf einem Stapel. Von wegen keinen Aufschub.

»Womit kann ich Ihnen dienen?«

»Es reicht jetzt, Herr Schuck!«

Gernhardts Gefühlausbruch überraschte Susanne. Äußerlich wirkte er gelassen, aber in seinem Inneren musste es brodeln.

»Erstens haben wir unseren Besuch vor zwei Stunden angekündigt, dabei haben wir auch den Grund des Besuchs dargelegt. Zweitens hat Ihnen meine Kollegin vor einer Ewigkeit noch einmal persönlich gesagt, um was es geht. Jetzt kommen Sie mal zu Potte.«

Alle Achtung, dachte Susanne. Vielleicht hatte sie sich doch in ihrem Kollegen getäuscht. Wobei täuschen das falsche Wort war. Sie wusste so gut wie nichts von ihm. Und dass Gernhardt sie schon drei Mal gefragt hatte, ob sie nicht mal was trinken gehen könnten, hatte sie bisher ignoriert. Gernhardt war aufgestanden, stand hinter dem Stuhl und hatte die Hände auf die Lehne gelegt.

»Nehmen Sie doch bitte wieder Platz«, sagte Schuck. »Sie wollen sicher etwas wissen über das Arbeitsverhältnis des Herrn Imanayarakoze. Samuel Imanayarakoze hat im September 1999 hier angefangen. Wirtschaftsingenieur. Er ist am 31. März 2009 ausgeschieden.«

»Auf eigenen Wunsch?«, fragte Gernhardt, der sich wieder gesetzt hatte.

»Wie kommen Sie darauf? Imanayarakoze erhielt die Kündigung.«

»Warum?«, wollte Susanne wissen.

»Offiziell wurde die Auftragslage als Begründung herangezogen.«

»Und inoffiziell?«, fragte Gernhardt.

»Ich weiß nicht, ob ich darüber sprechen darf«, zierte sich Schuck.

»Wir können auch die Staatsanwaltschaft einschalten.« Gernhardt war nicht bereit, auf das Spiel einzugehen. Susanne spürte, dass der Sachbearbeiter sich nur wichtigmachen wollte.

»Herr Schuck«, sagte sie, » wir sind auf Ihre Unterstützung angewiesen. Und Sie wollen doch sicher, dass dieser Mord aufgeklärt wird. Und dabei können Sie uns helfen. Von der Witwe des Herrn Imanayarakoze haben wir die Auskunft erhalten, dass ihr Mann das Beschäftigungsverhältnis aufkündigte, weil er sich verstärkt um seine Kinder kümmern wollte.«

»Das stimmt nicht. Herrn Imanayarakoze wurde von unserer Seite aus gekündigt. In der Personalabteilung wurde diskutiert, ob eine fristlose Kündigung ausgesprochen werden sollte. Es gab durchaus unterschiedliche Auffassungen. Schließlich siegte der gesunde Menschenverstand und Herr Imanayarakoze erhielt eine fristgerechte Kündigung.«

Junge, was soll das, dachte Susanne, so um den heißen Brei herumzureden. Schrecklich.

»Sie sprechen in Rätseln«, drückte es Gernhardt diplomatischer aus.

»Wie soll ich sagen …«

Susanne raufte sich innerlich die Haare.

»Also, seine Arbeitsleistungen ließen zu wünschen übrig.«

»Das heißt?«

»Er kümmerte sich während der Arbeitszeit um außerbetriebliche Belange«.

»Beispiele!«

Herr Schuck machte ein Gesicht, als ob er angestrengt nachdenken würde.

»Private Telefonate häuften sich.«

»Auf Firmenkosten?«

»Nein, nein, das nicht. Er benutzte sein Privathandy, aber eben während seiner Arbeitszeit. Dann E-Mails vom Dienstrechner.«

»Ist der Rechner noch zugänglich?«

»Das kann ich Ihnen nicht sagen. Ich werde mich erkundigen. Aber ohne richterliche Anordnung wird das nicht möglich sein.«

»Sicherlich«, sagte Susanne. »Alles wird den legalen Weg gehen.«

»Es folgten zwei Abmahnungen, aber das Verhalten des Herrn Imanayarakoze änderte sich nicht, im Gegenteil, es wurde schlimmer. Hinzu kam, dass sich seine Fehlzeiten häuften. Schließlich sahen wir keine andere Möglichkeit, als den Mitarbeiter zu entlassen.«

Wie Schuck das aussprach, hörte es sich an, als ob er persönlich die Kündigung ausgesprochen hätte.

»Was waren seine Aufgaben im Betrieb?«

»Kundenbetreuung. Wenn es zu Verzögerungen bei Lieferungen kam. Wenn Unklarheiten bezüglich des Auftrags bestanden. Wenn die Kunden Rückfragen hatten. Herr Imanayarakoze war so etwas wie ein Blitzableiter. Und das war genau das Problem. Durch seine Fehlzeiten, durch seine vielen außerbetrieblichen Aktivitäten konnte er seiner Aufgabe nicht mehr gerecht werden.«

»Könnte darin ein Motiv liegen?«, fragte Susanne.

Roger Schuck musste lachen.

»Entschuldigen Sie bitte. Die Beziehung zu unseren Kunden ist sachorientiert, wenn Sie verstehen, was ich meine.«

»Hatte er Zugang zu sicherheitsrelevanten Daten?«

Dieses Mal ließ sich Schuck Zeit mit der Antwort.

»Sie meinen, also, das könnte, Sie denken an ein mögliches Motiv? Wenn ich Sie richtig verstehe. Nein, das kann ich mir nicht vorstellen. Aber ich werde der Frage nachgehen.«

Er machte sich Notizen auf einem Blatt, das vor ihm lag und auf dem rechts oben das Firmenlogo zu sehen war.

»Wenn es in dieser Richtung irgendwelche Erkenntnisse geben sollte, melde ich mich bei Ihnen.«

Susanne schob ihm ihre Visitenkarte hin.

»War er in der Abteilung beliebt? Freunde? Feinde? Auseinandersetzungen mit Kollegen?«

Von Gernhardt könnte sich der liebe Herr Schuck eine Scheibe abschneiden, fand Susanne.

»Ich habe mich erkundigt, als ich erfahren habe, dass Sie kommen. Im menschlichen Bereich gab es keinerlei Probleme. Herr Imanayarakoze blieb sehr für sich. Freunde hatte er keine, wenn man das so sagen kann. Von Auseinandersetzungen mit Kollegen oder Kolleginnen ist nichts vermerkt. Mit einem Kollegen war er ein wenig näher bekannt, den Namen habe ich aufgeschrieben, die letzte uns bekannte Adresse finden Sie ebenfalls. Der Mitarbeiter ist allerdings im Frühjahr bei uns ausgeschieden, auf eigenen Wunsch.«

Schuck reichte Gernhardt einen zusammengefalteten Zettel, den dieser ungelesen in die Tasche seines Jacketts schob.

Susanne und Gernhardt hatten schon lange das Betriebsgelände verlassen, als Susanne sich immer noch über den Sachbearbeiter hinter seinem Schreibtisch wunderte.

»Wenn wir unsere Arbeit so wie dieser Schuck erledigen würden, die Verbrecher in Mannheim könnten sich ins Fäustchen lachen«, sagte sie.

Gernhardt ging nicht darauf ein, was sie sagte.

»Mann, Mann, Mann«, sagte er. »Bruder Samuel. Was hab ich im Protokoll gelesen? Ein höflicher, hilfsbereiter und zutiefst gläubiger Mensch. Und dann ist er faul und lügt auch noch.«

»Langsam, Christian«, sagte Susanne, »wir haben Bruder Samuel nur als Leiche erlebt.«

Susanne erschrak, wie sie über den Menschen redete, den sie in der Kirche gesehen hatte. Vor einem Tag. War das wirklich erst gestern gewesen? In der Kirchenbank sitzend, in sich versunken, die mit Klebeband fixierten Armgelenke, die gebrochenen Finger, das Messer in der Brust. Das Bild stand vor ihr, scharf und deutlich. Erst als sie im Auto saßen und auf dem Weg in die Innenstadt waren, wurde ihr bewusst, dass sie ihren Kollegen Gernhardt zum ersten Mal mit dem Vornamen angesprochen hatte. Geduzt hatten sie sich vom ersten Tag, ohne das zu thematisieren. Das war einfach so üblich unter gleichaltrigen Kollegen.

»Ich verbessere mich: Die Information stammt von seiner Frau. Richtig, Susanne. Fragt sich also, ob die uns angelogen hat.« Sie waren auf dem Parkplatz angekommen.

»Oder Bruder Samuel hat seiner Frau einen Bären aufgebunden«, sagte Susanne.

siebzehn

Hätte Lauer in der Hauptstraße in Altleiningen direkt vor der *Krone* einen Parkplatz gefunden. Wäre Meißner nicht auf die Idee gekommen, vom Geldautomaten der Sparkasse Geld abzuheben. Alles wäre anders gekommen.

Sie verließen die *Krone,* überquerten die Hauptstraße und machten sich auf den Weg zum Bahnhofsplatz, der, wenn keine Festlichkeiten anstanden, und das war die meisten Tage des Jahres der Fall, als Parkplatz diente. Johanna und Dieter Schwarze standen am Eingang und winkten ihnen nach. Während Meißner im Vorraum verschwand und auf den Automaten zusteuerte, stand Lauer vor der Filiale der Sparkasse Rhein-Haardt, ließ seinen Blick schweifen. Das Feuerwehrgerätehaus, auf dessen Vorplatz ein Lieferwagen von »Ilses Getränkeparadies« parkte. Hoffentlich brach nicht gerade heute ein Feuer aus. In Mannheim wäre das nicht möglich gewesen. Die Straße, die nach Höningen führte. Lauer fiel die *Klosterschänke* ein. Auch dort konnte man gut essen. Die lange Treppe, die vom Altleininger Festplatz nach oben ging, das imposante Backsteinhaus, das heruntergekommen aussah. Eine Frau mit zwei Hündchen an der Leine, die vorbeikam und grüßte, bevor sie an der Brücke über den Eckbach abbog. Schließlich hatte Lauer alles gesehen und Meißner machte sich noch immer am Geldautomaten zu schaffen. Lauer schaute in den Himmel, aber da gab es nicht viel zu sehen, alles grau in grau. Schließlich drehte er sich um und hatte die Immobilienanzeigen vor Augen, die im Schaufenster der Sparkassenfiliale hingen.

»Wochenendhaus mitten im Wald auf einem schön angelegten Grundstück. Kombiniertes Wohn- und Esszimmer, Schlafzimmer, kleine Küche, Toilette, zwei Terrassen. Holzofenheizung, Carport mit Holzlager. Eine Werkstatt (ehemals Garage). Ein Bachlauf und ein Brunnen. Dauerhaftes Wohnen erlaubt.«

Frauenthal, der Name gefiel Lauer, der würde bestimmt auch Hanne gefallen. Das Foto, das bei der Anzeige war, faszinierte ihn. Eine Böschung, die abfiel, wahrscheinlich floss dort das Bächlein, ein Staudenbeet, ein Stück Rasen, der Autounterstand, der selbstgemacht aussah, dann etwas erhöht ein Häuschen mit Flachdach, ein Balkon davor. Und Blumen. Viele Blumen. Hertlingshausen. Ganz in der Nähe von Altleiningen, vier oder fünf Kilometer. Lauer kannte den *Rahnenhof*, das Naturfreundehaus. Er verspürte den unbändigen Wunsch, sich das Wochenendgrundstück anzuschauen. Nein, nicht erst am kommenden Wochenende. Heute. Jetzt. Sofort.

»Lernst du die Immobilienanzeigen auswendig?«

Lauer schreckte aus seinen Gedanken hoch.

»Wir fahren nicht durch das Leiningertal. Wir fahren über Hertlingshausen zurück, da können wir bei Wattenheim auf die A6, das geht flotter.«

Meißner erhob keinen Einwand. Als sie am Neuhof vorbeikamen, einer Handvoll Häuser links der Straße auf halbem Weg zwischen Altleiningen und Hertlingshausen, griff sich Meißner an die Schläfe.

»Meine Kopfschmerzen werden stärker. Das geht seit heute Nacht so, wird mit jeder Stunde schlimmer. Ich halte das nicht mehr aus. Hast du nicht zufällig eine Schmerztablette?«

»So gut solltest du mich doch kennen, Julian. Ich nehme niemals Tabletten. Aber ich weiß, wo du welche bekommst.«

Lauer bremste ab und zog den Wagen scharf nach rechts, die Reifen quietschen, die Straße machte fast eine 180-Grad-Kehre.

»Auf nach Carlsberg!«

Als sie den Berg hochfuhren, erfuhr Meißner, dass Carlsberg und Hertlingshausen zusammengehörten, wer nach Hertlingshausen wolle, müsse im Navi Carlsberg eingeben.

»Gleich bekommst du eine wirkliche Sehenswürdigkeit zu sehen«, sagte Lauer, bremste ab und parkte ein. Lauer sah das Apothekenschild ganz in der Nähe.

»Die Fußgängerzone von Carlsberg, das pulsierende Zentrum des früheren Händlerdorfes.«

Das, was Meißner vor sich sah, machte eher einen trostlosen Eindruck. Links und rechts Häuser mit weißen Fassaden und unechtem Fachwerk. Dass es nicht echt war, sah Meißner auf den ersten Blick. Geschmacklos, fand er. Links die Apotheke, rechts ein Ladenlokal, in dessen Fenster ein dickes Schild war. »Zu vermieten«. Dann eine Bäckereifiliale, eine Gaststätte, vor der ein handgeschriebenes Schild »Sonntags Schnitzel satt« verkündete. Hinter der Apotheke ein riesiges Geschäft, das leer stand.

»War ein Supermarkt drin, ging pleite, als der Penny am Ortseingang von Hettenleidelheim, direkt an der Autobahnausfahrt, eröffnet hat. Hat mir Johanna von der *Krone* mal erzählt.«

Zwischen Apotheke und Bäckerei stand ein Hähnchenwagen. Eine unglaublich dicke Frau zählte der Hähnchenverkäuferin, die ebenfalls einige Kilo zu viel auf die Waage brachte, das Geld auf die Hand.

»Bis nächste Woche, Hannelore«, sagte die Verkäuferin. »Lass es dir schmecken und grüß mir deinen Adolf.«

Meißner hatte sich inzwischen in der Apotheke angestellt. Lauer fiel eine alte Frau auf mit langen grauen, ungepflegten Haaren. Sie trug einen kleinen Hund auf dem Arm und lehnte am Eingang des ehemaligen Supermarktes. Neben ihr stand ein etwa vierzigjähriger Mann, der ihr ähnlich sah und an einer Leine zog, an der eine Promenadenmischung hing mit kurzen Beinen und einem Bauch, der fast auf dem Pflaster schleifte. Lauer überlegte, in welcher Sprache sich die beiden unterhielten. Beide redeten mit ziemlicher Lautstärke, sodass Lauer das Gesagte akustisch gut verstehen konnte. Der Sinn der Worte erschloss sich ihm nicht. Zuerst tippte er auf Englisch, dann Niederländisch, manchmal kam ihm die Sprache, in der die beiden miteinander kommunizierten, vertraut vor. Zuletzt tippte er auf Lotegorisch, eine Händlersprache, die sich im 19. Jahrhundert im Leiningerland entwickelt, ihre Grundlage im Jüdisch-Hebräischen hatte und, wie Lauer wusste, vom Aussterben bedroht war. Schließlich ging es ihm auf, dass die beiden in seiner Muttersprache, stark dialektgefärbt, redeten. Der Mann sprach unsauber, verschluckte Buchstaben und oft ganze Silben, sodass es für Lauer wie eine Fremdsprache geklungen hatte. Nach und nach hörte er sich ein. Die beiden debattierten darüber, ob sie sich ein ganzes oder zwei halbe Hähnchen kaufen sollten, zumindest glaubte Lauer, das verstanden zu haben. Dann kam ein Mann in Lederjacke vorbei.

»Alles klar, Alfons?«, rief er dem Mann mit dem Hund zu.

Adolf? Alfons? Hatten die Männer hier alle Vornamen mit ähnlichen Lautfolgen?

»Was ist mit den Motorrollern?«, fragte der zurück.

»Hunnnertfuchzisch auf die Hand und die stehen ruckzuck vor deiner Tür.«

»Hunnert.«

»Dass ich nicht lache. Ich muss die in Ramsen abholen. Hunnertfuchzisch, keinen Euro weniger.«

»Einhundert.«

»Du hast doch nicht alle Tassen im Schrank.«

Jetzt hat er das ganze Repertoire durch, dachte Lauer. Alfons, der Mann mit dem Hängebauchhund, lachte.

»Mach's gut«, rief er dem Mann in der Lederjacke nach. Der tippte sich an die Stirn. Lauer dachte nach, wie er reagieren würde, wenn Meißner zu ihm sagen würde, er habe nicht alle Tassen im Schrank. Aber das hatte Meißner noch nie zu ihm gesagt.

»Komische Leute«, sagte Meißner, der aus der Apotheke getreten war und den Auftritt der beiden Männer mitbekommen hatte. Lauer würde heute Abend die Melissengeisttherapie anwenden, damit würde er die drohende Erkältung hoffentlich in den Griff bekommen. Da ihm die Nase kribbelte, beschloss er, sich noch Nasentropfen zu besorgen. Die Apotheke war gerade leer, eine gute Gelegenheit.

»Zum Sprayen?«, fragte die Apothekerin.

»Nein, Tropfen, also zum Tröpfeln, in geringer Konzentration, am besten für Säuglinge geeignet.«

Bevor Lauer bezahlen konnte, hielt ihm die Frau hinter der Theke einen Vortrag über die Missbrauchsgefahren von Nasentropfen, keine Anwendung über einen längeren Zeitraum, Gefahr, davon abhängig zu werden, das Übliche halt.

In der Wirklichkeit gefiel Lauer das Grundstück im Frauenthal noch besser als auf dem Foto. Trotz Nieselregen, der eingesetzt hatte, als sie die Ramser Hohl nach Hertlingshausen hinuntergefahren waren. Vorher hatte Meißner gesagt: »Rechts. Nach rechts musst du abbiegen, wenn du zur Autobahn willst.«

Lauer hatte nicht geantwortet. Das Schild auf der Landstraße, direkt nach Einmündung der Ramser Hohl, war nicht zu übersehen.

»Sackgasse! Leo, du fährst in eine Sackgasse!«

»Hertlingshausen ist ein Sackdorf. Durch die gleiche Straße, auf der du ins Dorf kommst, musst du es auch wieder verlassen.«

»Das wird Hanne bestimmt gefallen«, sagte Lauer zu Meißner.

»Da bin ich mir nicht so sicher. Ich schätze Hanne anders ein. Ich weiß nicht, ob sie sich am Ende der Welt wohlfühlt, nur Wald drum herum«

Gerade das gefiel Lauer. Wald. So weit das Auge reicht. Der Bach, der durch das Grundstück floss, toppte in seinen Augen alles. Einen eigenen Bach zu besitzen, was konnte es Schöneres geben? Er spürte tief im Innern ein Glücksgefühl. Neben dem kleinen Haus gab es ein Baumhaus und zwei Gartenhäuser aus Holz, das eine frisch lackiert, relativ neu, das andere mit abblätternder Farbe und kleiner.

»Traumhaft.«

»Wenn du hier deinen Lebensabend genießen willst, nichts dagegen. Aber über kurz oder lang wirst du versauern, wetten?«

Lauer fand, dass sein Kollege ein Spielverderber war. Er wäre jede Wette eingegangen, dass Hanne seine Begeisterung teilen würde. Aber das sagte er nicht laut.

achtzehn

Stille.
Sein Lachen.
Erstickt.
Die Musik.
Verklungen.
Der letzte Tanz.
Getanzt.

Er sitzt in der Ecke und schweigt. Er hat die Kappe ins Gesicht gezogen und schweigt. Er starrt auf den Boden und schweigt.

Schweigen.

Er kann seiner Frau nicht in die Augen schauen. Er kann seinen Kindern nicht in die Augen schauen. Er kann mir nicht in die Augen schauen.

Er kann mit seiner Frau nicht reden. Er kann mit seinen Kindern nicht reden. Er kann mit mir nicht reden.

Er starrt die Wand an und schweigt.

Distanz.

Er kommt nicht mehr auf eine Tasse Tee bei mir vorbei.

Er streicht seiner Tochter nicht mehr über die Haare.

Er legt seinem Sohn nicht mehr den Arm um die Schulter.

Er drückt seine Frau nicht mehr an sich.

Er schläft nicht mehr mit seiner Frau.

»Bist du noch mein Mann?«, sagt meine Schwägerin.

Charles.

Ich nenne ihn Charles. Meinen Bruder. Er ist nicht mehr er selbst. Er ist nicht mehr Charles. Die Musik, die sein Leben bestimmte, hat keinen Platz mehr in seinem Leben. Er sitzt in der Ecke und eine Träne läuft ihm über die Wange. Er wischt die Träne ab. Verstohlen schaut er hoch. Ich wende den Blick ab, will nicht, dass er denkt, ich habe die Träne gesehen.

Getanzt.
Der letzte Tanz.
Verklungen.
Die Musik.
Erstickt.
Sein Lachen.

Grabesstille.

Freitag, 5. November 2010

neunzehn

Lauer konnte nicht mehr einschlafen. Er schaute auf die Anzeige des Radioweckers, konnte jedoch ohne Brille nichts erkennen. Sein Hals brannte, es tat weh beim Schlucken. Und sein linkes Nasenloch war komplett zu. Der Melissengeist, den er vor dem Einschlafen getrunken hatte, hatte nichts genützt. Im Dunklen tastete er nach seiner Brille auf dem Nachttisch, fand sie endlich und stellte fest, dass es vier Uhr war, auf die Minute genau. Der Platz neben ihm war leer. Hanne war nach einer Auseinandersetzung gestern Abend in ihre eigene Wohnung gefahren. Lauer hatte sie abhalten wollen, sie hatte schon zwei Gläser roten Secco getrunken, aber sie war stur geblieben. Der Kater hatte Schlafzimmerverbot, wenn Hanne bei ihm übernachtete, ihre Katzenhaarallergie. Die ganze Nacht über hatte er sich nicht blicken lassen, obwohl die Tür zum Schlafzimmer offen gestanden hatte.

Obwohl es spät gewesen war gestern Abend, hatte es eine Zeit gedauert, bis er eingeschlafen war. Zu viel war passiert den Tag über. Im Traum hatte er seinen Sohn Fabian zum Traualtar geführt. Er musste durch den Traum so irritiert gewesen sein, schließlich war es nicht üblich, dass der Vater den Sohn zum Altar führt, dass er aufgewacht war. Das war vor mindestens einer Stunde gewesen. Lauer musste grinsen. Er konnte es nicht ausstehen, wenn Autoren ihre Leser mit endlosen Träumen, meist schrecklich verklausuliert, traktierten. Wenigstens erschloss sich sein Traum ganz einfach. Gerade als Lauer Hanne von dem Wochenendgrundstück im Frauenthal in Hertlingshausen erzählt hatte, hatte Fabian angerufen. Hanne war verärgert gewesen, aber Lauer ließ sich nicht beirren. Sein Sohn ging vor. Und außerdem war Lauer neugierig, was Fabian ihm zu erzählen hatte. Und aus dem sprudelte es nur so heraus. Lauer bekam nicht alles mit, dazu redete sein Sohn viel zu schnell.

In Australien, Lauer fiel nicht ein, wo Fabian dort gewohnt hatte, eine junge Frau kennengelernt, sich verliebt. Theresa, Schweizerin aus der Nähe von Basel, Magden, Lauer hatte den Ort noch nie gehört. Aus gutem Haus, so Fabians Worte. Der Vater, Gründer einer florierenden Maschinenfabrik, was genau hergestellt wurde, verstand Lauer nicht, vor drei Wochen im Alter von 78 Jahren überraschend gestorben. Plötzlicher Herztod. Nein, nein, keine Probleme für die Firma. Der Vater aus dem operativen Geschäft längst zurückgezogen. Lauer staunte über Fabians Wortwahl. Für die Firma vorgesorgt, Theresas Bruder schon seit Jahren Geschäftsführer. Theresa mit einer monatlichen Zuwendung, vollkommen ausreichend. Diese Passage des Gesprächs verstand Lauer nicht so recht. Ein anderes Problem habe sich ergeben, erklärte Fabian. Und an dieser Stelle kamen die Heidschnucken zum Zuge. Während Lauer noch überlegte, ob Heidschnucken nun Ziegen oder Schafe waren, erfuhr Lauer von der Heidschnuckenzucht von Theresas Eltern, anfangs Hobby, später einträgliches Geschäft, Schafswolle – also doch Schafe – Schafsfelle, Schafspullover, Schafssocken, Lauer lächelte bei der Vorstellung, Schafe mit putzigen Söckchen, Schafsfleisch, Schafswurst, Schafsmilch und Schafskäse. Lauer staunte, was man alles vermarkten konnte. Bitte der Mutter an die Tochter, ihr bei der Schafszucht zu helfen. Theresa eher skeptisch, aber er, Fabian, begeistert, ja, elektrisiert von der Idee. Hanne rutschte bereits unruhig auf dem Sofa hin und her und blickte im Zehnsekundentakt abwechselnd auf ihre Uhr und an die Zimmerdecke. Lauer nahm Anlauf, sich zu verabschieden, da rückte Fabian mit einer Neuigkeit heraus, die Lauer Hannes Drängelei ignorieren ließ. Hochzeitspläne. Sein Sohn wollte heiraten. Mitte März des kommenden Jahres. Der genaue Termin stehe noch nicht fest. Ein Riesenfest mit vielen Gästen und allem Drum und Dran. Natürlich sei sein Vater eingeladen, seine neue Flamme natürlich auch, wie hieße sie doch gleich wieder, Hanna? Fabian freue sich, sie endlich kennenzulernen, für Unterkunft sei gesorgt. Lauer wagte nicht zu fragen, wer denn das alles bezahlen solle. Da Fabian ihn aber nicht um Geld angehauen hatte, und das hatte er in der Vergangenheit eigentlich immer getan, wenn er sich gemeldet hatte, war Lauer fast beruhigt, zumindest vorerst. Auch Hanne beruhigte sich, als er ihr von den Neuigkeiten erzählte, besonders die Einladung fand sie interessant. Die Ruhe war schnell vorbei, als die Sprache wieder auf das Frauenthal kam.

»Ein Wochenendgrundstück? Kein Durchgangsverkehr? Eine Sackgasse? Am Wochenende in der Pampa versauern, am Ende der Welt, mitten im Wald, weit weg von jeglicher Zivilisation. Das ist doch nicht dein Ernst, Leo Philipp Lauer.«

Wenn sie ihn so ansprach, war Vorsicht geboten, das wusste Lauer bereits. Wenn sie ihm so gegenübersaß, so aufgebracht, so wütend, dann fand er sie noch anziehender. Aber wehe, er hätte ihr das gesagt! Es ging noch eine ganze Zeit hin und her, wobei Lauer erstaunlich ruhig blieb und Hanne sich mehr und mehr echauffierte. Schließlich stand sie auf und griff nach ihrer Jacke und ihrer Tasche.

»Ich glaube, es ist besser, wenn ich gehe«, sagte sie jetzt vollkommen ruhig. »Wenn du dich beruhigt hast, kannst du dich ja melden.«

Lauer versuchte, sie von ihrem Vorhaben abzubringen, erfolglos. Erst nach Mitternacht, als er endlich im Bett lag, wurde ihm der Sinn ihrer Worte bewusst. Er sollte sich beruhigen!

Hanne war noch keine Minute weg, als Lauers Telefon klingelte. Bestimmt Hanne, dachte er, die möchte sich wohl entschuldigen. Aber es war Susanne.

»Tut mir leid, Chef, dass ich so spät störe.«

»Kein Problem. Neue Erkenntnisse im Mord an Bruder Samuel?«

»Nein, nein, was Persönliches. Ich bin vor ein paar Minuten erst nach Hause gekommen. Rate mal, wer hier war?«

Das »Hier«, das wusste Lauer, war in Schwetzingen, dort führten Susannes Eltern eine Gaststätte und Susanne wohnte noch bei ihnen.

»Du willst aber jetzt nicht sagen, dass du so lange im Präsidium gewesen bist?«

»Das tut jetzt nichts zur Sache, wichtige Recherche, aber das hat bis morgen bei der Besprechung Zeit.«

Sie schwieg, wartete anscheinend, dass Lauer sich am Ratespiel versuchte.

»Dann eben nicht«, sagte sie schließlich. »Julian, unser Kollege, ist hier aufgetaucht. Er ist in keinem guten Zustand, und getrunken hat er eindeutig zu viel.«

»Und was will er bei dir?«

»Er hat sich von seiner Frau getrennt. Und er weiß nicht, wo er heute Nacht schlafen soll.«

Als ob wir nicht genug Ärger im Job haben, dachte Lauer. Laut sagte er: »Gib ihn mir mal.«

»Ob das viel bringt, Chef, weiß ich nicht, aber hier ist er.«

Das Gespräch dauerte lange und Gespräch stimmt nicht ganz, schließlich bestritt Lauer den größten Teil des Telefonats und Meißner antwortete meist einsilbig, mit ›Ja‹, mit ›Nein‹, mit ›vielleicht‹, mit ‚weiß nicht‹. Lauer appellierte an Meißners Verantwortung gegenüber seinen beiden Kindern, gegenüber seiner Frau, gerade Elvira gegenüber bestehe eine große Verantwortung. Lauer kamen seine eigenen Worte gestelzt und verlogen vor. Als er dann von professioneller Hilfe sprach, die sich seine Frau und er nehmen müssten, protestierte Meißner anfangs, schließlich, nachdem Lauer immer wieder auf der professionellen Hilfe herumgeritten war, gab Meißner klein bei und versprach, sich darum zu kümmern. Vielleicht wollte er aber auch einfach das Gespräch hinter sich bringen und seine Ruhe haben.

»Und was machen wir jetzt mit Meißner?«, fragte Lauer, als er Susanne wieder am Hörer hatte.

»Kein Problem, bei uns ist ein Gästezimmer frei, meine Mutter richtet es gerade her. Und morgen früh liefere ich Julian wohlbehalten in L 6 ab, mit klarem Kopf, versprochen. Im Fall des Toten in der Kirche habe ich …«

»Heute nicht mehr, morgen, Susanne.«

Nachdem er aufgelegt hatte, war er so aufgewühlt, dass er nicht gleich ins Bett gehen konnte. Der Secco Noir aus Dirmstein war ausgetrunken und er ging in den Keller und brauchte nicht lange zu überlegen. Es musste ein

Rotwein sein, kein Allerweltswein, schon etwas Besonderes, wie der Spätburgunder im Barrique, natürlich von seinem Winzer. Und auch die Musikauswahl ging schnell. Fast blind griff er ins CD-Regal und legte Richard Bargel und Klaus ›Major‹ Heuser auf. Live.

… a double dirty mother for you … you son of a gun …

Lauer hatte die CD im Sommer bei einem Konzert direkt von den Musikern gekauft und sich sogar, zur Belustigung von Hanne, angestellt und die Platte signieren lassen.

Something's wrong.

Nicht nur etwas lief schief, dachte Lauer.

An einem Samstag im Juni war er mit Hanne zu einer Fahrradtour gestartet, die sie nach Heidelberg führen sollte. Sie waren jedoch in Edingen hängengeblieben. Bluesklänge, als sie an der VR Bank vorbeifuhren. Die Bühne im Innenhof. Zwei Musiker, zwei Gitarristen, nicht mehr die jüngsten. Der eine, der mit dem Lederhut, kam Lauer bekannt vor.

I know, you never loved me … I'm the last one in the row, just the last one in the row …

Er las den Zettel, der auf dem Biertisch lag und das Programm ankündigte. Heuser, Heuser? ›Major‹? Hatte der nicht … Richtig, der Leadgitarrist von BAP, die Slidegitarre, die Boogie-Riffs. Lauer hatte nicht gewusst, dass Heuser nicht mehr bei BAP war. 1999 ausgeschieden, las er auf dem Programmzettel, nach jahrelangem Konflikt über den musikalischen Kurs der Kölschrocker.

Der *Doing Time Bochum Prison Blues*, Lauers Lieblingslied auf der CD. Er drehte die Lautstärke höher. Da klingelte das Telefon erneut. Lauer brauchte einen Moment, um zu erkennen, dass das Klingeln nichts mit der CD zu tun hatte. Er nahm ab.

»Ja?«

Es war Meißner. Seine Stimme hörte sich jetzt klarer an.

»Danke«, sagte er. »Morgen, gleich morgen rede ich mit Elvira. Nein, ich werde sie nicht verlassen. Wir brauchen Hilfe, professionelle Hilfe. Du hast recht, Leo. Danke.«

Bargels kantiges Gitarrensolo in dem wunderschönen Lied. Lauer schloss die Augen. Er sah das Foto vor sich, dass Meißner an die Korkwand in ihrem Büro gepinnt hatte. Die Kirchenbank, der Kopf, der auf der Bank auflag, die Finger, die unnatürlich abstanden. Und das Messer, das in der Brust von Bruder Samuel steckte, das auf dem Foto unsichtbar war und ohne das es dieses Foto nicht geben würde.

Empire State Express, geschrieben vom legendären Son House, hier eigenwillig arrangiert, mit einem rockigen Solo vom Major. Das Messer, das Samuel Imanayarakozes Leben ein Ende bereitet hatte. Der Mörder, der das Messer geführt hatte, der es dem Mann aus Ruanda ins Herz gestochen hatte, der Mörder, der noch unsichtbar war.

Anytime you want, war das wirklich schon das letzte Lied des Albums? Ein Liebeslied, todtraurig, zu Herzen gehend. Wo war die letzte Stunde geblieben?

You can treat me like a dog, anytime you want.

You can spend my money, anytime you want.

Der Tote in der Kirche, Fabian und die Heidschnucken, alles verschwand aus Lauers Kopf.

Please love me, when you do it.

Do it, when you love me, do it now.

Meißner und seine Eheprobleme, Hanne und die Spannungen zwischen ihnen, sein Kopf wurde leer und Lauer konzentrierte sich nur noch auf die Musik.

You can take a knife and kill me, babe, anytime you want.

You can have all your lovers sleeping in our bed, anytime you want.

Die beiden Gitarren, Bargels kratzige Stimme nahmen Besitz von Lauer. Hanne und er auf den Bänken im Innenhof der Bank in Edingen, Hanne, die ab und zu an ihrer Weinschorle nippt, Lauers Weizenbier, das warm wird, weil er so fasziniert ist von der Musik, dass er vergisst zu trinken. Das letzte *Anyhow* kam fast gehaucht, dann der Beifall, klar, es war eine Live-CD, Heusers *Dankeschön*. Und dann war Stille. Lauer trank sein Glas aus, drückte den Korken auf die Rotweinflasche und stellte sie neben die Spüle. Mitternacht war lange vorbei. Er war müde. Er ahnte, dass die Bilder in seinen Kopf zurückkehren würden, sobald er in seinem Bett lag und das Licht löschte.

Lauer stand früher auf als sonst. Vom Bad aus hörte er die Stimme des Nachrichtensprechers, der die 6-Uhr-Nachrichten auf SWR2 verlas, den Sinn verstand er nicht. Er brühte sich einen Salbeitee auf, den er mit extra viel Honig süßte. Er war schon am Auto, als er noch einmal zurück in seine Wohnung ging und eine Paracetamol schluckte. Dabei hatte er gestern Meißner gegenüber noch angegeben, nie eine Schmerztablette zu nehmen.

zwanzig

»Guten Morgen zusammen.«

Lauer hörte bei Clements Eröffnungsritual nicht mehr hin. Meißner fasste den Obduktionsbericht von Frau Dr. Langner zusammen, der am Morgen auf seinem Schreibtisch gelegen hatte. Tod durch Herztamponade, ein gerader Stich von vorne, ausgeführt mit großer Kraftanstrengung. Keinerlei Gegenwehr.

»Da ich keine Abwehrreaktionen feststellen konnte und da davon auszugehen ist, dass das Opfer, abgesehen von dem Klebeband an seinen Armgelenken, nicht gefesselt war, vermute ich, dass der Bruch der Finger erfolgte, als das Opfer schon tot war«, zitierte Meißner aus dem Obduktionsbericht. Den Satz: »Manchmal stoßen wir Mediziner an unsere Grenzen«, unterschlug er.

Die Verwunderung über die gebrochenen Finger legte sich schnell. Im weiteren Verlauf der Besprechung standen die Widersprüche im Mittelpunkt, die sich im Laufe der Ermittlungen ergeben hatten. Anzeige der Neonazis gegen den Ruander oder rassistischer Angriff gegen einen Schwarzen? Was, wenn der Gewaltausbruch so stimmte, wie Ahn ihn geschildert hatte? Die irreführende Information bei der Kündigung des Arbeitsverhältnisses. Lüge der Ehefrau oder schlicht und einfach Unwissen?

»Die Frau des Toten, die müssen wir uns noch einmal vornehmen«, sagte Clement und so, wie er es aussprach, klang es ungeheuer wichtig. Als ob der den Stein der Weisen gefunden hat, dachte Lauer, dabei wäre doch sogar ein Grundschüler zu dieser Schlussfolgerung gekommen. Meißners Wort vom Doppelleben wurde in den allgemeinen Sprachgebrauch übernommen.

»Ein wichtiger Ansatzpunkt«, sagte Clement. »Doppel. Leben.«

Er machte aus dem zusammengesetzten Substantiv zwei eigenständige Wörter. Lauer beobachtete Susanne, die zuerst zur Decke schaute und dann einen imaginären Punkt direkt vor sich auf dem Tisch anvisierte. Lauer war sicher, dass sie die Augen verdreht hatte, dass sie das Gleiche dachte wie er selbst.

»Frau Dobler, Sie haben sich über den Lebenslauf des Toten informiert. Würden Sie uns bitte Ihre Ergebnisse vortragen?«

Das waren also Susannes späte Recherchen gewesen. Lauer wunderte sich über den verbindlichen, höflichen Ton ihres Vorgesetzten. So viel er wusste, war Clement in der letzten Zeit nicht auf einer Fortbildung zur Mitarbeitermotivation gewesen. Susanne kramte in den Zetteln, die vor ihr lagen.

»Samuel Imanayarakoze«, begann Susanne und sie sprach langsam und betont, »wird am 1. August 1962 geboren in einem Dorf in der Region Butare im Süden Ruandas, übrigens genau einen Monat nach der Unabhängigkeit des Landes. Er kommt aus einfachen Verhältnissen, scheint sich aber in der Schule gut angestellt zu haben. Belgische Mönche, die einen Wohltätigkeitsorden betreiben, die ›Brüder der Barmherzigkeit‹, nehmen ihn in ihre Schule auf. Nach erfolgreichem Abschluss der Sekundarschule geht er in die Hauptstadt Kigali, erhält ein Regierungsstipendium. Imanayarakoze, das muss ich erklären, gehört zu den Hutu, die nach der Unabhängigkeit an die Macht gekommen waren. Von daher hatte er gute Karten, aber er war wohl auch begabt. Er studiert einige Semester in Kinshasa, der Hauptstadt von Zaire, damals war das der Name des Landes, seit 1997 heißt das Land Demokratische

Republik Kongo. Imanayarakoze kommt dann 1990 nach Deutschland. Er ist schon 28 Jahre alt, als er in Göttingen sein Grundstudium beginnt, Wirtschaftsingenieurwesen. Er lässt sich Zeit, braucht vier Jahre für das Grundstudium. 1994, zu Beginn des Hauptstudiums, bricht in Ruanda der Völkermord aus, Hutu gegen Tutsi, kompliziert, zum Teil verwirrend. Imanayarakoze besteht sein Diplom mit herausragenden Leistungen. Im April 1998 stellt er einen Asylantrag, den er unter anderem damit begründet, dass er sich fürchte, bei seiner Rückkehr von der Regierung dort ermordet zu werden. In Ruanda sind zu diesem Zeitpunkt wieder die Tutsi an der Regierung.«

»Hutu, Tutsi, ich verstehe nur Bahnhof«, unterbrach Gernhardt seine Kollegin.

»Gernhardt, bitte! Ich halte die Ausführungen für bedeutsam«, wies Clement den jungen Kommissar zurecht.

»Aber Gernhardt liegt richtig, wenn er nachhakt«, bekam dieser Unterstützung von Meyers. »Wir müssen den geschichtlichen Hintergrund kennen und kapieren. Wie sollen wir den toten Ruander verstehen, wenn wir nicht wissen, was in seinem Land passiert ist und was aktuell passiert? Vielleicht stoßen wir sogar auf ein Motiv.«

»Akzeptiert«, sagte Clement.

»Ich könnte mich schlau machen.«

»Sie, Oberkommissarin Meyers, Sie kümmern sich um den Doppelmord in Sandhofen. Gernhardt, das ist eine Aufgabe für Sie!«

Der Angesprochene hob den Arm, aber Clement ignorierte ihn.

»Machen Sie bitte weiter, Frau Dobler.«

»Ich helfe dir dabei«, flüsterte Susanne Gernhardt zu. Laut fuhr sie fort: »Wir waren beim Asylantrag des Ruanders. In dem Antrag heißt es, ich zitiere: ›Viele meiner Verwandten sind allein wegen ihrer Hutu-Zugehörigkeit von Tutsi-Extremisten 1994 ermordet worden.‹ Das Bundesamt für Migration und Flüchtlinge prüft den Antrag am 24. April 1998, am 27. April, also schon drei Tage später, erhält Imanayarakoze die positive Zusage. Kommt mir ziemlich schnell vor. Im Sommer 1998 wechselt er an die TU Braunschweig, um zu promovieren. Seine Doktorarbeit, die sein Doktorvater als herausragend einstuft, dreht sich um politische Instabilität und ihre Auswirkungen auf den Goldpreis am Beispiel Südafrikas. Die Arbeit erscheint übrigens in einem Marburger Verlag, der sich auf das Verlegen von Doktorarbeiten spezialisiert hat. Im September 2002 erhält er den Job in Mannheim, trifft Elvira Müller, das Weitere wissen wir. Außer der besagten Anzeige der Neonazis gibt es keine Einträge. Noch etwas. 1994 gründete er mit Freunden einen Verein, der sich um die Opfer des Völkermords kümmerte, rein humanitär, keine politischen Hintergründe, soweit ich in Erfahrung bringen konnte. Aus diesem Verein ist er aber bereits nach einigen Monaten ausgetreten, über die Hintergründe habe ich nichts gefunden.«

Clement bedankte sich bei Susanne für die, wie er sagte, fundierten Ausführungen. Danach malte er keine Schreckensbilder an die Wand. Stockende Ermittlungen. Keine handfesten Ergebnisse. Nicht einmal ein Motiv in Sicht. Die Presse. Die Presse! Nein, er verteilte ruhig und besonnen die nächsten Aufgaben.

»Ansatzpunkt Doppelleben nicht aus den Augen verlieren. Gernhardt wird unser Spezialist in Sachen Hutu und Tutsi.«

Lauer konnte dem Vorgesetzten eine gewisse Souveränität nicht absprechen.

»Lauer und Dobler nehmen sich die Witwe noch einmal vor.«

Lauer fiel der Zettel ein, den ihm Roger Schuck zugesteckt hatte.

»Bei Ellstorm gab es einen Kollegen, mit dem der Ruander näheren Kontakt hatte«, sagte Lauer.

»Das kann Meißner übernehmen«, sagte Clement.

»Handy und Laptop des Toten?«, fragte Meißner.

»Sind bei der Kriminaltechnik«, sagte Clement. »Ich werde alle Hebel in Bewegung setzen, Unterstützung zu bekommen. Nächster Tagesordnungspunkt: der Doppelmord von Sandhofen, berichten Sie, Meyers!«

Meyers Bericht fiel kürzer aus als Susannes Ausführungen. Aktenstudium, umfangreich, noch keine neuen Erkenntnisse.

»Wie soll ich Neues aus dem Zylinder zaubern, wenn sich eine Sonderkommission unter Ihrer Leitung die Zähne ausgebissen hat?«

»Sagen Sie es doch gleich, wenn Sie Verstärkung brauchen.«

Die Kritik an seiner Person ließ Clement erstaunlicherweise vollkommen kalt. Verstärkung! Das war jetzt bestimmt nicht die Intention von Ingrid Meyers. Wenn es nach ihr gegangen wäre, hätte sie diesen Doppelmord am liebsten wieder ad acta gelegt und sich in die Ermittlungen zum Mord an Imanayarakoze eingeklinkt. Aber es ging nicht nach ihr.

»Ich könnte die Kollegin Meyers unterstützen, mit dem größten Vergnügen«, sagte Gernhardt.

Fehlt nur noch, dass der ihr Kusshändchen zuwirft, dachte Lauer. Und am Gesichtsausdruck von Irene Meyers glaubte er zu erkennen, dass die auch nicht begeistert war von Gernhardts Vorschlag.

»Gut gemeint«, sagte sie, »aber es bringt nichts, wenn jemand, der den Fall noch gar nicht kennt, sich neu einarbeiten muss. Das wäre Ressourcenverschwendung.«

Hoppla, dachte Lauer, wo hat sie das aufgeschnappt?

»Das sehe ich auch so. Auf die Schnelle weiß ich nicht, wie dieses Problem zu lösen wäre.«

Zu Lauers Überraschung meldete sich Meißner.

»Ich könnte die Kollegin unterstützen.«

»Gute Idee«, sagte Clement, »den Arbeitskollegen des Toten können Lauer und Dobler noch übernehmen. Und ich werde versuchen, weitere Ressourcen freizuschaufeln.«

Den hat die Meyers aber mächtig beeindruckt, dachte Lauer und hätte beinahe die letzten Hinweise seines Chefs nicht mitbekommen. Der redete von zusätzlichen Kräften, die die Arbeit am Mordfall des Ruanders begleiten könnten, Befragung der Nachbarn, Befragung von Mitgliedern der Kirchengemeinde in Feudenheim, wenn nötig Befragung der ehemaligen Arbeitskollegen vor Ort.

»Wenn wir die ganzen Vorschläge zügig in die Tat umsetzen wollen, muss Clement sich Ermittler backen«, sagte Lauer zu Meyers, als sie das Sitzungszimmer verließen.

»Das mag schon stimmen«, sagte Meyers. »Trotzdem war die Arbeitsatmosphäre heute entspannter als sonst. Clement war verbindlicher, weniger aggressiv, aber Sie, Leo, haben sich auch zurückgehalten.«

Lauer setzte an zu protestieren, doch Meyers hob die Hand.

»Lassen Sie es einfach so stehen und fassen Sie es als Kompliment von mir auf. Ihre Beziehung tut Ihnen gut.«

Lauer hatte nicht mehr das Bedürfnis, sich zu rechtfertigen. Zum Glück wusste Meyers nicht, in welchen Wellenbewegungen die Beziehung zwischen Hanne und ihm verlief. Und in welchem Tal sie gerade war.

einundzwanzig

»So einfach, wie du dir das vorstellst, geht es nicht, Leo.«

Lauer war überrascht vom Ton, den Susanne anschlug. Und er wusste nicht im Entferntesten, von was Susanne sprach. Susanne trat auf die Bremse, die Ampel war rot. Das Hochhaus am Aubuckel konnten sie schon sehen.

»Was meinst du?«

»Professionelle Hilfe und alles wird gut. Die Probleme liegen tiefer, sind vielschichtiger.«

»Aber ohne wird's ganz sicher nichts. Du hast mit Julian geredet?«

»Fast die ganze Nacht. Julian ist unzufrieden mit seinem Leben, mit seiner Beziehung.«

»Sind wir nicht alle unzufrieden, in irgendeiner Form?«

Schon als Lauer den Satz noch nicht ganz zu Ende gesprochen hatte, wusste er, dass nicht der Weisheit letzter Schluss gerade über seine Lippen gekommen war.

»Lassen wir das«, sagte Susanne. »Ich habe keine Lust, mir deine Banalitäten anzuhören.«

Lauer war beleidigt über die Schärfe, die sie ins Gespräch gebracht hatte. Hinter ihnen hupte es.

»Grüner wird es nicht«, sagte Lauer.

Das Getriebe knirschte, so knallte Susanne den Gang rein. Schönen Gruß vom Getriebe. Lauer verkniff sich den nächsten Spruch. Susanne parkte nicht direkt am Haus, sondern fuhr zum Parkplatz am Bürgerpark vor, sie parkte ein, schaltete das Auto aus und blieb sitzen.

»Es tut mir leid, Leo«, sagte sie schließlich, »es hat nichts mit dir zu tun. Es geht um mich. Ich bin unzufrieden. Mit meinem Leben. Mit meinen Beziehungen, beziehungsweise den Nicht-Beziehungen. Meine letzte

Bekanntschaft, der totale Reinfall, dieser Internet-Fuzzi. Und das ist jetzt auch schon fast zwei Jahre her.«

Lauer erinnerte sich, Januar 2009. Susanne wollte freitags ihren Chatfreund aus dem Internet zum ersten Mal treffen. Vorher hatte sie noch eine Zeugenaussage in der Oststadt aufnehmen wollen, allein, eine fatale Entscheidung, wie sich später herausstellte. Am Sonntagabend stand Frau Dobler, Susannes Mutter, vor Lauers Wohnung auf der Rheinau vor der Tür. Sie habe seit Freitag nichts mehr von ihrer Tochter gehört. Susanne hatte die Reise zu ihrem Chatfreund nicht angetreten. Ein todessehnsüchtiger Doppelmörder hatte sie als Geisel genommen. Das Sondereinsatzkommando in der Oststadt, Lauer sah die schwerbewaffneten Beamten in der Spinozastraße vor sich, als wäre es gestern erst passiert. Das glückliche Ende für Susanne. Im eiskalten Januar 2009.

Lauer legte die Hand auf Susannes Arm, drückte ihn leicht, wagte nicht, sie in den Arm zu nehmen. Susanne zog die Nase hoch und wischte sich mit der Hand über die Augen.

»Ich gehe auf die Dreißig zu, wohne immer noch bei meinen Eltern. Habe keinen Freund. Wahrscheinlich ende ich als alte Jungfer.«

»Fräulein Dobler, übernehmen Sie.«

Susanne musste lachen.

»Und willst du wissen, was das Blödeste ist? Ich fühle mich auch noch wohl bei meinen Eltern.«

Sie öffnete die Wagentür. Dann standen sie vor dem Wohnblock. Während Lauer noch das Klingelschild suchte, drückte Susanne auf die Klingel.

»Frau Müller, sie tut mir leid, ihr Mann wurde ermordet, allein mit zwei kleinen Kindern. Das ist die eine Seite.

Andererseits habe ich das Gefühl, dass sie uns was vorspielt, dass sie nicht offen ist, dass sie uns Sachen verschweigt, die wir wissen sollten.«

Nach dem Besuch bei der Witwe des erstochenen Ruanders würde Lauer Susannes Worte besser verstehen.

Dieses Mal mussten sie nicht lange warten. Frau Müller ließ sie kurz nach dem Klingeln ins Haus und erwartete sie bei offener Tür. Susanne hatte keinen Einwand erhoben, als Lauer auf den Fahrstuhl zugesteuert war. Regina Müller war in Schwarz gekleidet, ein einfacher, schwarzer Pullover, über dem Pullover ein goldenes Kreuz, schwarze Stoffhosen, schwarze Lackschuhe ohne Absatz. ihre Augen waren nicht verweint, wie Lauer registrierte.

»Kommen Sie herein, ich habe nicht viel Zeit, Termin in Maries Krippe.«

Marie, schlussfolgerte Lauer, musste die kleine Tochter sein.

»Etwas Zeit werden Sie sich schon nehmen müssen. Schließlich sind wir hier, um den Mord an Ihrem Mann aufzuklären. Und das ist doch auch in Ihrem Sinn, oder?«

Susanne wunderte sich über Lauers Reaktion, aber Frau Müller schien die Schärfe in seinem Tonfall nicht zu bemerken. Oder sie ignorierte sie.

»Natürlich«, sagte sie. »Im Notfall kann ich Bescheid sagen, dass ich später komme.«

Dieses Mal war die Glühbirne im Flur nicht eingeschaltet, das war auch nicht nötig, denn alle Zimmertüren standen offen, die Sonne, die die Regenwolken für eine Zeit verdrängt hatte, tauchte den Flur in gelbes Licht. Das Wohnzimmer war angenehm temperiert, ein Fenster war ein Spalt offen. Lauer hatte am Morgen, als er ins Präsidium aufgebrochen war, auf das Thermometer vor seiner

Küchentür geschaut. Fast 15 Grad, zu warm für die Jahreszeit, hatte er gedacht. Elvira Müller deutete wieder auf das Stoffsofa, das Susanne schon kannte.

Die Frau machte einen gefassten Eindruck.

Sie hat den Tod ihres Mannes erstaunlich gut weggesteckt, dachte Susanne. Oder sie ist eine perfekte Schauspielerin. Oder sie hat mit dem Verarbeiten noch gar nicht begonnen.

Auch wenn die letzte Aussage Elvira Müllers den Eindruck vermittelte, dass das Gespräch einen konstruktiven Verlauf nehmen könnte, war es Susanne schon nach wenigen Minuten klar, dass dieser Eindruck täuschte. Vielleicht war die Strategie der Kommissare, die Widersprüche als Erstes anzusprechen, nicht geschickt gewählt. Beim Neo-Nazi-Komplex blieb Frau Müller bei ihrer Aussage. Ihr Mann sei von den Neonazis bedroht worden, er habe sich lediglich gewehrt. Auf Lauers Nachfragen, warum sie verschwiegen habe, dass gegen ihren Mann ermittelt worden war, dass er der Angeklagte gewesen war, schwieg sie. Auch bei der Arbeitsplatzproblematik kamen Lauer und Susanne nicht weiter. Ihr Mann habe von sich aus gekündigt. Etwas anderes wisse sie nicht. Etwas anderes könne sie nicht sagen. Das sei die Wahrheit. Samuels Kündigung, weil er sich um die Kinder kümmern wollte. Seine Familie sei das Wichtigste gewesen. Er habe für seine Kinder und seine Frau gelebt. Nein, von einer Entlassung wisse sie nichts. Natürlich, er selbst habe gekündigt. Lauer kamen die ewigen Wiederholungen gebetsmühlenartig vor. Susanne versuchte, das Gespräch auf weniger glattes Eis zu führen.

Sie kenne niemanden aus Samuels Familie. Er habe so viel Schlimmes durchgemacht. So schreckliche Erlebnisse in

Ruanda. Er habe nicht über seine Familie geredet. Er habe nicht reden können. Manchmal habe er nachts im Schlaf Unverständliches gemurmelt. Habe sich unruhig von einer Seite auf die andere gewälzt. Sei mit einem Schrei auf den Lippen aus dem Schlaf hochgeschreckt, total verschwitzt. Schlimme Träume, habe er dann versucht, sie zu beruhigen. Böse Geister, die ihn verfolgten. Nein, sie habe nicht darauf bestanden, seine Familie kennenzulernen. Sie habe gespürt, wie sehr ihn das Thema belaste. Sie habe ihn nicht aufregen wollen. Sie habe ihn schützen wollen. Susanne bemerkte, wie Lauer immer unruhiger wurde, deshalb gab sie die Gesprächsführung nicht aus der Hand.

»Waren Sie jemals mit Ihrem Mann zusammen in Ruanda?«

Elvira Müller schüttelte den Kopf.

»Mein Mann wollte das nicht. Es sei zu gefährlich. Natürlich hätte ich gerne die Heimat meines Mannes kennengelernt. Seine Wurzeln. Aber ich habe das verstanden. Es ging nicht. Und ich drängte ihn nicht.«

Lauer war vom Sofa aufgestanden und schaute vom Wohnzimmerfenster auf die Feudenheimer Au hinunter. Er drehte den beiden Frauen den Rücken zu und Susanne sah, wie es in ihm arbeitete. Er hatte die Arme auf den Rücken gelegt und knetete seine Hände.

»Reiste Ihr Mann ohne Sie nach Ruanda?«

»Davon ist mir nichts bekannt.«

»Verreiste er alleine?«

»Fortbildungen ab und zu.«

»Auch nachdem er gekündigt hatte?«

Elvira Müller zögerte mit der Antwort, zumindest kam es Susanne so vor. Also hakte sie nach.

»Ich weiß nicht. Ich weiß nicht, was Sie meinen. Ich weiß nicht, warum Sie mich das alles fragen.«

»Weil wir den Mörder Ihres Mannes finden wollen«, sagte Lauer und drehte sich nicht um. Susanne fand, dass er sich in diesem Moment beherrscht anhörte.

»Freunde?«

Kopfschütteln.

»Wirklich keine Freunde?«

»Wir lebten sehr zurückgezogen. Die Kinder, die Familie. Das war sein Ein und Alles. Nein, wir hatten keine Freunde. Die Gemeinde? Ach, Sie meinen Sankt-Peter-und-Paul. Natürlich, wir verkehrten dort, gingen regelmäßig in die Sonntagsmesse, waren bei Festen dabei. Aber näher gekannt? Nein, nein, wir kannten niemanden näher. Mein Mann war gerne für sich. Da fühlte er sich wohl. Das war sein Leben.«

»Feinde?«

Kopfschütteln.

»Wirklich keine Feinde?«

»Mein Mann war beliebt, er war hilfsbereit, er hätte jedem in Not geholfen. Wenn es nach ihm gegangen wäre, hätte es kein Elend auf der Welt gegeben. Er konnte keiner Fliege etwas zu leide tun. Selbst mit meinem Ex hat er sich verstanden.«

»Sie waren geschieden?«

»Warum haben Sie uns das verschwiegen?«, fragte Lauer vom Fenster aus.

»Was tut das zur Sache? Mein Mann wurde ermordet.« Und an Susanne gewandt fuhr sie fort: »Ein Jahr, bevor ich Samuel kennenlernte, wurden wir geschieden. Mein Mann, also, mein erster Mann, hat mich nach Strich und Faden betrogen.«

»Und die beiden kannten sich?«

»Ja, mein Ex war einige Male zu Besuch. Es ging ihm nicht besonders, seine zweite Frau hatte ihn verlassen, er war arbeitslos geworden, fing an zu trinken. Samuel und er verstanden sich auf Anhieb. Einmal sagte Werner, also, mein Ex-Mann, die Gespräche mit Samuel hätten ihm geholfen, das Wichtige im Leben zu sehen. Den Glauben, dabei war Werner alles andere als gläubig. Mit dem Trinken hat er aber nicht aufgehört.«

»Name, Anschrift, Telefonnummer, falls Sie die parat haben.«

»Sie glauben doch nicht, dass Werner … Ausgeschlossen.«

»Ich glaube gar nichts«, sagte Lauer und betonte dabei das Ich. Elvira Müller reichte Lauer einen Zettel.

»Werner Raab?«, las Lauer vor. Wohnort: Heddesheim, las er auf dem Zettel. Beethovenstraße. Er kannte die Straße. Schöne Wohnlage. Ein Kollege hatte dort ein Häuschen besessen. Bis die Ehe in die Brüche gegangen war. Eine Ewigkeit war das her. Zwangsversteigerung. Das volle Programm.

»Nach der Scheidung habe ich meinen Mädchennamen wieder angenommen.«

Später ärgerte sich Susanne, dass sie sich an dieser Stelle nicht verabschiedet hatten, einfach friedlich gegangen waren.

Probleme bei seiner Arbeit? Kopfschütteln.

»Mein Mann hatte keine Probleme. Er war hilfsbereit, wollte niemandem etwas Böses, die Gutmütigkeit in Person. Er war in der Firma angesehen, er war hoch qualifiziert. Mein Mann hat mir immer wieder versichert, dass sie ihn nur äußerst ungern haben gehen lassen. Und auch bei den Kollegen war er angesehen und geachtet.«

Lauer hatte sich vor Elvira Müller aufgebaut. Wenn sie von ihrem Sessel aufgestanden wäre, hätten sich die beiden Körper berührt. Und obwohl Lauer kein Riese war, sah es bedrohlich aus, wie er vor der schwarz gekleideten Frau stand. Susanne spürte, dass sich Unheil zusammenbraute, aber sie war unfähig zu reagieren, vielleicht auch, weil sie über den Gesprächsverlauf verärgert war und die ewige Litanei der Witwe nicht mehr hören konnte.

»Es reicht, Frau Müller!«

Susanne zuckte bei der Lautstärke zusammen. Ihr Kollege fuhr zwar manchmal aus der Haut, konnte unbeherrscht und zuweilen auch ungerecht sein, aber sie hatte es noch nicht erlebt, dass er eine Zeugin bei einer Befragung so angegangen war.

»Anstatt uns in unseren Bemühungen zu unterstützen, den Mörder Ihres Mannes zu finden, ziehen Sie hier eine verdammte Schau ab.«

Lauer hatte die Lautstärke ein wenig zurückgeschraubt.

»Sie stilisieren Ihren Mann als wahren Heiligen. Am Ende hat ihn wohl der Heilige Geist umgebracht. Sie lügen uns doch das Blaue vom Himmel.«

»Ich habe mit keinem …«

»Sie hören mir jetzt zu! Wenn Sie uns nicht angelogen haben, dann sind Sie hoffnungslos naiv, dann leben Sie in einer Traumwelt. Haben Sie denn nicht mitbekommen, dass Ihr Mann ein Doppelleben führte? Von wegen gekündigt! Er wurde rausgeschmissen! Von wegen rassistischer Übergriff! Er hat die beiden Nazi-Typen aggressiv angegangen. Dem einen die Nase gebrochen. War Ihr Mann ein Schläger? Was für eine Beziehung haben Sie denn geführt? Sie kennen keinen einzigen Verwandten! Sie leben vollkommen ohne Freunde! Und Feinde. Ihr Mann doch nicht! Sie machen sich über uns lustig!«

Lauer beugte sich zu der Frau hinunter und fuchtelte mit dem Zeigefinger vor ihr herum. Aus Susannes Perspektive sah es aus, als ob er ihr auf die Brust tippe, wieder und wieder.

»Jetzt hören Sie mir gut zu, Frau Müller!«

Lauer sprach jetzt leise, fast flüsterte er. Susanne kam dies weitaus bedrohlicher vor als Lauers Schreien zu Beginn seines Auftritts.

»Ich werde keine Ruhe geben! So kommen Sie mir nicht davon. Ich werde bei der Staatsanwaltschaft einen Durchsuchungsbefehl erwirken. Wir werden Ihre Wohnung auf den Kopf stellen.«

Lauer stellte sich wieder gerade hin und trat einen Schritt zurück. Frau Müller saß ruhig auf ihrem Sessel, ihr Gesicht unbeweglich. Lauer öffnete den Mund, er überlegte es sich anders, machte eine abwertende Handbewegung, drehte sich um, sah aus dem Fenster, fixierte einen Pinscher, der von einer Frau mit Rollator Gassi geführt wurde.

»Was wollen Sie denn bei uns finden?«, sagte Elvira Müller. »Mein Mann ist Opfer, das scheinen Sie zu vergessen.«

Susanne erhob sich.

»Wir sollten jetzt gehen. Danke für Ihre Unterstützung. Wenn wir noch Fragen haben sollten, werden wir uns melden«, sagte sie und wandte sich an Leo.

»Leo, wir müssen.«

Lauer folgte Susanne.

»Sie kennen den Weg«, sagte Elvira Müller. »Sie werden von meinem Anwalt hören.«

»Was ist nur in mich gefahren?«, fragte sich Lauer, als sie im Auto saßen.

»Das war natürlich keine souveräne Zeugenbefragung, aber ich kann dich verstehen«, sagte Susanne. »Ich hatte ähnliche Gefühle wie du.«

»Aber du hast sie für dich behalten. Das ist der Unterschied.«

»Leo, die Frau spielt uns tatsächlich was vor. Aber ich bekomme sie nicht zu fassen. Ich kann sie nicht einschätzen. Ist sie tatsächlich so naiv, wie sie tut? Oder verheimlicht sie uns etwas? Nach deinem Auftritt werden wir bei ihr garantiert keinen Schritt mehr weiterkommen.«

Susanne ließ den Motor an.

»Du hast die Adresse des Arbeitskollegen?«

Lauer nickte.

»Wenn die Beschwerde bei Clement auf den Schreibtisch flattert, nicht auszudenken«, sagte er. »Unterstellungen, Einschüchterung, ja, Bedrohung einer Zeugin, nicht eines beliebigen Zeugen, es handelt sich um die Frau des Ermordeten, ein gewiefter Anwalt macht da noch körperliche Einschüchterung draus.«

»Wenn du so vor mir gestanden hättest, ich, Leo, hätte mich auch vor dir gefürchtet. Aber über ungelegte Eier soll man sich nicht den Kopf zerbrechen, sagt meine Oma immer.«

Wenn Lauer geahnt hätte, dass es noch schlimmer kommen würde, er wäre nicht dem Ratschlag von Susannes Oma so bereitwillig gefolgt.

»Auf nach Ilvesheim«, sagte er.

zweiundzwanzig

Susanne wollte die Mühlenstraße in Ilvesheim ins Navi eingeben, aber Lauer hielt sie davon ab.

»Ich dirigiere dich, dort wohnte mal eine Bekannte von mir, ist schon eine Ewigkeit her.«

»Bist du sicher? Julian hat von deinen Orientierungskünsten erzählt.«

»Ich muss mit Meißner doch mal ein ernstes Wort reden«, empörte Lauer sich. Susanne durchschaute ihren Kollegen, damit war das Thema erledigt. Sie fuhr über die Brücke am Neckarkanal, der Ilvesheim in zwei Hälften teilt. Vor dem Friedhof ließ Lauer sie links abbiegen. Susanne parkte direkt vor dem Einfamilienhaus. Sie drückte auf die Klingel. Zusammen warteten sie vor dem Gartentor.

Klingelschilder studieren. Auf Klingeln drücken. Vor geschlossenen Türen stehen und warten. Warten. Susannes philosophische Überlegungen über den Beruf des Kriminalpolizisten wurden unterbrochen. Die Tür ging auf. Vor ihnen stand eine Frau in Lauers Alter. Bevor sie sich vorstellen und ihren Polizeiausweis zeigen konnten, sagte die Frau: »Wenn Sie zu meinem Mann wollen, der ist nicht da. Heute Abend wird er auch nicht da sein. Er hat mich verlassen. Vor sechs Monaten, zwei Wochen und fünf Tagen, wenn Sie es genau wissen wollen. Und das nach 29 Jahren Ehe. Wegen einer Jüngeren!«

»So genau wollten wir es gar nicht wissen«, sagte Lauer.

»Wir suchen Dominik Hilpert«, sagte Susanne und stellte sich und ihren Kollegen vor. Man sah der Frau das Erschrecken im Gesicht an.

»Dominik? Sie wollen zu Dominik? Er hat doch nichts angestellt? Dominik wohnt nicht mehr hier. Dominik ist mein Sohn, müssen Sie wissen. Vor drei Monaten ist er mit seiner Freundin zusammengezogen. Nach Heidelberg.«

»Wir wollen mit Ihrem Sohn«, sagte Lauer, »über einen früheren Arbeitskollegen reden.«

»Der Afrikaner, der erstochen worden ist? Schrecklich, ich habe es in der Zeitung gelesen. Dominik hielt große Stücke auf ihn. Einige Male hat er uns hier besucht, auch nachdem sie ihn bei Ellstorm entlassen hatten.«

Lauer horchte auf.

»Sie kannten Samuel Imanayarakoze?«

»Er hat mir ein paar Mal die Hand gegeben. Wie oft? Vier, fünf Mal, mehr nicht. Ein zuvorkommender Mensch, freundlich, zurückhaltend. Einmal haben wir eine Tasse Tee zusammen getrunken, als Dominik unter der Dusche stand. Angenehmer Mensch.«

»Wissen Sie, was er von Ihrem Sohn wollte?«

»Sie verstanden sich gut, denke ich. Ob es einen bestimmten Anlass für die Treffen gab, weiß ich nicht.«

»Wie lange blieb Herr Imanayarakoze meist hier?«

»Nicht lange, zehn Minuten, höchstens eine Viertelstunde.«

Susanne bat die Frau um die genaue Adresse ihres Sohnes.

»Heidelberg-Neuenheim, Schröderstraße. Aber Sie müssen nicht nach Heidelberg. Ganz in der Nähe hat mein Sohn sein Geschäft, in der Neuen Schulstraße. Mein Sohn hat sich selbstständig gemacht, er wurde nicht gekündigt, irgendwas mit Computer. Fahren Sie zurück zur Hauptstraße, links abbiegen und die nächste dann wieder links, schon sind Sie in der Neuen Schulstraße. Network Solutions, Sie können das Schild nicht verfehlen.«

Das Schild war in der Tat nicht zu übersehen. Lauer drückte die Glastür auf. Sie gingen drei Stufen hoch und standen in einem länglichen, schlauchartigen Raum. Der Raum hatte nur wenige Fenster, das künstliche Licht schien gedimmt und verbreitete eine Stimmung, die eher zu einer Nachtbar passte als zu den Geschäftsräumen eines Computerdienstleisters. Links in der Ecke, gleich nach den Stufen, stand ein Schreibtisch. Eine brünette Frau, kurze, gestufte Haare, Mitte, Ende Dreißig, in einem roten Kostüm mit ebenso roten High Heels, feilte sich die Fingernägel. Lauer hätte sich am liebsten die Ohren zugehalten, er hatte das kratzende Geräusch schon immer als unerträglich empfunden. Auch Hanne brachte ihn so weit, das Zimmer zu verlassen, wenn sie mit der Feilerei anfing.

»Sie wünschen?«

Den Ausweis, den Lauer ihr hinhielt, würdigte sie mit keinem Blick. Sie feilte unbeirrt weiter.

»Mein Chef ist bei Tisch.«

Während Lauer noch über die Formulierung nachdachte, ob die Empfangsdame jetzt ›ist‹ oder ›isst‹ gesagt hatte, konterte Susanne bereits: »Wo ist er denn bei Tisch, Ihr Chef?«

»Entweder bei seiner Mutter.«

»Fehlanzeige, von da kommen wir.«

Lauer hatte die Worte wieder gefunden.

»Dann im Schloss am Neckar, drüben in Seckenheim.«

»Was war denn das für eine Vorstellung?«, sagte Susanne, als sie die Geschäftsräume von Network Solutions verlassen hatten.

»Die knallrote Tante hat uns kein einziges Mal angeschaut. Als ob wir Luft wären.«

Susanne wäre Dominik Hilpert fast in die Arme gelaufen, als sie die Gaststube des *Schlösschens* betrat. Lauer wusste sofort, dass der Mann in dem kurzen Mantel und den zerknitterten Stoffhosen, der gerade das Lokal verlassen wollte, ihr Mann war.

»Entschuldigung«, sagte Susanne. Lauer hielt dem Mann seinen Ausweis unter die Nase. Der lachte.

»Bin ich jetzt verhaftet, weil ich Ihre Kollegin angerempelt habe?«, sagte er und es klang nicht wütend oder aufgeregt, eher amüsiert.

»Sind Sie Dominik Hilpert?«, fragte Lauer.

»Bingo, Herr Hauptkommissar.«

»Wir möchten mit Ihnen über einen Bekannten von Ihnen sprechen.«

»Sie meinen bestimmt Samuel Imanayarakoze.«

»Genau den.«

»Schrecklich. Ich habe davon gehört. Meine Mutter hat mir den Artikel am Telefon vorgelesen.«

Der Mann, etwa in Susannes Alter, kurze, nach hinten gegelte Haare, ein dezenter Dreitagebart, schaute auf seine Uhr.

»In einer halben Stunde habe ich einen wichtigen Geschäftstermin, und vorbereiten darauf muss ich mich auch noch. Danach könnte ich Ihnen Rede und Antwort stehen. Sagen wir Viertel vor drei, bei mir in der Neuen Schulstraße.«

»Network Solutions«, sagte Lauer, »das kennen wir. Abgemacht, Viertel vor drei.«

Susanne wunderte sich, dass Lauer so schnell klein beigegeben hatte. Und als er sie dann noch zum Essen im *Schloss* am Neckar einlud, wunderte sie sich ein zweites Mal.

Susanne hatte ihre Salatvariation mit gebratenen Putenstreifen schon fast aufgegessen, als Lauer seinen Beilagensalat erhielt, den er sich extra zum Rumpsteak vom Mastochsen bestellen musste. Nur Pommes und gedünstete Zwiebeln fand er als Beilagen zu dürftig.

»Bei dem Preis könnte der Salat inklusive sein«, sagte er zu Susanne.

Lauer hatte überlegt, ob er der Weinempfehlung folgen sollte, der Primitivo aus Apulien würde bestimmt gut zum Rumpsteak passen, er bestellte dann aber doch wie Susanne eine Apfelsaftschorle. Der Espresso war stark und konzentriert und entschädigte für den nicht optimalen Service. In den warmen Monaten, wenn er abends nach Dienstschluss oder am Wochenende mit dem Rad unterwegs war, kehrte er im *Schlösschen* in Seckenheim ab und zu ein, der Biergarten war idyllisch, der Blick auf den Neckar ein Traum. Wenn Lauer sich verschwitzt von der Anstrengung auf den Stuhl sinken ließ, die Hände im Nacken verschränkte und seinen Blick über das Wasser schweifen ließ, waren all die Probleme, die ihn bei der Arbeit bedrängten und plagten, wie weggeblasen. Ein wunderbarer Ort zum Runterkommen. Letzten Sommer hatte er sich allerdings hier nicht blicken lassen. Das lag daran, dass sein Rad im Kellerabteil seiner Wohnung verstaubte und er sich nicht aufrappeln konnte, es heraufzuholen und instand zu setzen.

Gerade als Lauer bezahlen wollte, klingelte sein Handy. Er drückte Susanne seinen Geldbeutel in die Hand und verließ das Lokal. Es dauerte einen Moment, bis er realisierte, dass am anderen Ende seine Schwester Martina war, so schnell hatte die Frauenstimme auf ihn eingeredet.

»Einen schönen Tag erstmal«, unterbrach er den Redeschwall. »Ich hoffe, dir und deinem Mann geht es gut.

Wie ich dich kenne, wird es dich nicht interessieren, wie es mir geht.«

»Es geht um Mutter.«

Das Dauerthema zwischen Lauer und seiner älteren Schwester Martina, seit ihre Mutter sich, wie Martina es ausdrückte, einen Liebhaber zugelegt hatte, der noch dazu einige Jahre jünger war und es nur auf das Vermögen ihrer Mutter abgesehen habe. Zumindest war das Martinas Meinung.

»Mutter dreht jetzt ganz durch.«

»Was ist denn vorgefallen?«

»Sie möchte ihren Erich schon bald heiraten.«

»Schön für Mutter.«

»Leonhard, bist du noch ganz bei Trost?«

Dass Lauer Leonhard hieß, hatte er fast ganz verdrängt. Alle Welt redete ihn mit Leo an. Nur Martina, wenn sie wütend war, nannte ihn so, weil sie wusste, dass er Leonhard nicht ausstehen konnte. Es folgte das Übliche. Vaters Andenken. Mutters Alter. Die bösen Absichten des Liebhabers. Mutters Verblendung. Sie habe Angst, dass sie es nicht schaffe, Mutter zur Vernunft zu bringen. Sie fühle sich überfordert. Er habe Verantwortung zu übernehmen, auch wenn er nur der kleine Bruder war. Lauer, der seiner Mutter ihr spätes Glück gönnte und dem es egal war, ob sie ihr Vermögen auf den Kopf stellte, hatte keine Lust, mit seiner Schwester über das Problem zu reden. Zu oft schon hatte er es erfolglos versucht. Damit er das Gespräch beenden konnte, versprach er, mit Mutter zu reden. Er habe sowieso vor, sie in der Pfalz zu besuchen. Erleichtert steckte er sein Handy ins Jackett zurück. Susanne wartete schon am Auto.

»Zurück nach Ilvesheim«, sagte sie.

dreiundzwanzig

»Eigenbrötler. Ja, das trifft es ziemlich gut. Ein Eigenbrötler war Samuel. Man kam nicht einfach an ihn ran. Das haben Sie bestimmt schon mehr als einmal gehört. Dass wir uns kennenlernten, ist dem Zufall geschuldet. Samuel saß immer alleine für sich in der Kantine. Einmal, als es ziemlich voll war, saßen wir nebeneinander. Mir fiel das goldene Kreuz auf, das er um den Hals trug. Ich sprach ihn an. Mit dem unzugänglichen, schweigsamen Mann vollzog sich eine Verwandlung. Es sprudelte nur so aus ihm heraus. Sein Glauben. Er redete ohne Punkt und Komma. Mit der Kirche habe ich wirklich nichts am Hut, das können Sie mir glauben, aber Samuel beeindruckte mich. Von da an saßen wir öfter nebeneinander in der Kantine. Und als ich ihm bei einem Computerproblem helfen konnte, ich war einer der Netzwerk-Betreuer bei Ellstorm, war das Eis ganz gebrochen. Wir trafen uns regelmäßig in der Kantine. Samuel fasste Zutrauen. Er erzählte von seinem Sohn, Jean-Pierre war damals drei, als ich Samuel kennenlernte, 2007 muss das gewesen sein, genau weiß ich das nicht mehr. Seine Tochter war ja noch nicht auf der Welt. Die Geburt der Tochter war fast zeitgleich mit Samuels Kündigung. Frühjahr 2009, wenn ich das richtig auf die Reihe bekomme. Seine Arbeitsleistung. Samuel hatte so viel zu tun, da störte ihn die Arbeit bei Ellstorm, um es mal überspitzt auszudrücken. Ständig war er am Telefonieren. Meist in einer Sprache, die ich nicht verstand. Ab und zu auch in Französisch. Einige Brocken habe ich verstanden. Mein Schulfranzösisch, schon einige Jahre her, keine Übung. An eine Situation erinnere ich mich, das könnte Ihnen vielleicht helfen.

Samuel sagte auf Französisch, er sei der Chef, er sagte es sehr eindringlich, wiederholte den Satz mehrmals. Er war erregt, wütend. Ich weiß nicht, mit wem er gesprochen hat und worum es ging. Als er mich bemerkte, beendete er das Gespräch und sagte leise, mehr zu sich selbst: ›Ich bin der Chef, verdammt, das müssen die doch kapieren.‹

Auf meinen fragenden Blick ging er nicht ein. Er steckte sein Handy ein und erzählte nahtlos von Jean-Pierre.

Vor zwei Jahren stand er dann plötzlich eines Abends vor der Wohnungstür meiner Mutter, ich wohnte noch bei ihr. Ich weiß nicht, wie er an die Adresse gekommen war, von mir hatte er sie nicht. Meine Mutter bat ihn herein. Samuel sagte, er müsse mich sprechen, es sei dringend. Wir gingen in mein Zimmer. Aus einer Plastiktüte zog er einen Umschlag, so einen mit Luftpolstern, DIN-A5, mit braunem Klebeband verschlossen. Umschläge, wie es sie in jedem Schreibwarengeschäft zu kaufen gibt.

›Kannst du das für mich aufbewahren?‹, fragte er. Als er mein Zögern bemerkte, fügte er hinzu: ›Nichts Gefährliches, nichts Illegales, nichts Kriminelles. Du brauchst dir keine Gedanken zu machen. Ich möchte es nur an einem sicheren Ort wissen. Du gehst kein Risiko damit ein.‹ Natürlich habe ich das akzeptiert. Ich habe nicht nachgefragt, nein, ich wollte nicht wissen, was sich im Umschlag befand. Ich empfinde mein Verhalten nicht als unnormal. Schließlich war ich mit Samuel befreundet, schließlich vertraute er mir. Auch, wenn der Umschlag offen gewesen wäre, hätte ich nicht nachgeschaut. Wenn er sagte, dass es für mich vollkommen ungefährlich sei, dann glaubte ich ihm. Einige Male hat er mich besucht, wollte seinen Umschlag und ging nach wenigen Minuten wieder. Manchmal dauerte es nur einige Tage, ein anderes Mal mehrere Wochen, bis er mir den Umschlag wieder brachte. Zuletzt muss das, lassen Sie mich nachdenken, vor mehr als einem Jahr gewesen sein, ja, so lange ist das schon her. Sie müssen nicht glauben, dass ich Beweismittel unterschlagen wollte, nichts liegt mir ferner. Aber ich habe den Umschlag einfach vergessen. Als Sie vorhin im *Schlösschen* vor mir standen, ist es mir wieder eingefallen. Ich war mir zwar sicher, dass Samuel den Umschlag beim letzten Mal nicht wieder zurückgebracht hatte, doch zur Sicherheit bin ich nach dem Essen noch schnell bei meiner Mutter vorbeigefahren. Der Umschlag lag nicht in meinem alten Schreibtisch. Natürlich ist Samuels Verhalten merkwürdig. Aber Samuel war merkwürdig, ein Eigenbrötler. Ich habe mir nichts dabei gedacht. Ich war froh, wenn ich ihm helfen konnte. Bei sich zu Hause habe ich Samuel nie besucht. Seine Frau und seine Kinder habe ich persönlich nie kennengelernt. Ich weiß nicht, warum. Es hat sich einfach nicht ergeben. Seine Entlassung war zwangsläufig. Es blieb nicht bei den Telefongesprächen während der Arbeit. Seine Fehlzeiten häuften sich. Für die Firma war er untragbar. Der Kontakt wurde danach seltener. Logisch, bei der Arbeit sahen wir uns ja nicht mehr. Und als ich mit meiner eigenen Firma anfing, war ich zugedeckt mit Arbeit, keine Zeit für Gespräche über Gott und die Welt. Wenige Male haben wir uns noch gesehen, kann man an den Fingern einer Hand abzählen. Im *Café Journal* haben wir uns mal getroffen. Dann im *Starbucks*. Ab und zu telefoniert. Das ist alles schon einige Zeit her. Über Politik haben wir nicht geredet, niemals. Immer nur über Samuels Glauben. Mein Verhalten, es ist schwer zu erklären. Mein ganzes Leben ist geprägt von Rationalität. Bei Samuel war das anders. Vielleicht hat mich das gereizt an den Gesprächen mit ihm. Bekehrt hat er mich nicht, das hat er auch nie versucht. Samuel war ein außerordentlicher Mensch. So ein Ende hat er nicht verdient.«

vierundzwanzig

Lauer war einsilbig, als sie Dominik Hilperts Geschäftsräume in der Neuen Schulstraße in Ilvesheim verließen. Bis sie zum Auto kamen, sagte er kein Wort. Aber Susanne kannte ihren Kollegen inzwischen so gut, dass sie seine innere Unruhe spürte. Lauer setzte sich auf den Beifahrersitz, schnallte sich an, legte seine linke Hand auf sein linkes Bein und trommelte in rasender Geschwindigkeit mit den Fingern auf seine Kniescheibe. Susanne, die schon den Schlüssel ins Zündschloss gesteckt hatte, startete den Wagen nicht. Kleiner Finger, Ringfinger, Mittelfinger, Zeigefinger, die Finger trafen nacheinander auf dem Knie auf und doch sah es aus, als ob es eine einzige Bewegung wäre, so schnell bewegte Lauer seine Finger.

»Was brütest du aus, Leo?«

Susannes Frage zeigte bei Lauer keinerlei Reaktion.

»Leo, was ist los?«

Lauer schreckte hoch, fuhr sich mit der Linken durch die Haare, typische Übersprungreaktion, dachte Susanne. Und: Seine Haare sind grauer geworden in den letzten zwei Jahren.

»Der Briefumschlag, der mit dem Luftpolster.«

»Ja, schade, dass Hilpert uns den nicht auf dem Tablett servieren konnte. Aber so ist das. Unser Job ist ein Knochenjob. Das muss ich Grünschnabel dir doch nicht erzählen.«

Lauer legte jetzt beide Hände auf seine Knie.

»Wenn der Umschlag nicht bei Hilpert ist, muss er woanders sein.«

»Klar, der ist woanders. Aber wo? Eine Nadel im Heuhaufen ist einfacher zu finden. Das kannst du mir glauben.«

»Wo würdest du so einen Umschlag verstecken?«

»Was weiß ich? Bei einem anderen guten Freund, vielleicht.«

»Bruder Samuel hatte nicht viele soziale Kontakte, also wirkliche Beziehungen, Menschen, denen er vertraute. Bei der Kirchengemeinde war da ganz sicher niemand, den er so gut kannte.«

»Worauf willst du hinaus, Leo?«

»Die Wohnung.«

Jetzt trommelte Lauer mit beiden Händen auf seine Knie.

»Die Wohnung am Aubuckel.«

»Das können wir uns abschminken. Die Witwe lässt uns garantiert nicht …«

»Vielleicht doch.«

»Sag, dass das nicht stimmt! Du denkst doch nicht im Ernst an eine Hausdurchsuchung.«

»Doch!«

Susanne gab ihren Widerstand schnell auf. So kam es, dass sie kurz vor 18 Uhr nicht in L 6 einliefen, sondern in M 1 bei der Staatsanwaltschaft. Lauers Gesicht hellte sich auf, als er erfuhr, dass nur Dr. Theresa Brandes von der Ermittlungsabteilung 3, allgemeine Kriminalität, im Hause war. Die Staatsanwältin war in Lauers Alter, hatte nicht den besten Ruf, galt als übergenau, eine Paragraphenreiterin, sagte Meißner immer, aber erstaunlicherweise kam Lauer gut mit ihr aus. Als Susanne mitbekommen hatte, wie das Begrüßungsritual ablief, wunderte sie sich nicht mehr so sehr.

»Frau Dr. Brandes.«

Lauer ging mit ausgestreckten Armen auf die Staatsanwältin zu. Die saß hinter ihrem Schreibtisch und blickte kaum auf.

»Schön, Sie zu sehen.«

Die Staatsanwältin riss sich jetzt doch von ihren Akten los, ließ sich von Lauer die Hand schütteln und schob ihre Brille ganz vorne auf die Nasenspitze. Lauer stellte Susanne vor, die noch nicht in den Genuss der Zusammenarbeit mit der Staatsanwältin gekommen war.

»Sie sehen prächtig aus, wie immer!«

Susanne fand, dass der Staatsanwältin einige Kilos weniger besser stehen würden.

»Ihrem Gemahl geht es gut? Und der Sohn?«

Lauer, der knorrige Kommissar, der bei jedem aneckte, der sich den Mund nicht verbieten ließ. Susanne kam aus dem Staunen nicht heraus. Der konnte sich vielleicht einschmeicheln! Ein guter Schauspieler war er. Das Stichwort »Sohn« wirkte wie ein Einschalter. Die nächsten zehn Minuten erzählte Frau Dr. Brandes stolz von ihrem Sohn, der gerade sein praktisches Jahr absolvierte, Medizinstudium, Praktikum in Kapstadt, erzählte von überlaufenden Notaufnahmen, freitags, wenn die jungen Kerle ihren Lohn in Kneipen versoffen, Schlägereien, Messerstechereien.

»Und Niklas mittendrin«, erzählte sie stolz. »Hier bei uns wäre das für einen PJler undenkbar. Da gibt es ja schon einen Aufstand, wenn er Blut abnehmen soll.«

Susanne wurde langsam unruhig, die Zeit drängte, fand sie. Lauer war jetzt die Ruhe in Person, seine Körperhaltung drückte Interesse aus, seine Kommentare »unglaublich«, »was Sie nicht sagen«, »unvorstellbar«, verstärkten diesen Eindruck.

»Lieber Lauer«, sagte die Staatsanwältin endlich, »Sie kommen doch sicherlich nicht, um mir Komplimente zu machen. Wenn Sie in diesem Büro erscheinen, wollen Sie doch etwas.«

Lauer machte einen zerknirschten Eindruck, wand sich auf seinem Stuhl, beugte sich nach vorne, knetete die Hände, warf den Kopf nach hinten.

»Raus mit der Sprache!«

Susanne hatte plötzlich das Gefühl, dass vor ihr ein Ritual ablief, das sich schon viele Male vorher so abgespielt hatte. Ein Ritual, bei dem die Rollen festgelegt und die Dialoge den Beteiligten bekannt waren.

»Eine heikle Angelegenheit«, fing Lauer an und schwieg.

»Jetzt spannen Sie mich nicht auf die Folter.«

Lauer erzählte vom Mord an Samuel Imanayarakoze, von seiner Frau, die, wie er es sagte, die Ermittlungen behinderte, vom ehemaligen Arbeitskollegen Dominik Hilpert, vom Briefumschlag mit dem Luftpolster. So, wie er es schilderte, lag die Wahrscheinlichkeit, dass sich der Umschlag im Hochhaus am Aubuckel befand, bei nahezu 100 Prozent. Und dass der Umschlag die Aufklärung entscheidend voranbringen würde, das war natürlich glasklar. Von seiner Auseinandersetzung mit der Witwe, von seinen Drohungen erzählte er kein Wort. Die vagen Ausführungen zum Umschlag, die unbeantwortete Frage nach dem Inhalt waren eindeutig der Schwachpunkt in Lauers Argumentation. Susanne war überrascht, dass die Staatsanwältin nicht nachfragte, schließlich war die Beweislage doch eher dürftig. Als Lauer fertig war, griff sie zum Telefonhörer.

»In der Tat, eine delikate Sache«, sagte sie, während sie wählte. »Einen Durchsuchungsbeschluss gegen die Witwe des Tatopfers, nicht alltäglich, zumal gegen die Frau ja kein Tatverdacht besteht.«

Die Staatsanwältin legte wieder auf, wählte erneut. Schließlich hatte sie eine Verbindung, aber sie sprach so schnell, dass Susanne nicht alles verstand.

»Richter Bellinger ist noch da, wahrscheinlich ist er in seinem Büro eingenickt und ich habe ihn aufgeweckt, sein letztes Dienstjahr. Sie wissen, ich kann ihn um den Finger wickeln.«

So, wie Leo Sie um den Finger gewickelt hat, liebe Frau Staatsanwältin, dachte Susanne.

»In spätestens zwanzig Minuten haben Sie Ihren Beschluss, mein lieber Lauer. Ich faxe ihn rüber.«

Der liebe Lauer saß auf seinem Stuhl und strahlte Frau Dr. Brandes an. Was für ein Schauspieler, dachte Susanne!

»Nein, nein, wir warten draußen«, sagte Lauer. Es dauerte keine zehn Minuten, bis Lauer den Durchsuchungsbeschluss in Händen hielt.

»Hier, mein lieber Lauer! Aber eines sage ich Ihnen: Die Verantwortung tragen Sie. Wenn das ein Reinfall wird, von mir dürfen Sie keine Unterstützung erwarten. Ich muss an meine Karriere denken. Und die Presse, wenn die das spitzkriegt. Witwe, Mutter von zwei Kindern und dann Hausdurchsuchung.«

»Ich lerne ganz neue Seiten an dir kennen«, sagte Susanne, als sie zu Fuß nach L 6 unterwegs waren. »Du hättest auch Schauspieler werden können. «

So einfach es gewesen war, an den Durchsuchungsbeschluss zu kommen, umso schwieriger war es, Kollegen für die Durchsuchung aufzutreiben.

»Keine Gefahr im Verzug«, hieß es in L 6. »Das kann doch locker bis Montag warten.«

Lauer ließ nicht locker und reaktivierte schließlich zwei Kollegen der Spurensicherung, die schon angefangen hatten, ihr Wochenende zu genießen und ihm noch einen Gefallen schuldig waren. Um kurz vor sieben standen sie zu viert im siebten Stock vor der Wohnung mit dem

Klingelschild Samuel Imanayarakoze. Elvira Müller war zuerst sprachlos. Dann schrie sie Zeter und Mordio, wurde erst ruhig, als sich die Tür der Nachbarwohnung öffnete, drohte dann mit dem Rechtsanwalt, nahm schließlich ihre Kinder auf den Arm und zog sich ins Kinderzimmer zurück. Lauer fand sie weinend auf dem Bett.

Je länger sich die Durchsuchung hinzog, desto mutloser wurde Susanne. Sie würden nie etwas finden. Lauers Idee war eine Schnapsidee gewesen. Sie hätte ihn davon abhalten sollen. Alles würde im Fiasko enden. Am Montagmorgen bei der Besprechung wäre der Teufel los. Clement würde toben. Was hatte sie sich nur für einen Job ausgesucht? Ihre beste Freundin war Lehrerin geworden, die unterrichtete jetzt in Heidelberg Zweit- und Drittklässler. Warum hatte sie nichts Vernünftiges gelernt? Dann gab es nichts mehr zu durchsuchen. Susanne zog sich in den Flur zurück, wie bestellt und nicht abgeholt. Der eine Kollege der Spurensicherung klopfte noch in der Küche den Laminatboden ab, der andere war im Bad zugange. Lauer kam aus dem Kinderzimmer. Aus seinen hängenden Schultern konnte sie auf seinen Gefühlszustand schließen.

»Es war einen Versuch wert«, sagte Susanne.

»Nein, nein, die ganze Aktion war Schwachsinn«, sagte Lauer. »Ich hab mich da verrannt. Scheuklappen.«

In diesem Augenblick hörten sie aus dem Bad einen Aufschrei.

»Bingo!«

Und schon tauchte der Kollege im Flur auf und wedelte mit einem Briefumschlag mit braunem Klebeband, Din-A5, luftgepolstert. Frau Müller hatte ihr Stimmungstief überwunden und gab sich kämpferisch.

»Das lasse ich mir nicht gefallen. Sie werden das noch bereuen.«

Am Montagmorgen sollten Lauer diese Worte wieder einfallen.

Triumphierend hielt Lauer die beiden Pässe hoch. Er hustete schon wieder. Susanne, die an Meißners Schreibtisch saß, schüttelte den Kopf.

»Leo, Leo, du hast vielleicht ein Glück!«

»Glück, das haben nur die Tüchtigen.«

»Hätte unser Kollege von der Kriminaltechnik nicht diese Vorliebe für spitze Cowboyschuhe. Wäre er im Bad nicht zufällig an die Verblendung der Montageöffnung gestoßen. Wären die Fliesen dort nicht zufällig locker gewesen. Wäre der luftgepolsterte Umschlag nicht zufällig ins Rutschen gekommen. Alt hätten wir ausgesehen. Und in deiner Haut, Leo, hätte ich dann nicht stecken wollen.«

Draußen war es längst dunkel, das Thermometer, das Meißner vor dem Fenster zu den L-Quadraten befestigt hatte, zeigte immer noch zwölf Grad. Entschieden zu warm, dachte Lauer. Schließlich war Allerheiligen schon einige Tage vorbei. Als Susanne und Lauer vom Einsatz am Aubuckel zurückgekommen waren, waren in L 6 alle schon ausgeflogen. Kein Wunder. Freitagabend. Meißner kümmerte sich wahrscheinlich um seine Familie.

»Nächste Woche haben wir einen Termin bei der psychologischen Beratungsstelle. Unser Hausarzt hat alle Hebel in Bewegung gesetzt, dass es so schnell geht«, hatte Meißner nach der Morgenbesprechung im Vorbeigehen zu Lauer gesagt. Clement war bestimmt schon auf dem Weg ins Elsass, dort kam seine Frau her und vor einigen Jahren hatten sie sich direkt hinter der Grenze ein kleines Bauernhaus gekauft und aufwendig renoviert. Jedes freie

Wochenende verbrachte er dort mit seiner Familie. Auf jeden Fall hatte Lauer seinen Vorgesetzten nicht erreicht. Bei seiner Festnetznummer sprang der Anrufbeantworter an und sein Handy musste Clement ausgeschaltet haben. Auf die Mailbox zu sprechen hatte Lauer keine Lust. Dann erfuhr Clement eben erst am Montagmorgen von den Neuigkeiten.

»Diese beiden Pässe«, sagte Susanne, »verändern alles, das kannst du mir glauben. Aber du gehörst dringend ins Bett. Auskurieren ist angesagt am Wochenende. Deine Hanne soll dich bemuttern, dann bist du am Montag wieder fit.«

»Unkraut vergeht nicht«, sagte Lauer. »Gerade jetzt kann ich es mir nicht erlauben, krank zu werden.«

»Aber wenn du jetzt nicht aufpasst, liegst du wirklich flach. Und wir lösen den Fall ganz ohne dich. Für dich ist heute Schluss. Das ist ein Befehl.«

Susanne war erstaunt, als Lauer die auf seinem Schreibtisch herumliegenden Blätter und Schnellhefter auf einen Stapel legte, an den Rand schob und aufstand.

»Ein schönes Wochenende, Kollegin Dobler. Was vor am Wochenende?«

»Klar, ein aufregendes Date.«

»Ein Date? Habe ich da was verpasst? Mit wem?«

»Mit dem Kollegen Gernhardt. Wir treffen uns morgen früh hier. Ich habe versprochen, bei der Tutsi-Hutu-Recherche zu helfen. Er steht da etwas auf dem Schlauch.«

fünfundzwanzig

»Du lachst nicht mehr. Du singst nicht. Wo ist dein Tanzen? Du kannst es nicht ertragen, wenn irgendwo Musik zu hören ist. Du hältst dir die Ohren zu. Deine Kinder sind Luft für dich. Du beachtest mich nicht mehr. Du rührst mich nicht an. Du schläfst nicht mehr mit mir. Du sitzt in der Ecke. Du starrst den Boden an. Die Wand. Du schweigst. Du fühlst dich schlecht. Was verheimlichst du mir?«

Sie mag sich wütend anhören, meine Schwägerin. Aber sie ist nicht wütend. Sie ist verzweifelt.

»Du arbeitest nicht mehr. Du beschützt deine Familie nicht. Du sorgst nicht für deine Familie. Du hast Busurungi verlassen, die Stadt, in der wir glücklich gelebt haben. Du hast uns keinen Grund für die Flucht genannt. Wir haben zu dir gehalten, sind mit dir in das Dorf deiner Vorfahren gezogen Wir leben hier mit dir in dieser winzigen Hütte, ohne Strom, ohne Wasser. Wir ertragen das alles, ohne zu klagen. Ich ernähre die Familie. Du weißt, hier ist es nicht gut, wenn die Frau für die Familie sorgt. Du bist der Mann. Unsere Tradition sagt, dass ein Mann männlich und stark sein muss. Ein Mann muss vorangehen.«

Meine Schwägerin leidet.

Angst.
Ich habe Angst.
Angst, dass die Ehe zerbricht.
Angst um meinen Bruder.
Charles, mein Bruder.

»Wie soll ich weiter mit dir leben? Bist du noch mein Mann? Mein Ehemann? Warum zeigst du es mir nicht? Was stimmt nicht mit dir? Was ist mit dir passiert? Bist du noch mein Mann? Bist du noch ein Mann?«

Sonntag, 7. November 2010

sechsundzwanzig

Gegen Mittag zogen graue Wolken heran, ein stürmischer Wind kam auf und am Nachmittag setzte Regen ein. Um 16 Uhr zeigte das Thermometer immer noch 11 Grad. Von all dem bekam Lauer jedoch nichts mit. Er lag dick eingepackt in seinem Bett und schwitzte vor sich hin. Wadenwickel und Salbeitee, Melissengeist und Honig, Hannes Hand auf seiner Stirn, ab und zu steckte sie ihm das Fieberthermometer in den Mundwinkel, über 39,5 Grad stieg die Temperatur nicht, kein Grund zur Besorgnis. Im Hintergrund lief Eric Satie, die Bearbeitungen durch Jaques Loussier und sein Trio, und Lauer fielen bei der unaufgeregten Musik immer wieder die Augen zu.

Punkt sechs hatte sich der Radiowecker eingeschaltet, aber Lauer, der am Vorabend vergessen hatte, die Weckfunktion für das Wochenende auszuschalten, hatte fest geschlafen. Somit hatte er nicht mitbekommen, dass Renate Künast ihre Spitzenkandidatur für die Berliner Senatswahlen angemeldet hatte. Und er wusste auch nicht, dass bei Flugzeugabstürzen in Kuba und Pakistan insgesamt 89 Menschen ums Leben gekommen waren. Lauer war erst kurz vor zehn vom Klingeln an seiner Wohnungstür aufgeweckt worden. Mit wackligen Beinen öffnete er. Hanne fiel ihm um den Hals und drückte ihn. Sie ließ ihn los, musterte ihn und sagte: »Du bist ja ganz schwitzig. Wie siehst du überhaupt aus. Du gehörst ins Bett.«

»Da komme ich gerade her«, brachte er heraus.

Die strittigen Themen wurden nicht angesprochen oder die Aussagen waren so allgemein und unverfänglich, dass sie bei keiner Seite Anstoß erregten.

Lauer: »Das mit der Wohnung, das müssen wir uns noch einmal genau durch den Kopf gehen lassen.«

Hanne: »Genau, vielleicht sollte jeder von uns seine Wünsche aufschreiben und dann versuchen wir die gemeinsame Schnittmenge zu finden.«

Lauer: »Gute Idee. Das wird uns weiterbringen.«

Hanne: »Eigentlich hatte ich vor, heute mit dir das Grundstück in der Pfalz zu besichtigen.«

Lauer: »Ach, das ist nicht so wichtig.«

Hanne: »Doch, doch, du hast mich neugierig gemacht.«

Lauer: »Der kleine Bach, der über das Grundstück fließt, das hat schon was.«

Lauer genoss die Einigkeit, und den Gedanken, dass es sich um einen brüchigen Waffenstillstand handeln könnte, schob er weit nach hinten in seinem Bewusstsein. Am Montagmorgen, als der Husten sich etwas gelöst hatte, die Nase nicht mehr dauerverstopft war und er nach dem Naseputzen eine Zeitlang durchatmen konnte, war er überzeugt, dass die Einigkeit mit Hanne mehr zu seiner Genesung beigetragen hatte als Wadenwickel und sonstige Anwendungen.

Kurz nach 18 Uhr fuhr Hanne nach Schwetzingen, um sich mit einer Freundin zu treffen. Lauer griff nach einem Maigret, er war inzwischen beim 41. Band der gesammelten Maigret-Romane von Georges Simenon angelangt, *Maigret und der Mann auf der Bank*. Noch immer las er die Romane mit Vergnügen, die Plots waren stets stimmig, auch wenn der Kommissar sich nicht änderte in all den

Jahren seiner Ermittlungstätigkeit, ein unerschütterlicher Fels, auch wenn die Beziehung Maigrets zu seiner Frau keinen Schwankungen unterworfen war, Frau Maigret wartete geduldig mit dem Essen, bis er kam oder auch nicht kam. Hanne konnte sich ereifern über Simenons Frauenbild. Mit Vergnügen las Lauer ihr Stellen vor, in denen von schlaffen Brüsten die Rede war, die aus leicht geöffneten Morgenmänteln quollen und den Kommissar erregen sollten, der jedoch immer standhaft blieb. Ein unerschütterlicher Fels halt. Gerne wäre er so ein Kommissar gewesen wie Maigret, Gut und Böse klar eingeteilt, die persönlichen Verhältnisse übersichtlich und für alle Zeiten geordnet. Lauer kam in dem neuen Krimi nicht weit. Es dauerte einige Zeit, bis er merkte, dass er den Abschnitt schon mehrmals begonnen hatte. Es war inzwischen kurz vor 19 Uhr, eigentlich Zeit für die Sportschau, aber Lauer war zu müde. Lauers Fußballherz schlug für die roten Teufel. Da er aus der Pfalz kam, war das quasi genetisch bedingt. Kaiserslautern spielte erst morgen in Leverkusen und da war bestimmt kein Blumentopf zu gewinnen. Er machte die Nachttischlampe aus und schlief sofort ein.

Das Klingeln des Telefons weckte ihn und es dauerte einige Zeit, bis Lauer das Geräusch einordnen konnte, aufstand und nach dem Telefon im Flur griff. Er musste eine Ewigkeit geschlafen haben, so kam es ihm vor. Als er nach dem Gespräch auf die Uhr schaute, war es gerade mal zwanzig nach sieben. Es war seine große Schwester. Ihre Stimme wirkte dieses Mal fast euphorisch.

»Ich habe gerade Mutter die Haare eingelegt. Ihr Lover ...«

»Ihr was?«, fragte Lauer nach.

»Mutters Lover ist gerade dagewesen. Jetzt ist er auf und davon.«

Lauer hörte ein Juchzen in ihrer Stimme. Streit über den nächsten Urlaub. Mutter bevorzuge eine Ferienwohnung, wolle ihn bekochen, rundum versorgen. Er favorisiere die Wellness-Lösung, alles inklusive, mit allem Drum und Dran. Ein heftiger Wortwechsel, eine zugeschlagene Tür. Mutter sehe das zwar gelassen, der komme schon wieder, aber seine Schwester schöpfte Hoffnung, das spürte Lauer.

»Vielleicht ist doch noch nicht alles verloren«, sagte sie, »obwohl ich, was die Urlaubsvorstellungen angeht, durchaus mit dem Mann sympathisiere, also, Wellness und so.«

Lauer hüstelte übertrieben, murmelte etwas von Erkältung, Fieber und Halsschmerzen und beeilte sich, das Gespräch zu beenden. Er kroch ins Bett zurück, nicht ohne das Festnetztelefon mitzunehmen. Er tröpfelte Tropfen in die Nase, lutschte ein Hustenbonbon, trank Salbeitee, der längst kalt war, und starrte an die Zimmerdecke.

Wieder klingelte das Telefon. Vielleicht Hanne, die sich erkundigte, wie es ihm ging?

»Die Heidschnucken musst du unbedingt kennenlernen.«

Fabian! Lauer hätte lieber Theresa, die neue Freundin, kennengelernt, aber die Heidschnucken waren auch in Ordnung. Fabian drängte ihn, bald nach Basel zu kommen. Er könne ihm ein Zimmer im Hotel *Rochat* reservieren direkt im Zentrum. Über die Kosten brauche er sich keine Sorgen zu machen. Er müsse ihm nur einen Termin nennen. Lauer vertröstete seinen Sohn, seine Erkältung, der neue Fall, aber sobald er etwas Luft habe, werde er es sich durch den Kopf gehen lassen, versprochen. Noch einer, der sich euphorisch anhört, dachte Lauer, freute sich aber, dass es seinem Sohn anscheinend gutging.

Lauer war jetzt hellwach, ging ins Wohnzimmer, suchte Dylans letztes Album heraus, *Together Through Life*, schob die CD in den Spieler, drehte auf und legte sich ins Bett zurück. Er schaffte es, jetzt einige Seiten im Maigret hinter sich zu bringen, ohne laufend einzunicken, summte bei *This Dream Of You* mit und schlief erst beim letzten Song des Albums, *It's All Good* ein. So bekam er nicht mehr mit, dass Hanne kurz vor Mitternacht auf Zehenspitzen ins Schlafzimmer schlich.

Vom Sonntag blieb ihm nichts in Erinnerung. Er schlief und schlief, verschlief die 3:1-Niederlage seiner Lauterer in Leverkusen, die damit auf den 15. Tabellenplatz abrutschten, bekam nicht mit, wie Hanne ihn umsorgte, auch nicht, dass sie um kurz vor 20 Uhr in ihre eigene Wohnung ging.

»Du hast den Schlaf des Gerechten geschlafen«, sagte Hanne später. »Dein Körper hat sich sein Recht genommen.«

Der tote Ruander, der Doppelmord in Sandhofen, die Wohnungssuche, das Grundstück im Frauenthal, Fabian mit seinen Heidschnucken, seine Mutter und ihr Freund, alles war weit, weit weg. Da Hanne Lauers Handy ausgeschaltet hatte, bemerkte er erst beim Frühstück am Montagmorgen, dass Clement ihm am Sonntag vier Mal auf die Mailbox gesprochen hatte, der erste Anruf um 16:32 Uhr, dann im stündlichen Abstand. Die Fleischwurst von der Metzgerei Noll aus Hertlingshausen schmeckte wirklich gut, viel billiger zudem als die Wurstwaren bei seinem Rheinauer Metzger. Ja, zum ersten Mal seit Tagen schmeckte ihm an diesem Morgen alles, der Pecorino, den Hanne mitgebracht hatte, der Rapshonig, die Erdbeermarmelade, die seine Mutter eingekocht hatte. Selbst, dass der Rhein-Neckar-Anzeiger auch kurz vor acht, als er seine Wohnung verließ, noch nicht im Briefkasten steckte, ärgerte ihn nicht. Mit der Zustellung gab es seit einigen Wochen Probleme. Im Nachhinein war er sogar froh, dass die Zeitung nicht da gewesen war. Somit war ihm das Frühstück nicht verdorben worden.

Montag, 8. November 2010

siebenundzwanzig

Polizist bedroht Frau eines Mordopfers

Mannheim.
Die Ermittlungen im Mordfall des Samuel I., der letzte Woche in einer Feudenheimer Kirche erstochen aufgefunden worden war, nehmen immer bizarrere Formen an.
Ein Mannheimer Kripobeamter bedrohte letzten Freitag die Frau des Mordopfers. Nach mehreren schikanösen Verhören baute er sich vor der Frau auf und schrie sie an: »So kommen Sie nicht davon!« Daraufhin ordnete der namentlich bekannte Hauptkommissar eine Hausdurchsuchung bei der trauernden Witwe an. Nach der Durchsuchung werde sie ihre Wohnung nicht wiedererkennen. So der Hauptkommissar zu der geschockten Frau, die am Wochenende ärztliche Hilfe in Anspruch nehmen musste.
Die Polizeiführung schweigt zu den ernsten Vorwürfen und war am Wochenende nicht zu einer Stellungnahme bereit.
han
Ausführlicher Bericht und Kommentar im Mannheim-Teil

Aus: Rhein-Neckar-Anzeiger vom 8.11.2010, Seite 1

Hausdurchsuchung bei Mordopfer

Anstatt den Mörder ihres Mannes zu suchen, schikaniert die Mannheimer Kripo die Witwe.

Von unserem Redaktionsmitglied Roland Hanke

Vergangenen Mittwoch geschah in der Sankt-Peter-und-Paul-Kirche ein grässliches Verbrechen. Samuel I., ein gebürtiger Ruander, wurde auf bestialische Art und Weise erstochen, ja, man muss sagen: hingemetzelt. Sämtliche Finger wurden dem Opfer gebrochen. Unbändiger Hass muss den Mörder angetrieben haben. Diese Zeitung berichtete bereits mehrfach über das Verbrechen.

Und unsere Polizei? Sucht sie fieberhaft und mit allen Kräften nach dem Mörder? Könnte man meinen. Aber weit gefehlt. Die Mannheimer Polizei, insbesondere in Person des Kriminalhauptkommissars Leo Lauer, konzentriert sich darauf, die Witwe des Samuel I. unter Druck zu setzen und zu schikanieren. Nach zwei Verhören, von der Polizei als Befragung bagatellisiert, folgte am frühen Freitagabend der Höhepunkt, eine Hausdurchsuchung bei der trauernden Witwe, die mit zwei weinenden Kleinkindern auf dem Arm die unwürdige Prozedur über sich ergehen lassen musste.
»Das wird Folgen haben«, sagte der Anwalt der Frau dieser Zeitung gegenüber. »Das Verhalten der Polizeibeamten ist skandalös.«
Ob die Kripo in der Wohnung der Witwe fündig wurde, darüber schweigt sich die Polizei aus. Bisher

war keine Stellungnahme aus dem Polizeipräsidium zu erhalten. Von der Staatsanwaltschaft kommt der lapidare Hinweis, alles sei rechtlich in Ordnung. Die bisherigen Pressemitteilungen aus L 6 sind nichtssagend und zeigen, dass die Polizei vollkommen im Dunkeln tappt und bisher mit keinerlei Ergebnissen aufwarten kann.

Leo Lauer ist bekannt für seine bisweilen unorthodoxen Ermittlungsmethoden. Oder soll man besser sagen: berüchtigt? Nicht vergessen sind Übergriffe vor einigen Jahren, als Lauer in der Pfalz ohne Wissen der dortigen Kollegen ermittelte. Und dass er Zeugen auch mal körperlich bedroht, das versichert uns ein Informant glaubhaft. Am Freitagmittag kam es bei einer Vernehmung von Elvira M., der Witwe von Samuel I., erneut zu Übergriffen. Lauer schrie die verängstigte Frau an und drohte ihr unverhohlen. Außerdem baute er sich unmittelbar vor der zierlichen Frau auf und tippte ihr mit dem Zeigefinger mehrmals schmerzhaft auf die Brust. Diese Übergriffe seien nicht hinnehmbar, so der Anwalt der Witwe. Frau M. erinnert sich noch genau an Lauers Worte. »Die haben sich eingebrannt in mein Bewusstsein«, sagte sie dieser Zeigung gegenüber.

Und hier ist es, das Gedächtnisprotokoll einer trauernden Witwe, die jetzt ganz auf sich allein gestellt für zwei kleine Kinder sorgen muss: »Ich werde keine Ruhe geben! So kommen Sie mir nicht davon. Ich werde bei der Staatsanwaltschaft einen Durchsuchungsbefehl erwirken. Wir werden Ihre Wohnung auf den Kopf stellen.«

Können Drohungen eindeutiger sein? Wieso wird ein solcher Beamter auf die Mannheimer Bevölkerung losgelassen? Und der Vorgesetzte des Hauptkommissars Lauer, der Erste Hauptkommissar Clement, muss sich die Frage gefallen lassen, warum er diesen Amokläufer nicht in die Schranken verweist. Aus gut unterrichteten Kreisen hat diese Zeitung erfahren, dass Lauer am Mordtag nicht zum Dienst erschienen war. Welche Disziplinarmaßnahmen hat sein Vorgesetzter ergriffen?

Grundsätzlich stellt sich die Frage, warum es keine Entwicklung in diesem Mordfall gibt. Nicht einmal ein Motiv kann die Polizei präsentieren. Und dabei sind jetzt fünf Tage seit dem Mord vergangen. Dabei liegen Motive quasi auf der Straße. Samuel I. hatte schwarze Hautfarbe. Es ist bekannt, dass es in der Vergangenheit zu rassistischen Übergriffen gegen den Mann gekommen ist. Ein Vorfall wurde sogar aktenkundig und vor Gericht verhandelt. Zwei Neonazis attackierten den unbescholtenen Bürger. Oliver R. sitzt im Moment wegen einer anderen Straftat in Untersuchungshaft. Aber Leon A., der zweite Neonazi, lebt unbehelligt auf der Vogelstang von Hartz IV. Das muss der Polizei doch bekannt sein.

Kommentar

Roland Hanke zu den Verfehlungen der Mannheimer Polizei

Haben Polizeibeamte in Mannheim Narrenfreiheit?

Die Mannheimer Polizei hat einen guten Ruf. Das ist unbestritten. Aber das, was gerade in Mannheim passiert, lässt viele Menschen in der Quadratestadt an der Integrität der Polizei zweifeln. Viele Fragen drängen sich auf. Fragen, die sich viele Leute in Mannheim stellen. Fragen, auf die die Öffentlichkeit Antworten erwartet. Plausible Antworten.

Warum bringt die Polizei kein Licht ins Dunkel dieses abscheulichen Verbrechens? Wird hier nur die eigene Unfähigkeit vertuscht? Oder steckt mehr dahinter? Was ist los in L 6? Gibt es ein Führungsproblem bei der Mannheimer Polizei? Kann Hauptkommissar Leo Lauer nach Belieben schalten und walten? Wann wird Lauer endlich in seine Schranken verwiesen? Überfällig ist es schon lange! Die Mannheimer Polizei hat einen guten Ruf, richtig. Aber den kann sie sehr schnell verlieren!

Aus: Rhein-Neckar-Anzeiger vom 8.11.2010, Rubrik Mannheim, Seite 17

achtundzwanzig

Schon als Lauer die schwere Eisentür in L 6 aufdrückte, spürte er, dass die Stimmung heute anders war. Der Geruch war noch der gleiche, daran hatte sich nichts geändert. Aber der Beamte an der Pforte, der ihm sonst immer freundlich zunickte, starrte krampfhaft, wie Lauer fand, auf den Fluchtwegeplan, der vor ihm lag und hatte kein Auge für den Hauptkommissar. Und die Sekretärin des Polizeipräsidenten, die ihm sonst immer zuwinkte, Lauer konnte sich ihren Namen nicht merken, schob den Aktenwagen an ihm vorbei und grüßte, ohne ihn anzuschauen. Und Polizeihauptmeister Frühauf, dem er auf der Treppe begegnet war, hatte die Hand an die Mütze gelegt, übertrieben, wie Lauer fand. Da Lauer die Berichterstattung aus dem Rhein-Neckar-Anzeiger noch nicht kannte, war er nur verwundert, als er sein Büro im dritten Stock aufschloss. Wenig später kam Frau Werner und rief ihm ihr »Guten Morgen, Herr Kommissar« zu. Wenigstens sie war also normal geblieben. Dann stand sie im Türrahmen und an ihrem Gesicht sah er, dass etwas nicht stimmte.

»Jetzt rücken Sie schon raus. Was ist los?«, forderte er sie auf. Er spürte, wie sie sich wand, sie schien sich auf die Zunge zu beißen, plötzlich ging ein Ruck durch sie und es sprudelte nur so heraus.

»Eine Unverschämtheit, was der Schmierfink da schreibt. Ich glaube dem kein Wort. Sie tun mir wirklich leid, aber ich stehe zu Ihnen. Auf mich können Sie zählen.«

Lauer verstand nichts von dem, was Frau Werner da gerade gesagt hatte.

»Jetzt mal langsam«, setzte er an, da war sie schon im Vorzimmer verschwunden, kramte in ihrer Tasche, kam mit dem Rhein-Neckar-Anzeiger zurück und legte ihn auf Lauers Schreibtisch.

»Sogar auf der allerersten Seite. Und im Lokalteil groß aufgemacht, mit Fotos und Kommentar.«

Lauer überflog die Meldung auf Seite eins, kramte den Lokalteil hervor, sah das Hochhaus am Aubuckel, kleines Foto, sah Elvira Müller mit verweinten Augen und ihren beiden Kindern auf dem Arm, großes Foto, las den Artikel quer, las ihn dann genau, ja, studierte ihn regelrecht. Er legte die Zeitung auf den Schreibtisch, rollte mit seinem Schreibtischstuhl einen halben Meter nach hinten und verschränkte die Hände im Nacken.

»Das kann ja heiter werden«, sagte er schließlich.

»Heiter werden?«, sagte Frau Werner. »Eine bodenlose Sauerei ist das, dagegen müssen Sie vorgehen. Das dürfen Sie sich nicht gefallen lassen!«

Hankes Schlussfolgerungen und Unterstellungen ließen Lauer kalt. Er dachte nur an die Besprechung, die in wenigen Minuten beginnen würde. Clements Reaktion auf die Schmierereien des Roland Hanke waren voraussehbar. Lauer griff noch einmal nach dem Rhein-Neckar-Anzeiger und las ein drittes Mal den Artikel. Leon A., Neonazi, Vogelstang, Hartz IV-Empfänger. Es dürfte ein Leichtes sein, die Identität Ahns zu lüften. Wenn das nur nicht aus dem Ruder lief.

»Jetzt sagen Sie doch was«, drängte Frau Werner.

»Was soll ich denn dazu sagen, liebe Frau Werner? Sie kennen doch unseren Vorgesetzten.«

»Hoffentlich wird Clement Sie nicht suspendieren«, sagte sie und verschwand im Vorzimmer.

Julian Meißner fiel mit der Tür ins Haus.

»Oh, oh, oh, du sitzt ganz schön in der Patsche, Leo. In deiner Haut möchte ich nicht stecken.«

»Ist das alles, Julian, was dir dazu einfällt?«

»War nur ein Witz. Natürlich hast du meine Unterstützung. Aber ein ganz klein wenig hast du dir diesen Artikel selbst eingebrockt. Susanne hat mich am Wochenende angerufen und mir alles erzählt. Deine Wut auf die Witwe ist für mich nachvollziehbar. Mich hätte das Verhalten der Frau auch auf die Palme gebracht. Aber deine Reaktion war, wie soll ich es ausdrücken, nicht gerade diplomatisch. Das weißt du ja selbst. Aber ich sehe das alles nicht so dramatisch. Das Ergebnis der Hausdurchsuchung gibt uns recht.«

Es war das Wörtchen »uns«, das Leo Lauer aufbaute und das Gefühl gab, nicht alleine in einem schwarzen Tunnel zu sein.

»Noch was, Leo«, fügte Meißner hinzu. »Ich hätte mich gefreut, wenn du mich persönlich informiert hättest. Sind wir Freunde oder nicht?«

Lauers erster Impuls war, das Gespräch einfach abzubrechen. Musste er sich vor Meißner rechtfertigen? Warum? Er überlegte es sich doch anders.

»Mir ging es beschissen am Wochenende, ich bin flach gelegen. Erkältung, Fieber, die ganze Palette.«

»Guten Morgen, zusammen.«

Die gleiche Prozedur wie jeden Tag. Der Rhein-Neckar-Anzeiger lag aufgeklappt vor Clement. Links die Titelseite, daneben der Mannheimer Lokalteil. Im Raum herrschte eine ungewohnte Stille. Alle Anwesenden hoben die Köpfe, als Lauer und Meißner eintraten. Manch einer von denen grinst sich einen, dachte Lauer, der sich auf den freien Stuhl neben Meyers setzte. Susanne, die ihm gegenübersaß, suchte seinen Blick. Als er sie anschaute, schloss sie die Augen für zwei Sekunden. Auch diese kleine Geste gab Lauer ein wenig Selbstsicherheit zurück. Er schloss selbst die Augen und atmete tief durch die Nase ein. Der Artikel im Rhein-Neckar-Anzeiger hatte ihn getroffen, ihn geradezu überrumpelt. Aber nur fast, sagte er sich. Sicher, der Artikel war ärgerlich, Clement würde schäumen, das sah er schon, wenn er dessen Finger beobachtete, die pausenlos auf die Zeitung vor ihm trommelten. Lauer würde sich von Clement nicht aus der Reserve locken lassen. Zumindest nahm er es sich vor. Und die Hausdurchsuchung war ja wohl ein voller Erfolg gewesen. Klar, Clement konnte ihm vorwerfen, ihn nicht sofort informiert zu haben. Aber wenn der nicht erreichbar war? Ferienhäuschen im Elsass. Selber schuld. Suspendierung? Quatsch! Der hatte doch nichts in der Hand.

»Auf die Besprechung bin ich gespannt wie ein Flitzebogen«, flüsterte Irene Meyers und legte ihm für den Bruchteil einer Sekunde die Hand auf den Oberschenkel. Lauer bekam eine Gänsehaut, die aber sofort wieder verschwand, als Clement mit leiser Stimme die Besprechung eröffnete.

»Mir ist zu Ohren gekommen, dass am Freitag eine Hausdurchsuchung stattgefunden hat.«

Clement machte eine Pause und blickte in die Runde. An Lauer blickte er vorbei. Zu Ohren gekommen, dachte Lauer, was für eine Formulierung.

»Bei der Witwe des Mordopfers.«

Wieder eine Pause.

»Warum weiß ich nichts davon?«

Wieder der Blick in die Runde, haarscharf an Lauer vorbei. Lauer fühlte sich nicht angesprochen. Susanne hob die Hand. Clement ignorierte die Wortmeldung.

»Lauer!«

Jetzt in deutlich lauterem Tonfall.

»Sie erinnern sich, was ich letzten Dienstag auf dieser Besprechung gesagt habe?«

Lauer schwieg.

»Könnten Sie bitte meine Worte wiederholen?«

Lauer schwieg.

»Gut, ich helfe Ihnen auf die Sprünge. Ich sagte: In Zukunft möchte ich über jeden Ihrer Schritte informiert sein. Das war doch klar und deutlich ausgedrückt. Unmissverständlich. Oder?«

Lauer schwieg.

»Herrgott noch mal, ich möchte, dass Sie dazu Stellung nehmen.«

»Schon«, sagte Lauer.

»Was? Schon?«

»Dass Sie sich deutlich, klar und unmissverständlich ausgedrückt haben.«

»Und warum wurde ich nicht von Ihnen informiert?«

»Ich habe am Freitagnachmittag versucht, Sie anzurufen, aber nur die Mailbox erwischt. Wahrscheinlich waren Sie am Wochenende in Ihrem Ferienhäuschen im Elsass.«

»Das tut nichts zur Sache«, sagte Clement. Der Vorgesetzte schien irritiert. Susanne hatte immer noch den Arm erhoben. Clement machte eine Handbewegung, die man so verstehen konnte, dass er ihr das Wort erteilte. Susanne berichtete vom zweiten Besuch bei Elvira Müller, erzählte von den Widersprüchen, dass Lauer und sie den Eindruck gewonnen hatten, die Frau verheimliche ihnen etwas, schilderte auch das Ausflippen von Lauer, so wie es passiert war.

»Also stimmt das, was in der Presse berichtet wird«, kommentierte Clement. Danach gab Susanne eine Zusammenfassung des Gesprächs mit Dominik Hilpert, dem früheren Kollegen von Samuel Imanayarakoze. Detailliert ging sie auf den Umschlag ein, der bei Hilpert monatelang deponiert gewesen und dann verschwunden war.

»Genau dieser konkrete Verdacht hat uns dann dazu gebracht, einen Hausdurchsuchungsbefehl zu erwirken.«

»Sie hätten mich nicht übergehen dürfen«, sagte Clement.

»Sie waren nicht erreichbar.«

Susanne verschwieg, dass Lauer nur einmal versucht hatte, Clement zu erreichen, dass er ihm auch nicht auf die Mailbox gesprochen hatte.

»Im Übrigen hätten wir auch ohne richterlichen Durchsuchungsbefehl die Wohnung durchsuchen können. Gefahr im Verzug.«

Clement schlug mit der flachen Hand auf den Tisch. Alle, die am Besprechungstisch saßen, zuckten zusammen. Das war nicht Clements Art.

»Gefahr im Verzug! Passen Sie auf, was Sie da von sich geben«, sagte Clement.

»Die Ergebnisse der Durchsuchung zeigen, dass unser Vorgehen berechtigt war«, ließ sich Susanne nicht aus der Ruhe bringen.

»Welche Ergebnisse? Wovon sprechen Sie?«

»Wir haben im Badezimmer der Familie, versteckt unter der Duschwanne, den Umschlag gefunden, von dem Hilpert gesprochen hat.«

»Und, was war drin?«

»Zwei Pässe, einer aus Uganda, ein Pass aus Deutschland, beide mit dem Bild des Samuel Imanayarakoze, aber mit zwei falschen Namen. Imanayarakoze ist mit diesen Pässen in der Zeit von 2006 bis 2010 mehrere Male in Ruanda und in den Kongo eingereist.«

Im Zimmer war es ganz still. Lauer hatte sogar das Gefühl, dass die Anwesenden das Atmen eingestellt hatten.

»Warum, zum Teufel, weiß ich davon nichts?«

Clement fuhr sich durch die Haare, die danach nach allen Seiten abstanden. Vorteilhafte Frisur, dachte Lauer und er meinte es nicht ironisch. Besser als der abgezirkelte Scheitel sah es allemal aus.

»Sie waren nicht erreichbar«, sagte Susanne.

»Die Durchsuchung war am Freitag. Heute ist Montag.«

Lauer hörte eine Spur von Resignation in Clements Tonfall. Er hob die Hand. Clement nickte ihm zu.

»Mein Fehler. Ich lag das ganze Wochenende krank im Bett. Fiebrige Erkältung. Ich habe die ganze Zeit über geschlafen.«

»Ich habe gestern dauernd versucht, Sie anzurufen.«

»Tut mir leid, mein Handy war ausgeschaltet und auf dem Festnetz haben Sie es nicht versucht.«

»Lauer, Lauer, was denken Sie sich eigentlich?«

Clement legte die Hand vor die Augen. Sieht reichlich theatralisch aus, dachte Lauer.

»Vor der Besprechung war ich mir sicher, dass es nur eine Option gibt, Lauer, Ihre Suspendierung. Das, was ich jetzt gehört habe, ändert in gewisser Weise diese Einschätzung. Niemand kann angesichts Ihres Fahndungserfolges, ich könnte auch von Dusel sprechen, die Durchsuchung für Schikane halten. Bleibt Ihr Ausbruch, Lauer, die Bedrohung der Frau.«

Clement hatte jetzt auch die zweite Hand vor die Augen gehalten. Sein Kopf hatte sich der Tischplatte bedrohlich genähert. Der große Denker bei seinem schweren Tagwerk, dachte Lauer.

»Was mache ich mit Ihnen, Lauer?«

Clement setzte sich aufrecht hin, legte die Hände nebeneinander auf die Tischplatte, die Daumen unter dem Tisch. So mussten wir immer bei unserer alten Erdkundelehrerin im Gymnasium stillsitzen, erinnerte sich Lauer.

»Ich weiß es. Von dem Fall muss ich Sie abziehen, Lauer. Da sind Sie draußen. Sie werden sich mit Meyers zusammen um den Doppelmord in Sandhofen kümmern. Und wehe, Sie stecken Ihre Nase noch in die Sache mit dem Ruander. Meißner übernimmt die Koordination im Mordfall des Ruanders. Ich möchte ständig auf dem Laufenden gehalten werden. Um 14 Uhr Pressekonferenz. Dobler, Sie sind dabei, Sie werden der Presse über unseren Durchsuchungserfolg berichten.«

Zum Glück ist der Kelch an mir vorübergegangen, dachte Lauer. Und mit Meyers zusammenarbeiten, es gibt wahrlich Schlimmeres.

»Und Sie, Lauer, Sie sind auch dabei. Sie werden sich bei der Witwe entschuldigen, in aller Öffentlichkeit. Und zwar so, dass man Ihnen die Entschuldigung abnimmt. Lassen Sie sich was einfallen.«

In diesem Moment kam Lauer eine Suspendierung wie ein Glückslos vor.

»Der Umgang mit der Presse, Kolleginnen und Kollegen, ein ganz sensibles Thema. Solch negative Berichterstattungen müssen wir verhindern.«

Clement klopfte beschwörend auf den Rhein-Neckar-Anzeiger.

»Wir haben einen guten Ruf zu verlieren.«

Jetzt macht der sich auch noch den Schwachsinn von diesem Hanke zunutze, dachte Lauer. Meißner meldete sich.

»Wir sollten nicht nur an unser Image denken«, sagte er. »Der Artikel enthält auch direkte Angriffe gegen diesen Leon Ahn. Sein voller Name könnte recherchiert werden. Ich hoffe sehr, dass der Volkszorn nicht zum Kochen gebracht wird.«

Clement schob die Lippen vor und kniff die Augen zusammen.

»Kann ich mir nicht vorstellen«, brachte er nach einiger Zeit heraus. »Aber gut, wir müssen das beobachten.«

»Zurück zu unserem Image«, sagte jetzt Meyers. »Was mich sehr erstaunt, ist, dass dieser Hanke Interna aus dem Innenleben der Polizei berichtet.«

»Können Sie etwas deutlicher werden?«, unterbrach sie Clement.

»Woher weiß der Journalist, dass Lauer am Montag nicht beim Dienst war? Meines Wissens wurde dies auf der Besprechung am Dienstag erörtert. Ich kann mich nicht erinnern, dass davon eine Meldung an die Presse ging.«

»Was wollen Sie damit andeuten?«

»Dass es in unseren Reihen vielleicht einen Maulwurf gibt.«

»Oberkommissarin Meyers, Sie sollten vorsichtig sein mit Verdächtigungen, vor allem mit Verdächtigungen, die eine solche Tragweite haben. Wir werden das Thema erst vertiefen, wenn ich es mit dem Polizeipräsidenten besprochen habe. Wir machen eine kleine Pause. Danach wird uns Gernhardt über Tutsi und Hutu informieren.«

neunundzwanzig

»Fangen Sie an, Gernhardt«, sagte Clement nach der Pause. Gerade als Gernhardt den Mund aufmachte, ging die Tür auf und Polizeipräsident Faulhaber stand im Besprechungszimmer. Clement sprang auf und deutete eine Verbeugung an. Faulhaber dirigierte Clement mit einer Handbewegung auf seinen Platz zurück und setzte sich auf einen Stuhl in der zweiten Reihe ganz hinten am Fenster. Ein Meister der Selbstinszenierung, dachte Lauer. Der beherrscht den großen Auftritt und selbst, wenn er still und leise den Raum betritt, ist es ein großer Auftritt.

»Ich muss etwas weiter ausholen«, begann Gernhardt. »Muss in die Geschichte zurück, damit der Konflikt, der sich in Ruanda manifestiert, von uns auch verstanden wird.«

Susanne war beeindruckt. Gernhardt drückte auf die Fernbedienung des Beamers und eine PowerPoint-Folie erschien auf der Leinwand.

»Der Konflikt zwischen Tutsi und Hutu.«

Gernhardt ging weit in die Geschichte zurück. 19. Jahrhundert. Imperialismus. Das Streben nach Kolonien. Das Deutsche Reich, das wegen der Zersplitterung Deutschlands und der späten Einigung 1871, Stichwort Bismarck, zu spät gekommen war. Der Kolonienkuchen war größtenteils aufgeteilt. Ende des 19. Jahrhunderts, Deutsch-Ostafrika als deutsche Kolonie. Zwanzig Jahre Herrschaft des deutschen Kaisers. Heute Ruanda, Burundi und Tansania. Gernhardt drückte die nächste Folie. Grobkörniges Foto. Schwarz-weiß. Berge, Häuser im Hintergrund. Davor Palmenwedel. Dann in Fünferreihen schwarze

Soldaten mit nacktem Oberkörper, über der Schulter ein Gewehr. Ganz im Vordergrund zwei Offiziere mit Pickelhaube, dem Betrachter den Rücken zugewandt. Susanne runzelte die Stirn. Das Bild hatte keinen Bezug zu Ruanda. Es war nicht einmal sicher, dass es sich wirklich um Offiziere des deutschen Kaisers handelte. Quellenangabe unbekannt. Gernhardt hatte ihren Einwand am Samstag nicht gelten lassen. Sein Beitrag zum Vortrag bestand übrigens in der Erstellung der Präsentation. Die inhaltlichen Recherchen und sämtliche Formulierungen stammten von Susanne. Aber sie fand, dass Gernhardt ordentlich vortrug. Und da sie alles in- und auswendig kannte, brauchte sie nicht so genau hinzuhören.

Das Staatswesen, das die Deutschen in Ostafrika vorfanden, war intakt. Eine Monarchie, in der eine Minderheit, die Tutsi, über die große Mehrheit der Hutu herrschte. Die deutschen Kolonialisten hatten schnell eine »Theorie« zur Hand. Gernhardt schaffte es tatsächlich, die Gänsefüßchen rhetorisch unterzubringen. Susanne staunte. Die Tutsi als überlegene herrschende Schicht, die Hutu, immerhin 80 Prozent der Bevölkerung, als dienende Bauern. Nächstes Bild. Ein weißer Mann mit hellem Tropenhelm in einer Sänfte, getragen von vier halbnackten Eingeborenen. Absolut unpassend, fand Susanne. Aber als sie in die Runde blickte, nickten fast alle Kollegen, sogar Meißner und Lauer.

Dann der Erste Weltkrieg mit dem bekannten Ausgang. Versailler Vertrag. Verlust der Kolonien. Das Gebiet des Deutschen Reiches bekamen die Belgier, die die Tutsi als »höherwertige Rasse« einstuften. Der Ausweiseintrag »Hutu« und »Tutsi« in der Kategorie »Ethnie« war von den Belgiern eingeführt worden. Die Belgier bevorzugten eindeutig die Tutsi und setzten die Hutu herab. Nächste

PowerPoint-Folie. Sechs schwarze Mädchen in blütenweißen Kleidern, die ein staubiges Feld mit Handhacken bearbeiteten. Im Hintergrund ein weißer Missionar mit schwarzer Robe. Schwachsinn, dachte Susanne. Lauer schüttelte jetzt den Kopf und Meißner rollte mit den Augen. Die Folge der belgischen Besatzungspolitik: Arroganz, Überlegenheit, Hass, Neid, Erbfeindschaft.

»Nach dem Zweiten Weltkrieg ging die Kolonialzeit langsam aber sicher zu Ende«, dozierte Christian Gernhardt.

1. Juli 1962: Unabhängigkeit Ruandas mit dem Versuch, eine demokratische Gesellschaft unter Führung der Hutu aufzubauen. Es folgten 32 Jahre Hutu-Herrschaft. Dann 1994: Von April bis Juli werden 800 000 Tutsi durch Hutu-Regierungstruppen getötet, gemetzelt, abgeschlachtet. Die Bilder, die Gernhardt jetzt an die Wand warf, stammten aus dem Ruanda-Konflikt. Daran gab es keinen Zweifel. Susanne, die die Fotos ja bereits kannte, starrte auf die Leinwand und hätte doch am liebsten die Augen geschlossen und die Hände vor das Gesicht geschlagen. Was Menschen Menschen antun können! Im Sommer 1994 kommt die RPF, die Rwandan Patriotic Front, eine Tutsi-Rebellenarmee, aus dem Exil zu Hilfe.

4. Juli 1994: Einzug der Tutsi-Armee in Kigali, der Hauptstadt Ruandas. Übernahme der Macht im Staat durch die Tutsi-Minderheit. Massenflucht der Hutu nach Zaire, heute die Demokratische Republik Kongo. 300 000 bis 400 000 Soldaten der Hutu-Armee tauchen im Kongo unter.

»Und daraus entstand die FDLR, Forces Démocratiques de Libération du Rwanda, Demokratische Kräfte zur Befreiung Ruandas, zu deutsch.«

Auf der Leinwand erschien die erste farbige Folie, zugleich sollte es die letzte sein. Ein gelber Kreis, links rot, rechts grün eingefasst.

»Die Flagge der FDLR«, sagte Gernhardt. »Ich erspare Ihnen und euch Details zu den Vorgängerorganisationen.«

Susanne wunderte sich. Vielleicht unterschätzte sie Gernhardt doch.

»Das würde zu sehr ins Detail führen. Eine der Vorgängerorganisationen richtete übrigens 1999 ein Massaker in einem ugandischen Nationalpark an britischen und amerikanischen Touristen an. Die Organisation wurde daraufhin von den amerikanischen Behörden als Terrororganisation eingestuft. 2000 oder 2001, ich habe da widersprüchliche Informationen gefunden, tritt die FDLR dann erstmals unter diesem Namen auf. Die FDLR ist eine streng von oben nach unten geführte Armee, Befehl, Gehorsam. Ein Präsident und ein Vizepräsident stehen an der Spitze. Es gibt Gerüchte, dass die FDLR aus dem Ausland geführt wird. Zumindest in den letzten Jahren. Die Liste der Verbrechen ist lang. Überfälle auf Dörfer im Grenzgebiet zwischen Kongo und Ruanda, Massaker, Vergewaltigungen, Terror gegen die Zivilbevölkerung, Rekrutierung von Kindersoldaten. Lauter so Scheußlichkeiten.«

Gernhardt schaltete den Beamer aus. Auf der Leinwand wurde es dunkel.

»Ich darf dem Kollegen Gernhardt für seinen informativen Vortrag danken«, sagte Clement und blickte in Faulhabers Richtung. Der saß auf seinem Stuhl weit hinten und fixierte einen unsichtbaren Punkt an der Decke.

»Ohne die Unterstützung von Susanne Dobler wäre dieser Vortrag nicht möglich gewesen«, sagte Gernhardt.

Hoppla, dachte Susanne.

»Mir ist nicht klar«, sagte Meyers nach einer Weile, »wie wir diese Informationen mit unserem Fall in Einklang bringen können.«

»Ist doch ganz einfach«, sagte Meißner, »Bruder Samuel ist der Präsident der FDLR und organisierte von Mannheim aus den Völkermord in Ruanda und im Kongo.«

Gelächter kam auf. Faulhaber stand auf, ging zur Tür, legte die Hand auf die Klinke, drehte sich dann um und verschränkte die Arme vor der Brust. Im Raum wurde es schlagartig still. Susanne fand, dass es bedrohlich aussah, wie der Polizeipräsident sich vor ihnen aufgebaut hatte. Ernst, fast verbissen blickte er in die Runde. Nicht die Spur eines Lächelns.

»Es gibt Dinge im Leben«, sagte er, »über die sollte man nicht lachen.«

Es hatte den Anschein, als hielten alle Anwesenden die Luft an.

»Verbrechen gegen die Menschlichkeit gehören dazu.«

Faulhaber wippte in den Kniekehlen.

»Im Übrigen könnte es sein, dass höherstehende Interessen, Interessen der Bundesrepublik Deutschland, ein Umdenken im Mordfall des Ruanders bewirken könnten. Was das heißt, brauche ich Ihnen ja nicht zu erklären. Und das könnte ganz schnell gehen.«

Sagte es, drehte sich um und verschwand aus dem Zimmer. Die Tür war schon lange ins Schloss gefallen, als alle auf ihrem Platz saßen und über die Worte des Polizeipräsidenten nachdachten.

»Ich habe auch über Julians Ausspruch gelacht«, sagte Susanne in die Stille. »Aber mal angenommen, es würde stimmen, was er gesagt hat. Mal angenommen, Imanayarakoze hatte wirklich in dieser Rebellenarmee eine Funktion. Unser Fall würde in einem anderen Licht dastehen. Wir hätten ein mögliches Motiv.«

»Halt«, sagte Meyers, »wir können nicht einfach zur Tagesordnung übergehen. Nach dem Auftritt unseres Polizeipräsidenten. Was wollte er uns sagen?«

Man sah es Clement an, dass ihm diese Diskussion nicht passte.

»Was er uns sagen wollte?«, sagte Lauer. »Ist doch klar. Eine übergeordnete Behörde könnte die Ermittlungen an sich ziehen.«

»Was meinen Sie genau, Lauer?«

Lauer ließ sich nicht aus der Ruhe bringen.

»Landeskriminalamt, Bundeskriminalamt, Bundesnachrichtendienst. Was weiß ich?«

»Was Sie wissen, Lauer? Nichts wissen Sie! Wir brechen die Diskussion an dieser Stelle ab.«

Fehlt nur noch, dass er mit der Faust auf den Tisch haut, dachte Lauer, oder mit dem Schuh, noch besser.

»Ich werde mich mit unserem Polizeipräsidenten besprechen und Sie dann umgehend informieren.«

Warum sagt er nicht, er werde um eine Audienz bitten?, dachte Lauer. Das wäre ehrlicher.

»Weiter in unserem Fall. Frau Doblers Gedanke war gar nicht so verkehrt. Da sollten wir dranbleiben.«

Frau Dobler, dachte Susanne.

Mein Gedanke, dachte Meißner, immer noch meiner.

»In Ordnung«, gab Meyers nach. »Der Ruander steuert in irgendeiner Form das Gemetzel in seiner Heimat. Abgesehen, davon, dass ich mir nicht vorstellen kann, wie das gehen soll, über den halben Erdball hinweg eine Rebellenarmee zu führen, Einsätze zu planen, die ganze Logistik, das Alltägliche, die brauchen was zu essen, die brauchen einen Ort, an dem sie schlafen können, die ganze Infrastruktur.«

»Neue Medien, E-Mails, SMS, es gibt unendlich viele Kommunikationsmöglichkeiten«, sagte Susanne.

»Okay, okay, angenommen, das geht so. Unser Hauptproblem ist damit nicht gelöst.«

»Hauptproblem?«, fragten Clement und Gernhardt wie aus einem Mund.

»Bisher sind das nur vage Spekulationen, Vermutungen. Wir haben keinen einzigen Beweis. Wenn Imanayarakoze am Völkermord beteiligt ist, müssen wir es ihm beweisen.«

»Wenn wir das beweisen, sind wir den Fall los. Völkermord fällt nicht in unser Ressort«, sagte Meißner. »Eindeutig nicht!«

»Konstruktive Beiträge. Das wünsche ich mir«, sagte Clement.

»Die Kriminaltechnik muss die Spuren auswerten«, sagte Gernhardt. »Den Laptop des Ruanders, Festplatten, USB-Sticks, wir haben doch genug mitgenommen.«

»Richtig, Kollege Gernhardt«, sagte Lauer. »Die E-Mails checken, sein Handy unter die Lupe nehmen, SMS, Gesprächsverbindungen, Kontakt mit der Telefongesellschaft aufnehmen. Warum dauert das so lange?«

»Die gefälschten Reisepässe«, sagte Susanne, »müssen genau untersucht werden. Wo hielt sich Imanayarakoze wann wozu auf? Wir müssen die Daten seiner Reisen im Internet abchecken und sehen, ob wir irgendeinen Treffer landen. Vielleicht ist bei einer dieser Reisen irgendwas Bedeutsames passiert. Wer weiß?«

»Ein Berg von Arbeit«, sagte Meyers. »Ganz abgesehen davon, dass ich beim Doppelmord von Sandhofen festsitze.«

»Nicht nur Sie, Meyers, haben andere Aufgaben«, sagte Clement. »Auch Lauer hat mit den Ermittlungen zum Mord in der Sankt-Peter-und-Paul-Kirche nichts zu tun. Was ist das übrigens für eine Ausdrucksweise, festsitzen? Ich darf doch bitten. Ich werde mich um weitere Ressourcen bemühen, vielleicht können wir noch Unterstützung bekommen. Als Nächstes verteilen wir die Aufgaben unter den Anwesenden. Dann machen wir noch eine kleine Pause. Und danach wird uns Kollegin Meyers von ihren Fortschritten im Doppelmord von Sandhofen berichten.«

Lauer schloss die Augen und ließ sich auf seinem Stuhl zurückfallen. Dass sich eine Morgenbesprechung derart in die Länge gezogen hatte, daran konnte er sich beim besten Willen nicht erinnern.

dreißig

Die Besprechung war nach der zweiten Pause noch lange nicht zu Ende gewesen. Clement hatte Meyers mit Fragen förmlich gelöchert, wollte anscheinend den Fall in großem Stil noch einmal Revue passieren lassen, am besten mit dem Ergebnis, dass die damalige Sonderkommission unter seiner Leitung hervorragende Arbeit geleistet hatte. Was sie aber nicht hatte. Schließlich war der Doppelmord von Sandhofen auf dem Stapel der ungelösten Fälle liegengeblieben. Meyers blockte allzu viel Detailwissen ab und konzentrierte sich auf neue Erkenntnisse. Davon gab es allerdings nicht besonders viele.

»Das Phantom von Heilbronn können wir als Täter definitiv ausschließen«, sagte Meyers. Einige der Kollegen lachten, andere, unter ihnen Clement, verzogen das Gesicht. Am Tatort in Sandhofen waren damals tatsächlich DNA-Spuren gefunden worden, die dem Phantom zugeordnet werden konnten. Gerade nach dem Mord an einer Polizistin in Heilbronn im April 2007 war nach »der Frau ohne Gesicht« in aller Hektik gesucht worden. Unzählige Sonderkommissionen, Überstunden ohne Ende. Mehr als 40 Tatorte in Süddeutschland, in Österreich und in Frankreich mit den DNA-Spuren einer unbekannten weiblichen Person. Keine Zeugen, die die Person am Tatort gesehen hatten. In keinem der Fälle Fingerabdrücke. Die ersten Spuren tauchten bereits 1993 auf, an einer Tasse nach der Tötung einer 62-jährigen Frau in Idar-Oberstein. Die DNA-Analyse wurde 2001 erstellt. Tatorte und Taten ohne Zusammenhang. DNA an einer Spritze mit Heroin im Oktober 2001 in einem

Waldstück in Gerolstein, auf einem Projektil nach einem Streit zwischen zwei Brüdern am 6. Mai 2005 in Worms, an einer Wohnungstür nach einem Streit zwischen zwei Männern am 7. Oktober 2008 in Mannheim. Sechs Tötungsdelikte, mehrere Drogendelikte, eine ganze Reihe Bagatelldelikte. Ein Kessel Buntes, pflegte Meißner zu sagen. Nachdem die weibliche DNA-Spur des Phantoms 2009 an einer Getränkedose nach einem Einbruch von Teenagern in einer Saarbrücker Schule gefunden worden war, wurden die Zweifel immer größer. Gab es das Phantom überhaupt? Hatte ein Täter bewusst falsche DNA-Spuren ausgelegt? Die Auflösung der Ermittlungspanne im März 2009 stellte alle noch so absonderlichen Theorien in den Schatten. Verunreinigung der Wattestäbchen. Alle Polizeibehörden, die im Lauf ihrer Ermittlungen die DNA des Phantoms gefunden hatten, bezogen ihre Wattestäbchen von ein- und demselben Hersteller. Die DNA stammte von einer Mitarbeiterin des Betriebs, in dem die Wattestäbchen verpackt worden waren. Die Suche nach dem Phantom von Heilbronn, wahrlich kein Kapitel erfolgreicher kriminalistischer Ermittlungsarbeit, dachte Lauer.

Eine winzige Spur hatte sich ergeben. Eine Frau mit Namen Katharina Marino hatte am Tag, nachdem die beiden Morde entdeckt worden waren, bei der Polizei angerufen und ausgesagt, sie habe einen jungen, gut aussehenden Mann gesehen, der der jungen Frau von nebenan von der Straße aus zugewinkt habe. Sie sei sicher, dass der Mann nicht in dem Haus wohne. In der Gesprächsnotiz waren Name und Adresse der Frau in der Leinenstraße notiert. Sie wohnte direkt neben dem Haus, in dem Chantal Paulus ermordet worden war. Außerdem gab es einen

Vermerk, dass die Kripo drei Mal versucht hatte, die Frau persönlich zu erreichen. Danach wurde der Anruf, aus welchen Gründen auch immer, nicht mehr aufgegriffen. Meyers sah, wie Clement unruhig auf seinem Stuhl hin und her rutschte.

»Klar, es gab Hunderte von Hinweisen aus der Bevölkerung. Und viele Hinweise, das wissen wir alle, sind schlichtweg Schrott. Aber trotzdem hätte diesem Hinweis nachgegangen werden müssen. Es war der einzige Hinweis, soweit ich das überblicken kann, bei dem von einem Kontakt mit Chantal Paulus die Rede war. Am Mordabend, wohlgemerkt! Am Mordabend!«

Meyers hatte recherchiert und herausgefunden, dass die Frau einen Tag nach ihrem Anruf einen Herzinfarkt erlitten hatte, schwere Bypassoperation, zwei Wochen Intensivstation, insgesamt mehr als vier Wochen im Krankenhaus, danach Reha, insgesamt fünf Wochen lang im Schwarzwald. Dann hatte sie ein halbes Jahr bei ihrer Tochter in Neckarau gewohnt und war erst danach wieder in ihre Wohnung zurückgekehrt. Meyers hatte bei der Frau angerufen und eine Frau vom Pflegedienst »Sonne im Herzen« am Hörer gehabt. Was für ein Name, hatte Meyers gedacht. Die Pflegedienstmitarbeiterin, Elvira Harsch oder Hersch, genau hatte Meyers das nicht verstanden, hatte ihr erzählt, dass Frau Marino zwar körperlich einige Beschwerden habe, jedoch geistig noch absolut fit und rüstig sei. Keine Spur von Demenz.

»Wenn ich mit 94 noch so auf dem Damm bin, dann: Gelobt sei Jesus Christus«, hatte die Pflegerin am Telefon gesagt. »Rufen Sie vorher an, ich richte es ein, dass ich da bin.«

Die Frau hatte Meyers ihre Handynummer gegeben, die diese auch brav notiert hatte. Meyers war nicht auf die

Idee gekommen zu fragen, warum es denn nötig wäre, dass die Frau vom Pflegedienst anwesend sein müsse. Das Haus sah verändert aus. Lauer sah zu den Balkonen hoch, überlegte, hinter welchem der Fenster sie Chantal Paulus und ihren Freund gefunden hatten. Das Blut. Er sah es vor sich, als wäre es gestern gewesen. Der Geruch. Er hatte ihn in der Nase. Im zweiten Stock bewegte sich ein Vorhang. War das nicht die Wohnung gewesen? Lauer war sich nicht sicher. Hatte er nicht gerade ein Gesicht wahrgenommen? Lauer war sich nicht sicher. Meyers war weitergegangen, stand schon an der Haustür des Nachbarhauses, suchte den richtigen Klingelknopf.

»Was ist los? Willst du nicht kommen? Auf geht's, Leo. Wir haben keine Zeit zu verlieren. Du weißt doch, Mittagsschläfchen.«

Lauer hatte um die Ecke geparkt. Vorhin, vor wenigen Minuten. Sie hatten vor Lauers Fabia gestanden. Irene Meyers hatte sich an die Beifahrertür gelehnt und eine Zigarette geraucht. Sie hatte Lauer auch eine angeboten, aber der hatte abgelehnt.

»Ich wusste gar nicht, dass Sie rauchen«, sagte Lauer und schaute auf die Uhr. Kurz nach 13 Uhr. Das Mittagessen war bestimmt schon vorbei. Alte Leute hatten die Angewohnheit, früh zu essen. Seine Mutter hatte, als Lauers Vater noch gelebt hatte, auf 12 Uhr bestanden, Vater wolle das so. Als Vater dann gestorben war, war die Uhrzeit beibehalten worden. Lauer hatte versucht, die Zeit nach hinten zu schieben und war einfach später gekommen. Seine Mutter hatte ohne ihn angefangen. Irgendwann hatte Lauer kapituliert und war pünktlich gekommen. Es war ja nicht so oft, dass er zu seiner Mutter zum Essen kam.

»Sie wissen so vieles nicht von mir. Aber wir sollten diese Spielerei lassen.«

»Spielerei?«

»Dieses bescheuerte Siezen, meine ich. Wir kennen uns doch schon so lange.«

Lauer nickte. Für ihn war das Siezen zwar kein Problem, aber er hatte auch mit dem Du keine Probleme.

»Leo«, sagte er und reichte Irene Meyers die Hand. Als sie anfing zu lachen, musste er mitlachen.

»Auf geht's, Irene. Drück die Zigarette aus. Wir haben keine Zeit zu verlieren, schließlich wollen wir Frau Marino vor ihrem Mittagsschläfchen noch einen Besuch abstatten.«

Elvira Harsch, die Pflegerin, mit der Meyers telefoniert hatte, sah so aus, wie man sich eine Frau mit ihrem Namen vorstellt. Eine stämmige, leicht übergewichtige Frau, die Meyers und Lauer an der Wohnungstür erwartete, die Hände in die Hüften gestemmt, der Gesichtsausdruck eher ein wenig grimmig. Der erste Eindruck täuschte. Als sie die beiden Polizisten erblickte, erschien ein Lächeln auf ihrem Gesicht, sie streckte die Arme aus und ging ihnen zwei, drei Schritte entgegen.

»Ich freue mich, Sie hier bei Frau Marino begrüßen zu dürfen«, sagte sie. Eine ruhige, etwas tiefe Stimme, genauso wie Lauer sie mochte.

»Darf ich fragen, worum es geht? Ich möchte nicht, dass Frau Marino sich aufregt. Schon kleinste Unregelmäßigkeiten können den Tagesablauf unseres Schützlings durcheinanderbringen.«

Schützling, sie spricht von Schützling, dachte Lauer.

»Wir ermitteln in einem ungeklärten Fall, Frau Harsch, der viele Jahre zurückliegt. Frau Marino hatte sich bei der

Polizei gemeldet. Eine schwere Erkrankung machte es nicht möglich, mit ihr zu sprechen. Vielleicht könnte ihre Aussage wichtig sein«, sagte Meyers.

»Ja, ja, ihr Herzinfarkt. Aber sie hat sich erholt. Das werden Sie selbst sehen. Sagen Sie doch einfach Schwester Elvira zu mir.«

Schwester Elvira führte sie in das Wohnzimmer von Frau Marino. Sie erfuhren, dass Frau Marino jeden Tag nach dem Mittagessen bis halb drei den Rhein-Neckar-Anzeiger genau las, ja, studierte, das sei das richtige Wort, dass sie sich dann zu einem Mittagsschläfchen zurückzog, dass sie an zwei Nachmittagen den Seniorentreff in der Nähe besuchte, Singkreis und Bastelkreis, aber ansonsten für sich blieb. Meyers und Lauer erfuhren nochmals, dass Frau Marino geistig absolut fit sei, von einem Oberschenkelhalsbruch vor drei Jahren habe sie sich erstaunlich gut erholt.

»Und sie hört in der letzten Zeit nicht mehr so gut. Nach Lust und Laune stellt sie ihr Hörgerät an und aus. Und da kann es schon mal vorkommen, dass Sie unten vor der Haustür stehen und klingeln und klingeln, Frau Marino Ihnen aber nicht öffnet. Deshalb habe ich Sie gebeten, mich anzurufen.«

So einfach ist das, dachte Meyers.

»Warum geht Frau Marino nicht in ein Alten- und Pflegeheim?«, fragte sie Schwester Elvira.

»Auf den ersten Blick sieht es in den meisten Pflegeheimen ja ganz einladend aus, helle, freundliche Flure, aber die Stimmung. Ein Abschiebebahnhof für zu alte, nicht mehr ordentlich funktionierende Menschen, sagt Frau Marino, so wolle sie auf keinen Fall enden. Und es geht ja noch, normalerweise schaue ich morgens und abends vorbei, organisiere den Einkauf und den Fahrdienst zum

Seniorentreff. Und was soll ich sagen, Frau Marino ist mir irgendwie ans Herz gewachsen. Meine Mutter ist gestorben, da bin ich noch ganz klein gewesen.«

Wie sie das sagte, klang es wie eine Entschuldigung. Lauer kapierte nicht, was Schwester Elvira damit sagen wollte. Frau Marino als Mutterersatz? Eine alte Frau von über 90 Jahren?

Frau Marino saß in einer Ecke des Wohnzimmers in einem Ohrensessel und war in der Tat in ihre Zeitungslektüre vertieft.

»Darf ich Ihnen vorstellen, Frau Marino, das sind Frau Meyers und Herr Lauer, beides Kommissare des Polizeipräsidiums«, sagte Schwester Elvira.

Frau Marino reagierte nicht.

»Was hab ich Ihnen gesagt? Hörgerät abgestellt.«

Sie beugte sich über die Frau im Ohrensessel, nestelte an ihrer Weste herum, Frau Marino schaute auf und nickte Meyers und Lauer zu.

»Ich lasse Sie dann alleine. Ich muss weiter. Und das hier kann ich nirgendwo abrechnen.«

Frau Marino faltete die Zeitung zusammen und legte sie auf den Tisch. Dann nahm sie die Brille von der Nase, stand auf und streckte ihnen die Hand entgegen.

»Welche Ehre, der berühmte Hauptkommissar Lauer. Ich habe von Ihnen gelesen.«

»Keine Umstände. Behalten Sie doch Platz«, sagte Lauer, schüttelte der alten Frau die Hand und deutete auf den Rhein-Neckar-Anzeiger.

»Nicht gerade Schmeichelhaftes werden Sie gelesen haben über mich.«

Frau Marino lachte und Lauer kam es vor, als ob ein junges Mädchen lachte. Frau Marino war klein und zierlich und wirkte zerbrechlich, aber wie sie aufgestanden war, daran hatte Lauer gesehen, dass Schwester Elvira nicht übertrieben hatte. Die alte Dame war noch fit. Und auch im Kopf schien noch alles zu funktionieren.

»Aber setzen wir uns doch, da ist es gemütlicher. Möchten Sie einen Kaffee?«

Lauer und Meyers schüttelten den Kopf.

»Oder ein Wasser?«

»Vielen Dank, Frau Marino«, sagte Meyers. »Im Moment sind wir wunschlos glücklich.«

»Sie wundern sich bestimmt über meinen Namen. Katharina und Marino, das passt nicht zusammen. Mein Mann war Italiener, schwarze lockige Haare.«

Ihre Augen glänzten.

»Aber eifersüchtig, so eifersüchtig. Und aufgeregt hat er sich wegen jeder Kleinigkeit. Das ist ihm nicht gut bekommen. Mit 56 ist er gestorben, Hirnschlag. Genau 40 Jahre ist das jetzt her.«

Frau Marino machte nicht den Eindruck, dass sie noch besonders trauerte.

»Das Leben ging weiter, musste weitergehen. Und manchmal war es ohne ihn einfacher. Aber was rede ich. Sie sind nicht gekommen, um sich meine Lebensgeschichte anzuhören. Es geht um Chantal, habe ich recht?«

Lauer nickte.

»Ein liebes Mädchen. Ich hab mich oft mit ihr unterhalten, wenn sie auf ihrem Balkon saß oder wenn sie die Wäsche aufhängte. Von meinem Küchenfenster konnte ich direkt auf ihren Balkon schauen. Sie hat immer gelacht, war immer gutgelaunt, ein positiver Mensch. Und Pläne hatte sie. Eine Hochzeit in Weiß, Kinder, mindestens drei, einen eigenen Frisörsalon, ein eigenes Haus mit einem großen Garten. Nein, das hat sie nicht verdient. Das ist nicht gerecht.«

Was ist schon gerecht, sagte sich Lauer.

»Möchten Sie nicht doch eine Tasse Kaffee? In der Küche, bedienen Sie sich.«

»Nein, danke, wirklich nicht«, sagte Meyers und Lauer fand, dass es unhöflich klang.

»Dann eben nicht«, sagte Frau Marino.

»Sie haben uns angerufen, einen Tag nachdem man Chantal Paulus und ihren Freund gefunden hatte.«

»Ja, ich habe Sie angerufen. Aber bevor jemand von der Polizei gekommen ist, hat mein Herz nicht mehr mitgespielt.«

»Herzinfarkt, wir sind informiert, Frau Marino.«

»Ich bin dem Tod von der Schippe gesprungen. Es war knapp damals, einige Minuten später und alles wäre vorbei gewesen. Zum Glück war gerade meine Tochter da.«

»Was wollten Sie uns sagen?«, fragte Meyers. »Erinnern Sie sich noch?«

»Ob ich mich erinnere? Ich bin alt, aber nicht verkalkt. Natürlich erinnere ich mich.«

Die spannt uns ganz schön auf die Folter, dachte Lauer.

»Erzählen Sie der Reihe nach«, sagte er ruhig.

»Und wie ich mich erinnere. Als ich die Augen aufschlug zum ersten Mal nach meinem Infarkt, sah ich das Bild vor mir. Chantal auf dem Balkon, in der Hand eine Tasse Kaffee. Wie sie mir zugewinkt hat. ›Mir raucht vielleicht der Kopf‹, hat sie mir zugerufen. Ich wusste ja, dass sie für die Meisterprüfung lernte. Ein fleißiges Mädchen. Dann ist der junge Mann unten auf der Straße vorbeigelaufen. ›Hallo, Chantal‹, hat er hochgerufen. Chantal hat die Tasse auf den Balkontisch gestellt und ihm mit beiden Händen zugewinkt. Sie hat sich gefreut, den jungen Mann zu sehen. Das hab ich gemerkt. ›Komm doch auf einen Cocktail hoch‹, hat sie gerufen. ›Ich brauch sowieso eine Pause vom Lernen.‹ ›Mach ich glatt‹, hat der Mann geantwortet. Ich hab dann das Fenster geschlossen, mir ein Gläschen Wein eingeschenkt und bin ins Wohnzimmer gegangen. Die Tagesschau hat gleich angefangen.«

»Haben Sie gesehen, dass der Mann das Haus betrat?«, fragte Lauer.

»Das kann man von meinem Fenster aus nicht sehen. Aber er ist nicht weitergelaufen. Ich denke schon, dass er ins Haus gegangen ist.«

»Haben Sie gesehen, wie er das Haus verlassen hat?«

Frau Marino schüttelte den Kopf.

»Nach der Tagesschau bin ich auf dem Sofa einige Minuten eingenickt und dann zu Bett gegangen. Das muss noch vor 21 Uhr gewesen sein.«

»Können Sie den Mann beschreiben?«

»Aber sicher. Jung, Mitte zwanzig vielleicht. Stattlich, bestimmt größer als 1,80 Meter. Schwarzes, dichtes Haar, mittellang. Dunkler Typ. Weißes T-Shirt, Jeans, weiße Turnschuhe. Ein gut aussehender Mann, würde ich sagen.«

Lauer hatte eine Idee.

»Wären sie uns dabei behilflich, ein Fahndungsbild von dem Mann zu erstellen?«, sagte er.

»Glauben Sie, dass der Mann Chantal umgebracht hat?«

»Das wissen wir nicht, Frau Marino. Aber wir müssen jeder Spur nachgehen«, sagte Meyers.

»Natürlich will ich Ihnen helfen, aber ich weiß nicht, ob ich das kann.«

»Sicher können Sie das. Der Zeichner könnte zu Ihnen kommen. Wir können Sie natürlich auch ins Präsidium mitnehmen. Und selbstverständlich bringen wir Sie auch wieder zurück.«

»Aber nur mit einem Streifenwagen.«

»Auf der Hinfahrt müssen Sie mit meinem Auto vorlieb nehmen, Frau Marino«, sagte Lauer. »Aber zurück geht es mit einem Streifenwagen, versprochen.«

Frau Marinos Augen leuchteten.

»Lassen Sie mich nur schnell meine Tochter anrufen, damit die sich keine Sorgen macht.«

»Warum haben Sie sich, nachdem Sie wieder gesund waren, nicht mehr bei uns gemeldet?«, fragte Meyers die alte Frau, als sie zu Lauers Auto unterwegs waren.

»Sie werden es nicht glauben, aber ich hab mehr als einmal darüber nachgedacht. Dann hab ich mir eingeredet, dass das nicht wichtig ist, was ich gesehen habe, dass die Polizei denken könnte, eine alte Frau wolle sich wichtig machen.«

Frau Marino blieb stehen und stützte sich auf ihren Rollator.

»Ich muss ein wenig verschnaufen. Und wahrscheinlich spielt das keine Rolle, das mit dem jungen Mann. So freundlich, wie der aussah, hat er Chantal bestimmt nichts Böses angetan.«

einunddreißig

Der 10. Mai 2009.
Der Tag, als dein bisheriges Leben erlosch.
Für immer verglühte.

Ein ganz normaler Tag. Alles war wie immer. Die Nacht stockdunkel. Du kamst kurz nach Mitternacht nach Hause. Deine Frau war noch wach, sie wartete auf dich. Sie freute sich auf dich. Die Kinder schliefen schon. Am Vorabend hattest du Musik aufgelegt. Fröhliche, ausgelassene Musik. Getanzt wurde in Busurungi, jener Kleinstadt im Ostkongo, in der Provinz Nordkivu, immer. Auch in Zeiten des Krieges. Dann klopfte es an der Tür.

Charles.
Mein Bruder.
Du sitzt gekrümmt auf dem Stuhl in der Ecke. Den Blick aus rot unterlaufenen Augen auf den Boden gerichtet. Die Lippen zusammengepresst. Du hörst keine Musik mehr. Nicht die Lieder aus deiner Heimat, die du produziert hast. Nicht die fröhlichste Musik der Welt. Nichts kann dich aufrichten.

Die Nacht zum 10. Mai 2009.
Könnte ich die Zeit zurückdrehen. Das Datum ausradieren. Ungeschehen machen, was in jener Nacht seinen Anfang nahm. Die Geschehnisse auslöschen, an denen du zerbrochen bist. Oder sollte ich besser sagen, die dich zerbrochen haben.
Die dich zerbrochen haben. Meinen Bruder.
Charles.
Mein Bruder.
Du bleibst immer mein großer Bruder.

Dienstag, 9. November 2010

zweiunddreißig

Doppelmord von Sandhofen nach mehr als elf Jahren überraschend aufgeklärt!

Lauer sah die Schlagzeile vor sich. Das Bild, das nach Angaben von Frau Marino angefertigt worden war, war wirklich gelungen. Anders konnte man es nicht ausdrücken. Keine Computergrafik im Baukastensystem zusammengeklatscht. Diese Nase, die Augen, ja, ein wenig näher zusammen, nein, die Augenbrauen einen Tick buschiger, und den Mund etwas schmaler, ja, bitte. Theo Lentz, Kriminaltechniker, kurz vor der Pensionierung, war alte Schule und schwor auf Handarbeit. Und er hatte die Fähigkeiten dazu. Ein begnadeter Zeichner, fand nicht nur Lauer. Ein Foto hätte nicht besser sein können.

Katharina Marino hatte auf ihren Mittagsschlaf verzichtet und war mit Lauer und Meyers am Montagmittag nach L 6 gefahren. Sie hatten die alte Frau bei der Kriminaltechnik abgeliefert.

»Das ist spannend«, hatte Frau Marino gesagt. »Ich bin richtig aufgeregt.«

Eine Stunde später der Anruf von Theo Lentz.

»Diese Marino, echt der Knaller«, rief er euphorisch ins Telefon. »So genaue Angaben bei der Bilderstellung! Wahnsinn! Ich faxe dir das Ergebnis.«

Meyers und Lauer konnten sich Minuten später von der Qualität überzeugen. Dann sagte Meyers, es sei genug für heute. Lauer schlug vor, noch einen trinken zu gehen, aber Meyers lehnte ab.

»Mir ist heute nicht danach«, sagte sie.

Lauer war enttäuscht, ließ sich aber nichts anmerken. Er fuhr nach Hause, deckte sich unterwegs mit einem Döner ein, holte einen Pfälzer Roten aus dem Keller und wartete auf Hannes Anruf. Um halb zehn schlief er auf dem Sofa ein und wachte erst lange nach Mitternacht auf, weil er fror. Er zog um ins Schlafzimmer und legte sich neben seinen Kater.

»Ja, für ein Phantombild ganz ordentlich«, machte Meyers auf Understatement. Die Schreibtische in Meyers und Susannes Büro standen sich gegenüber. Lauer war extra früh am Dienstagmorgen ins Präsidium gekommen und gleich ins Büro der Oberkommissarin gegangen. Er war überrascht, Irene Meyers schon anzutreffen. Sonst kam sie später.

»Bin gestern Abend schon um neun ins Bett, habe auch gut geschlafen. Aber seit fünf bin ich wach und habe mich hin- und hergewälzt«, sagte sie. »Mit zwanzig, dreißig konnte ich Nächte durchmachen und habe mich am Morgen danach prächtig gefühlt. Jetzt gehe ich so früh ins Bett wie ein Spießer, schlafe die lange Nacht durch und bin schon beim Aufstehen müde.«

Susanne hatte höchstwahrscheinlich seinen Schreibtisch in Besitz genommen, dachte Lauer, und brütete mit Meißner über dem Mord am Ruander.

»Wir müssen allen in der Nachbarschaft das Fahndungsbild vorlegen«, sagte Lauer. »Die Zeitungen, die regionalen Fernsehsender, alle müssen das Bild bringen. Das könnte uns weiterbringen.«

Lauer lehnte sich in dem Schreibtischstuhl zurück und streckte die Füße von sich.

»Ich habe ein gutes Gefühl.«

»Dein Gefühl in allen Ehren, Leo«, sagte Meyers. »Aber drei Dinge darfst du nicht vergessen.«

Lauer ließ den Oberkörper auf die Schreibtischplatte fallen.

»Zerstör mir nur meine Illusionen, meine Träume, meine Hoffnungen. Zieh mich runter, Kollegin Meyers.«

Irene Meyers lachte.

»Hat dir schon mal jemand gesagt, dass du ein hervorragender Schauspieler bist?«, fragte sie. »Drei Dinge. Erstens: Frau Marinos Gedächtnis könnte ihr einen Streich spielen. Anders ausgedrückt: Sah der junge Mann wirklich so aus? Zweitens: Elf Jahre und sechs Monate sind eine lange Zeit. Mieter ziehen aus, andere ziehen ein, die Fluktuation in so großen Einheiten dürfte enorm sein. Viele, die 1999 da gewohnt haben, dürften weggezogen sein. Drittens: Elf Jahre und sechs Monate sind eine lange Zeit.«

»Du wiederholst dich«, sagte Lauer.

»Wie sieht der junge Mann heute aus? In elf Jahren kann sich das Aussehen eines Menschen gewaltig verändern. Und viertens.«

»Du sprachst von drei Dingen.«

»Und viertens«, ließ sich Meyers nicht beeindrucken, »kann es ja sein, dass der junge Mann, den Chantal Paulus in die Wohnung gelassen hat, nichts mit ihrer Ermordung zu tun hat.«

Lauer kratzte sich mit der Hand am Kinn.

»Alle berechtigt, deine Einwände. Aber die Zeichnung ist im Moment unsere einzige neue Spur. Also sollten wir ihr nachgehen.«

»Wo du recht hast, hast du recht«, sagte Meyers.

Es klopfte. Susanne steckte den Kopf herein.

»Darf ich euch einen Moment stören?«

»Es ist dein Büro«, sagte Lauer. »Und außerdem störst du nie.«

»Schleimer«, sagte Susanne und grinste.

»Wie siehst du denn aus?«, fragte Meyers.

Susanne sah in der Tat erschreckend aus, zerzauste Haare, Ringe unter den Augen, ihre Jacke war außer Form. Wie zur Bestätigung gähnte sie auch noch.

»Hab durchgemacht, im Büro, meine ich. Die Auswertung der Handy- und Laptop-Daten hat viele Fragen aufgeworfen. Ich hab stundenlang im Internet recherchiert.«

»Die ganze Nacht?«, fragte Lauer.

»Irgendwann zwischen drei und fünf hab ich ein wenig gedöst, eingekuschelt in deinen Sessel, Leo.«

Meyers fragte Susanne, ob sie die Nacht im Büro alleine oder in Begleitung verbracht habe.

»Die Nacht im Büro. Alleine oder in Begleitung. Wie sich das anhört, Irene«, sagte Susanne. »Christian, ich meine Gernhardt, hat mir Gesellschaft geleistet. Im Moment schwächelt er. Liegt mit dem Oberkörper auf Julians Schreibtischplatte und schnarcht. Ist nicht wach zu kriegen. Julian wird sich freuen, wenn er kommt.«

»Wie geht es Julian im Moment?«

»Ganz gut, glaube ich, aber er erzählt wenig von sich, du kennst ihn ja. Er sagte gestern, er wolle sich heute Morgen um die Kinder kümmern, er wolle seine Frau entlasten, deshalb komme er später. Aber jetzt zur Handy- und Laptopauswertung, deswegen beehre ich euch schließlich mit meinem Besuch.«

»Das hat lange gedauert«, sagte Lauer.

»Übersetzungsprobleme. Die KT hat niemanden gefunden, der verschiedene E-Mails und SMS in der Landessprache Ikinyarwanda übersetzen konnte. Eine Variante der Bantusprachen. Hutu und Tutsi, eigentlich Bahutu und Batutsi, haben eine gemeinsame Kultur, gehören derselben Nation der Banyarwanda an und sprechen dieselbe Sprache. Gernhardt hat das gestern ganz richtig aber auch verkürzt dargestellt, der Konflikt zwischen den beiden Volksstämmen ist noch viel älter. Der geht auf das 15. Jahrhundert zurück. Die Bahutu waren Kleinbauern, die das Gebiet des heutigen Ruanda bewohnten, die Batutsi wanderten wahrscheinlich aus Äthiopien ein. Mitte des 19. Jahrhunderts setzen sich die Tutsi als herrschende Schicht durch, schufen eine zentralistische Monarchie mit Heer und Verwaltung. Die Kolonialherren, die Deutschen und später die Belgier, unterstützten offen die Herrschaft der Tutsi, ja, viele Privilegien der Tutsi wurden erst durch die Kolonialherrschaft ermöglicht. Überspitzt ausgedrückt könnte man sagen, dass die Explosion, die sich 1994 entlud, erst durch die Kolonialzeit ermöglicht wurde.«

»Ich dachte«, sagte Meyers. »es geht um Handy- und Laptop-Daten.«

»Hintergrundwissen ist immer gut und wichtig«, sagte Lauer zu Susannes Verteidigung.

»Irene hat recht«, sagte Susanne. »Ich schweife ab. Also, die Kriminaltechnik hatte anfangs keinen Dolmetscher zur Hand. Die meisten der Mails und der SMS waren in Französisch, also problemlos, aber die Nachrichten in Ikinyarwanda, die waren, wie sich jetzt herausgestellt hat, entscheidend.«

»Und wer hat übersetzt?«, fragte Lauer.

»Gestern Mittag haben sie doch noch jemanden aufgetrieben, einen Arzt aus Ruanda, der im Theresien arbeitet. Der Mann hat bis zum Abend ohne Pause übersetzt.«

Das Telefon auf Meyers Schreibtisch klingelte. Sie nahm ab.

»Für dich, Leo, deine Frau Werner.«

»Frau Werner, was gibt es?«

»Anruf von Clements Sekretärin. Die Dienstbesprechung heute Morgen ist abgesagt.«

»Zehn Minuten vor Beginn?«

»Zehn Minuten vorher, richtig, Clement ist bei einem Außentermin. Ganz überraschender Einsatz. Absolute Priorität, meinte Clements Sekretärin«, schloss Frau Werner.

»Ja, ich sage Susanne und Frau Meyers Bescheid. Danke für die Information.«

Lauer legte auf.

»Ihr habt es mitbekommen, Dienstbesprechung fällt heute aus, Clement bei Außeneinsatz. Unaufschiebbar.«

»Seltsam«, sagte Meyers mehr zu sich selbst. »Clements bei einem Einsatz. Das kommt doch nur alle Schaltjahre vor.«

Lauer ging nicht auf den Einwand ein.

»Erzähl weiter, Susanne.«

»Samuel Imanayarakoze hat regelmäßig über sein Handy mit Festnetzanschlüssen und mobilen Geräten im Ostkongo telefoniert. Von einem Satellitentelefonanbieter aus Abu Dhabi haben wir die Verbindungslisten bekommen. Sei gar nicht so einfach gewesen, meint der Kollege aus der Kriminaltechnik. Jeden Tag hielt er per Anruf oder SMS Kontakt, beziehungsweise wurde er angerufen oder erhielt eine Textnachricht. Darüber hinaus kommunizierte Imanayarakoze in unregelmäßigen Abständen per E-Mail mit Leuten aus dem Ostkongo. Der Verdacht liegt nahe, dass es sich um Soldaten der FDLR handelt, aber mit hundertprozentiger Sicherheit kann ich das nicht sagen. Ins Auge sticht das Datum des

Wochenendes vom 8., 9. und 10. Mai 2009. Am Freitag um 14:19 Uhr geht die erste SMS vom Osten Kongos ins 6 100 Kilometer entfernte Mannheim auf das Handy Bruder Samuels ein. Der Name des Teilnehmers lautet Radja, offensichtlich ein Codename, wer sich hinter Radja versteckt, wissen wir nicht. Der Inhalt ist, wie bei fast allen anderen eingehenden Meldungen, nicht gespeichert. Knapp sieben Minuten später, um 14:26 Uhr, trifft die nächste SMS ein. Um 14:32 Uhr der dritte SMS-Versuch. Jeweils keine Antwort aus Mannheim.«

»Die Häufung könnte Zufall sein«, warf Lauer ein.

»Ja, vielleicht wollte jemand dem Ruander zum Geburtstag gratulieren und hat ihn nicht erreicht«, sagte Meyers.

Susanne schüttelte den Kopf.

»Imanayarakoze hat an diesem Tag nicht Geburtstag. Aber lasst mich ausreden. Zwei Stunden später, es ist in Mannheim jetzt 16:20 Uhr, kommt eine weitere SMS. Endlich hat Radja Erfolg. Imanayarakoze antwortet. Der Inhalt ist abgespeichert. Der Text lautet: ›Busurungi! Richte eine humanitäre Katastrophe unter der Zivilbevölkerung an.‹ Es herrscht Funkstille bis zum 11. Mai 2009. Um 17:28 Uhr geht eine weitere SMS von ›Radja‹ in Mannheim ein. Diese SMS, eine von einer Handvoll gespeicherten im Eingangsordner, hat nur ein Wort zum Inhalt: ›Vollzogen‹. Was war los an diesem Wochenende im Ostkongo? Ich war neugierig und hab zu dem Datum recherchiert. Und Volltreffer! In der Nacht vom neunten auf den zehnten Mai dringen Soldaten der FDLR in Busurungi und in Dörfer in der Nachbarschaft ein. Busurungi liegt in der Provinz Nordkiwu im Osten des Kongos, ist eine Kleinstadt mit 15 000 Einwohnern. Die Rebellen richten ein Massaker an und töten mindestens 96 Menschen, allein 25 Kinder, 23 Frauen und sieben alte

Männer. Eine Frau wird mit ihrer drei Monate alten Tochter mit der Machete erschlagen. Zwei schwangeren Frauen werden die Bäuche aufgeschlitzt und die Föten herausgeholt. Ein Pfarrer wird an seine Ehefrau gebunden, dann werden ihnen die Hälse aufgeschlitzt. Der erwachsene Sohn des Pfarrers wird mit seiner Frau und der vier Jahre alten Tochter in einer Hütte beim Pfarrhaus bei lebendigen Leib verbrannt.«

»Woher hast du diese Einzelheiten?«, fragte Meyers.

»Augenzeugenberichte«, sagte Susanne.

»Woher weißt du, dass diese Berichte authentisch und zuverlässig sind?«

»Irene, lass Susanne weitererzählen«, sagte Lauer.

»Das sind die Fakten«, fuhr Susanne ungerührt fort. »Die Interpretation lässt, wie ich finde, kaum Spielräume zu. Radja möchte am Freitag die Bestätigung für den Einsatz von seinem Chef.«

»Wieso Chef?«, fragte Meyers.

»Später mehr dazu. ‚Radja' erreicht Imanayarakoze erst nicht, dann, gegen Abend, kommt grünes Licht aus Mannheim. In der Nacht von Samstag auf Sonntag dann das Massaker, angeordnet aus Mannheim sozusagen. Am Montag dann die Bestätigung aus dem Kongo. ›Vollzogen‹. Das hört sich doch logisch an.«

»Logisch muss nicht gleich wahr sein«, gab Lauer zu bedenken. »Uns fehlen Beweise.«

»Vor allem, dass der Ruander von Mannheim aus diese Operation in Busurungi geleitet haben soll, erscheint mir doch ziemlich weit hergeholt.«

Man sah Meyers ihre Missbilligung förmlich an. Susanne war nicht aus der Reserve zu locken, ob es daran lag, dass sie einfach übermüdet oder von ihrer Argumentation felsenfest überzeugt war, war nicht feststellbar.

»Imanayarakoze, der Chef. Es gibt eine Mail. Darin findet sich die Formulierung: ›Ich habe hier das Sagen. Ihr macht, was ich befehle. Ich bin der Chef!‹«

»Die Worte könnten auch von einem autoritären Familienvater stammen, der die Werte der Fünfzigerjahre des vorigen Jahrhunderts ins neue Jahrtausend herübergerettet hat«, wandte Meyers ein.

»Dann findet sich im Pass des Ruanders ein Eintrag, dass er im März 2004 nach Uganda einreiste und dort neun Tage blieb. Zur gleichen Zeit fand in der Nähe von Kampala ein geheimes Treffen der Führung der FDLR statt. Es existieren Gerüchte, dass bei diesem Treffen die überalterte Führung der FDLR gegen jüngere Kämpfer ausgetauscht wurde, der Name Imanayarakoze taucht in diesem Zusammenhang immer wieder auf. Alle zwei Jahre ungefähr reiste Imanayarakoze unter falschem Namen in den Kongo und auch nach Ruanda. Jede der Reisen dauerte im Schnitt knapp zwei Wochen bis 21 Tage. Soviel zu den Aussagen der Witwe, die nichts von alledem mitbekommen haben will.«

»Gute Arbeit«, sagte Lauer.

»Ja, wirklich gute Arbeit«, sagte Meyers und am Tonfall spürte Lauer sofort, wie sie es meinte. »Du lieferst ein Musterbeispiel für Polizeiarbeit. Wir sammeln Fakten und dann denken wir uns eine Geschichte aus, die zu den Fakten passt. Und deine Geschichte, Susanne, passt perfekt zu deinen recherchierten Fakten. Alle Achtung! Das meine ich ehrlich.«

Der Tonfall stand im Gegensatz zu dem »Alle-Achtung« und dem »Ehrlich«.

Bevor Susanne darauf antworten konnte, griff sich Lauer an die Stirn.

»Die Morgenbesprechung absagen, das passt nicht zu Clement. Das passt gar nicht.«

Er griff nach dem Telefonhörer.

»Und dass Clement im Außendienst tätig ist, das ist so unwahrscheinlich, wie dass der Waldhof deutscher Meister wird. Hallo, Frau Werner. Hat die Sekretärin von Clement gesagt, wo er hin ist? Kein Wort. Ist Meißner da? Ach so. Gut, dann erstmal danke.«

Lauer legte auf.

»Meißner hat Gernhardt ziemlich unsanft aus dem Tiefschlaf gerissen und ist auf dem Weg zu uns. Er soll aufgebracht sein.«

In diesem Augenblick wurde auch schon die Tür aufgerissen und Meißner stürmte herein. Hinter ihm schwankte Gernhardt ins Zimmer, fuhr sich durch die Haare und gähnte hemmungslos mit zusammengekniffenen Augen.

»Seid ihr von allen guten Geistern verlassen? Hockt hier gemütlich beisammen und streckt die Füße unter den Tisch, während draußen die Kacke am Dampfen ist. Hat keiner heute den Rhein-Neckar-Anzeiger gelesen? Hanke hetzt weiter. Stellt die Polizei an den Pranger. Unfähig seien wir. Und wieder hackt er auf den Neonazis rum. Das Haus am Geraer Ring, ja, Leo, genau das, in dem dieser Ahn wohnt, wird seit den frühen Morgenstunden belagert, Presse, Funk, Regionalfernsehen. Eine junge Rundfunkreporterin hat bei Ahn an der Wohnungstür geklingelt, der junge Mann hat sie als Geisel genommen. Er ist bewaffnet. Der Vater Sportschütze.«

»Was sonst«, lautete Lauers wenig konstruktiver Beitrag. »HARTZ IV und Sportschütze. Logisch.«

»Ein Sondereinsatzkommando ist nach Mannheim unterwegs. Und die Krönung: Clement hat die Einsatzleitung.«

»Mir ist zwar nicht klar, warum Clement uns nicht über den Vorfall informiert hat. Aber egal, worauf warten wir?«, sagte Lauer. »Auf geht's. Vogelstang, wir kommen!«

Sie waren schon im Erdgeschoss, als Susanne noch einmal auf die Diskussion von vorhin zurückkam.

»Eines muss ich noch loswerden. Wenn Imanayarakoze wirklich von Mannheim aus Terroraktionen Tausende von Kilometern entfernt in Afrika geleitet hat, dann muss doch seine Frau etwas mitbekommen haben. Anders geht das doch nicht.«

»Für mich sind das alles erst einmal Spekulationen«, bemerkte Meyers. »Solange wir keine Beweise haben, brauchen wir uns gar nicht weiter den Kopf zu zerbrechen.«

Lauer hob den Zeigefinder. Jetzt sieht er aus wie unser alter Englischlehrer, dachte Susanne.

»Darüber müssen wir uns im Moment nicht den Kopf zerbrechen. Klar müssen wir uns die Witwe noch einmal vornehmen. Aber im Moment ist Sensibilität gefordert. Ihr wisst, wie sich die Presse auf die Seite der ach so trauernden Witwe geschlagen hat.«

»Und unseren armen Hauptkommissar Lauer vollkommen zu Unrecht an den Pranger stellt«, sagte Meyers. »Und dabei ist der doch so unschuldig wie ein kleines Lämmlein.«

»Spar dir deinen Sarkasmus«, sagte Susanne.

»Deinen Hinweis werden wir berücksichtigen, Leo. Aber für dich, Leo, gilt: Du bist draußen bei dem Fall«, sagte Meißner. »Und jetzt vergessen wir Bruder Samuel, seine Witwe und alle Vermutungen, die wir angestellt haben, zumindest im Augenblick. Jetzt gilt all unsere Konzentration der Geiselnahme auf der Vogelstang.«

»Ist ja gut«, sagte Lauer.

dreiunddreißig

Susanne wunderte sich. Wie schnell Lauer seinen Widerstand aufgegeben hatte. Ein zaghafter Versuch. Eher jämmerlich als überzeugend.

»Kommt nicht in Frage.«

Wobei der Tonfall den Inhalt aushebelte. Julians feste Stimme, keinen Widerstand duldend.

»Du fährst nach dem Navi. Sonst!«

Fehlt nur noch das Basta, dachte Susanne. Dieses »Sonst« mit Ausrufezeichen machte sich breit in Lauers Fabia, in dem es reichlich beengt zuging. Meyers, die sich wie selbstverständlich auf dem Beifahrersitz niedergelassen hatte. Lauer, der auf dem Fahrersitz an seinem Navi herumfummelte. Hektisch und ohne Plan, fand Susanne, die auf der Rückbank zwischen Meißner und Gernhardt eingeklemmt war und sich wie auf einem Notsitz vorkam. Meißner, der Lauer das Navi aus den Händen nahm.

»Bis du die Adresse eingetippt hast, ist die Geiselnahme längst beendet.«

Gernhardt, dem, sobald er sich im Skoda in Positur gebracht hatte, die Augen wieder zugefallen waren.

»Ist diese Sardinenbüchse überhaupt für fünf Personen zugelassen? Fünf ausgewachsene Personen, meine ich«, sagte Meyers. Lauer überhörte die Frage und startete den Motor. Während die Frauenstimme aus dem Navi Lauer den Weg in den Geraer Ring vorsagte, schaltete Meyers das Autoradio ein und hielt die Sendersuchtaste gedrückt.

»Du fährst genauso, wie Sabine es dir sagt«, befahl Meißner.

»Sabine?«, fragte Meyers.

»So heißt die Frauenstimme des Navis.«

Susanne fiel das »Sonst« wieder ein. Was hatte es zu bedeuten? Wäre sie mit Lauer und Meißner allein gewesen, hätte sie schon längst gefragt. Aber da Irene Meyers im Wagen saß, scheute sie sich.

»Hier ist Gunda Mauermann von Radio Wasserturm.«

Meyers hatte anscheinend endlich den gesuchten Sender gefunden.

»Wurde langsam Zeit«, sagte Lauer.

»Einfach mal den Mund halten«, sagte Meyers, »das würde dir gut zu Gesicht stehen, Leo Lauer!«

»Live vom Hochhaus am Geraer Ring.«

»Wenn die Nachrichten laufen, bekomme ich nicht mit, wohin ich fahren muss«, sagte Lauer.

»Still«, sagte Meißner.

» … wo sich im Moment die Situation dramatisch zuspitzt.«

»Ja, Ruhe jetzt«, zischte Meyers.

Lauer war so überrascht, dass er schwieg. Und so wurden die fünf Insassen in Lauers vollbesetztem Auto von Gunda Mauermann von Radio Wasserturm auf den neuesten Stand der Dinge gebracht.

Die Belagerung des Hochhauses am Geraer Ring hatte schon kurz nach sechs begonnen. Um Viertel vor acht war Leo Ahn, der Vater Leons, zur Haustür herausgetreten, in der Hand eine dunkelrote Stofftasche. Er hatte die versammelte Journalistenschar gesehen, die Kameraleute mit ihren Kameras, die Tontechniker mit ihren Mikrofonen. Ahn hatte einen Moment gezögert, sich dann umgedreht und war ins Haus zurückgestürzt. Eine junge Kollegin des Rhein-Neckar-Anzeigers war Ahn gefolgt und hatte es geschafft, gerade noch ins Haus zu gelangen. Der weitere Ablauf war nicht durchgängig belegt.

Widersprüchliche Aussagen der Hausbewohner führten zu Spekulationen, die nicht beweisbar waren. Der mögliche Ablauf konnte sich so abgespielt haben: Sturmläuten der Journalistin an der Wohnungstür im 16. Stock. Wieder und wieder. Dann öffnet sich die Tür, Leon Ahn steht im Türrahmen, in der Hand eine Sportpistole, so der Nachbar von gegenüber, den Gunda Mauermann am Mikro hatte.

»Nein«, widersprach seine Lebensgefährtin, »es war ein Jagdgewehr.«

»Du spinnst«, sagte der Mann.

Gunda Mauermann beendete abrupt das Gespräch.

Ahn packt die verdutzte Journalistin am Arm und zerrt sie in die Wohnung. Zuknallen der Wohnungstür. Stille im Treppenhaus.

»Eine tödliche Stille«, kommentiert Gunda Mauermann.

Es herrscht Funkstille im Haus, vom Geiselnehmer kommen keine Forderungen. Dann ein Anruf der Einsatzleitung in Ahns Wohnung. Am Telefon der Vater. Sein Sohn sei bewaffnet, zu allem fähig. Seine Forderungen? Da müsse er nachfragen. Knistern, Knacken im Telefon. Nach einer Ewigkeit meldet sich Leo Ahn wieder. Sein Sohn fordere den Abzug aller Medienvertreter, auch die Polizei müsse verschwinden. Er verlange einen Bericht in den Medien, Radio, Regionalfernsehen. Sein Sohn habe nichts mit der Ermordung des Ruanders zu tun. Darüber hinaus Gegendarstellung im Rhein-Neckar-Anzeiger. Vorher werde die Geisel nicht freigelassen. Um der Forderung Nachdruck zu verleihen, zeigte sich Ahn mit der Journalistin, die Pistole an der Schläfe, auf dem Balkon, es war kein Jagdgewehr.

»Ich hab nichts zu verlieren«, schrie Leon Ahn mit sich überschlagender Stimme den Medienvertretern unten vor dem Haus zu.

»Am Mikrofon darf ich den Ersten Hauptkommissar, Herrn Roman Clement, begrüßen. Herr Clement, Sie leiten diesen Einsatz. Wie sieht das Vorgehen der Polizei aus?«

»Bitte, nein«, sagte Lauer und schlug beide Hände vor das Gesicht.

»Bitte auf die Straße achten«, sagte Meyers und es klang Besorgnis in ihrer Stimme mit.

»Die Polizei garantiert die Sicherheit der Mannheimer Bürger. Es kann nicht sein, dass eine Bürgerin gegen ihren Willen festgehalten wird. Wir werden kompromisslos und mit aller Härte durchgreifen.«

»Wird das angeforderte Sondereinsatzkommando zum Einsatz kommen?«

»Erstens: Das SEK ist nicht nur angefordert, das Vorabkommando mit dem Hubschrauber ist bereits vor Ort. Und die Einsatzkräfte, die mit dem Auto anreisen, werden jeden Moment erwartet. Zweitens: Wir haben das Kommando nicht zum Spaß angefordert.«

»Was heißt das?«

»Ich habe mich klar und deutlich ausgedrückt. Ich denke, Ihre Hörer werden mich verstehen.«

»Wann wird der Zugriff erfolgen?«

»Dann, wenn er nötig ist.«

»Wann ist das?«

»Sie werden verstehen, dass ich über laufende …«

»Herr Clement, wir danken Ihnen für die aufschlussreichen Informationen.«

*

»Jeden Moment«, sagte Meyers.

»Kompromisslos und mit aller Härte«, sagte Lauer.

»Leo, drück auf die Tube«, sagte Meißner, »jede Sekunde zählt. Wir müssen verhindern, dass Clement den Einsatzbefehl gibt.«

»Woher wisst ihr, dass Ahn nicht gefährlich ist?«, fragte Susanne.

»Ahn ist harmlos, das sagt mir mein Gefühl«, sagte Meißner. »Wir haben ihn als orientierungslosen, desillusionierten Jugendlichen kennengelernt. Ein Mitläufer. Der ist von der Belagerung seiner Wohnung überfordert. Nicht mehr und nicht weniger.«

»Julian hat recht. Reden, mit dem muss man reden, reden, reden, nicht mit aller Härte durchgreifen.«

Trotz Navi verfehlte Lauer eine punktgenaue Ankunft im Geraer Ring. Plötzlich tauchte wieder die Geschwister-Scholl-Schule rechts von ihnen auf. Die Schule lag wie ausgestorben da, und das während der Schulzeit am Vormittag. Auf dem ganzen Gelände war keine einzige Person zu sehen. Mitten auf dem Schulhof stand ein Hubschrauber.

»Die sind tatsächlich schon da«, wunderte sich Meyers.

»Und dann werden die Einsatzkräfte, die mit dem Auto von Göppingen aufgebrochen sind, jeden Moment eintreffen«, sagte Meißner, der sich kurz vorher noch über Lauers Navigationskünste echauffiert hatte.

»Wenn sie nicht schon da sind«, fügte Susanne hinzu.

Lauer kam nicht mehr dazu, seinen Skoda abzuschließen. Aber das war kein Problem, schließlich passte Gernhardt auf der Rückbank auf Lauers Auto auf. Susanne hatte es nach zweimaligem Schütteln aufgegeben.

»Nichts zu machen, der schläft wie ein Murmeltier.«

Meyers war als Erste losgespurtet. Susanne hatte keine Mühe, Lauer zu überholen und auch an Meißner zog sie spielend leicht vorbei. Aber der Abstand zu Meyers blieb gleich. Gerade, als Susanne sah, wie Meyers in der Menge, die sich vor dem Hochhaus versammelt hatte, untertauchte, fing der Budenzauber in einem der höher gelegenen Stockwerke an. Susanne schaute auf die Uhr. Es war 10:37 Uhr. Viele kleine Detonationen, Blitze, die die Fenster erleuchteten, Rauch, der sich aus gesplitterten Scheiben drängte, verängstigte Schreie, harte Kommandos. Das ganze Programm. Eine Hand legte sich auf Susannes Schulter, dann spürte sie Atem im Nacken. Meißner hatte sie erreicht und hielt sich an ihr fest.

»Hoffentlich geht das alles glimpflich über die Bühne«, sagte er sichtlich außer Puste. »Verdammt, ich muss was für meine Kondition tun. Seit ich wieder rauche.«

»Du rauchst?«

Meißner nickte.

»Hab wieder angefangen, seit das mit unserem Kind passiert ist.«

Der Rauch verzog sich, die Fenster lagen wieder unbeleuchtet da, das Geschrei war verhallt. Es hatte den Anschein, als hätten sogar die Schaulustigen vor dem Hochhaus das Atmen eingestellt.

»Scheint schon vorbei zu sein«, sagte Lauer, der jetzt auch zu ihnen aufgeschlossen hatte. Nach jedem Wort, das er mehr ausstieß als artikulierte, musste er nach Luft schnappen.

Plötzlich ging ein Raunen durch die Menge vor ihnen.

»Was ist da los?«, fragte Susanne.

»Schau nach oben«, sagte Meißner.

Auf einem Balkon stand Leon Ahn, vor sich eine junge Frau mit einer Pistole an der Schläfe.

»Was um alles in der Welt ist da schiefgelaufen?«, fragte Susanne.

Ahn nahm die Pistole von der Schläfe, hielt sie in die Luft und drückte ab. Ein einziges Mal. Dann ertönte ein Schrei, der sich anhörte wie der Schrei eines gequälten Tieres. Aber es war Leon Ahns Schrei. Er stieß die junge Frau in die Wohnung zurück und knallte die Balkontür zu.

»Wieso ist der noch bewaffnet? Der Einsatz schien doch beendet.«

Schüsse waren zu hören, drei weitere Schüsse zählte Meißner.

»Richtig, Susanne. Der Einsatz im 15. Stock ist beendet. Leon Ahn und sein Vater wohnen im 16. Stock«, sagte er.

vierunddreißig

Was war schiefgelaufen? Wie konnte es passieren, dass der Zugriff im falschen Stockwerk stattgefunden hatte? Lauer hatte keine Erklärung. Gut, die Geisel war befreit. Es hatte keine Toten gegeben. Nur vier mehr oder weniger Verletzte. Die Geisel. Die junge Journalistin des Rhein-Neckar-Anzeigers. Ein Streifschuss am Oberarm. Schon auf der Liege des Notarztes hatte sie ihren Kollegen erste Interviews gegeben. Man sah ihr an, dass sie am liebsten von der Liege gehüpft wäre. Dass sie ihren Auftritt genoss. Dass sie es liebte, im Mittelpunkt zu stehen. Der Notarzt bereitete dem Auftritt ein Ende. Die Journalistin protestierte.

»Mir geht es blendend. Ich will nicht ins Krankenhaus.«

Der Arzt blieb unerbittlich.

Dann Leon Ahn mit gebrochener Nase, die ihm sein Vater mit dem Küchenstuhl beigebracht hatte. Ein Häufchen Elend, das den Beamten bereitwillig Auskunft gab.

»Ich bin nicht schuld«, stammelte er immer wieder. »Ich kann nichts dafür.«

Und der Vater selbst, Leo Ahn, mit einem Steckschuss im Oberschenkel. Ihn hatte es am schlimmsten erwischt. Doch er hatte Glück gehabt, da der Notarzt ja vor Ort war und die Wunde sofort versorgt werden konnte. Ein Versehen, gab der Vater zu Protokoll. Der Schuss habe sich aus Versehen gelöst. Ebenso wie die zwei anderen. Der zweite, der die Journalistin verletzt hatte. Der dritte, der die Glastür der Wohnzimmervitrine zersplittert hatte.

»Keine Toten zu beklagen. Glücklicher Ausgang einer Geiselnahme«, diktierte Clement den Journalisten, den

Radioreportern und den Fernsehteams in die Blöcke, Mikrofone und Kameras.

Und: »Alles Weitere später. Pressekonferenz um 16 Uhr im Polizeipräsidium.«

Lauer und seine Kollegen sahen ihren Chef nur von Weitem. Zu diesem Zeitpunkt wusste noch niemand, dass die Pressekonferenz ohne Angaben von Gründen abgesagt werden würde.

Fragen prasselten auf Clement ein.

»Warum Einsatz im falschen Stockwerk?«

»Was ist da schiefgelaufen?«

»Wer trägt die Verantwortung?«

Clement wiederholte gebetsmühlenartig sein »Keine weiteren Kommentare! Warten Sie bitte die Pressekonferenz ab.«

Lauer und seine Kollegen konnten mit ihrem Chef gar nicht persönlich sprechen. Als sie zum Zentrum des Geschehens vorgedrungen waren, war Clement verschwunden. Der Einsatzleiter des Sondereinsatzkommandos gab sich einsilbig.

»Zugriff im 15. Stockwerk. Wir müssen uns auf die Anweisungen der örtlichen Dienststelle verlassen können.«

Ende der Durchsage.

Leo Ahn wurde ins Klinikum gebracht und war plötzlich nicht mehr vernehmungsfähig. Leon Ahn konnte nach der Erstversorgung noch vor dem Hochhaus am Geraer Ring vernommen werden, bevor er in die Krankenabteilung der Justizvollzugsanstalt gebracht wurde. Annette Bissell, die Journalistin, war schnell versorgt und in ihrem Redefluss kaum zu stoppen. Ihrem besonnenen Verhalten sei es zu verdanken, dass die Geiselnahme so glimpflich zu Ende gegangen war. Worin ihr Verdienst letztlich bestand, blieb im Dunkeln. Wäre die sensationsgeile Journalistin nicht ins Haus gestürmt, dachte Lauer, hätte es keine Geiselnahme gegeben und somit auch keinen Sondereinsatz mit all seinen Folgen. Die Frau, deren Wohnung im 15. Stock versehentlich gestürmt worden war, musste im Theresienkrankenhaus behandelt werden. Schwerer Schockzustand. Ihr Ehemann, ein pensionierter Bohrwerksdreher bei Bopp und Reuther, kündigte rechtliche Schritte an.

»Das war kaltblütiger Mord«, sagte er und spielte auf den finalen Todesschuss an, mit dem sein Schäferhund außer Gefecht gesetzt worden war, nachdem er sich auf einen hereinstürmenden Beamten des SEK gestürzt und diesen in den Unterschenkel gebissen hatte. Der vierte Verletzte der Geiselnahme.

»Das wird ein Nachspiel haben.«

»Keine Toten zu beklagen.«

Clements Aussage stellte sich unter diesem Aspekt als nicht ganz glaubwürdig heraus.

Das Rentnerehepaar hatte friedlich im Wohnzimmer gesessen, grünen Tee vor sich, wie jeden Tag um diese Zeit, ein ständig wiederkehrendes Ritual, die Frau in ein Sudoku vertieft, wie jeden Tag, der Mann mit dem Ordnen seiner Briefmarken beschäftigt, wie immer, als das Inferno in ihrer Wohnung ausgebrochen war.

»Das war schlimmer als die Bombennächte in der Neckarstadt im September dreiundvierzig«, sagte der Mann. »Was für Dilettanten sind da am Werke? Bezahlt von unseren Steuergeldern. Unglaublich. Das wird Konsequenzen haben, das können Sie mir glauben!«

»Die Meute vor dem Haus. Die Verrückte, die an der Wohnungstür Sturm läutete. Sie hat keine Ruhe gegeben. Hau ab, verdammt, verschwinde, hab ich durch die geschlossene Tür gerufen. Die hat nicht reagiert. Ein Interview, exklusiv. Nur ein paar Sätze. Verschwinde! Ich hab geschrien. Ich hab gedacht, die ist taub. Was sollte ich denn machen? Plötzlich hatte ich Vaters Sportwaffe in der Hand. Nein, die war nicht weggeschlossen, die lag auf der Kommode im Flur. Ich wusste mir nicht zu helfen. Ich hab die Verrückte in die Wohnung gezogen. Selbst als sie in den Lauf der Waffe blickte, hat die keine Ruhe gegeben. Hat mich mit Fragen bombardiert. Ob ich ein Geständnis ablegen wolle. Warum ich den Neger erstochen hätte. Sie bot mir Geld an. Einen Exklusivvertrag beim Rhein-Neckar-Anzeiger. Ich könnte viel Geld verdienen. Die spinnt doch. Mein Alter hat anfangs gar nicht so richtig mitbekommen, was da in seiner Wohnung los war. Der lag auf der Couch, der Fernseher lief wie üblich, er hatte sein morgendliches Quantum Alkohol intus, wie üblich um diese Zeit. Als er endlich gemerkt hat, was los war, ist er durchgedreht, wollte sich auf mich stürzen. Da hatte ich schon die verrückte Tussi von der Zeitung am Hals und musste auch noch meinen Vater in Schach halten. Kein Wunder, wenn man da die Nerven verliert. Daran bin ich doch nicht schuld. Es hat lange gedauert, bis mein Alter kapiert hat, dass ich es ernst meine. Dann brach unter uns die Hölle los. Natürlich habe ich damit gerechnet, dass die Polizei unsere Wohnung stürmen würde. Aber dieser Lärm, dieses Feuerwerk ein Stockwerk tiefer. Ich hab natürlich gedacht, dass die unsere Wohnungstür eintreten würden. So was läuft doch jede Woche im Fernsehen. Dass die Polizei eine Wohnung stürmt. Aber da suchen die sich immer die richtige Wohnung aus. Ich war total verunsichert. Das falsche Stockwerk. Was sollte das? Vielleicht war das ja Absicht. Ein Ablenkungsmanöver? Was sonst. Also, ich raus auf den Balkon, um denen zu zeigen, dass ich noch da bin. Wie ich die Meute da unten gesehen habe, der Krach direkt unter unserer Wohnung. Ich habe geschrien. Das muss man doch verstehen. Oder? Wieder rein ins Zimmer. Mein Vater. Durchgedreht. Der Stuhl. Die Schüsse. Was da passiert ist? Ich kann mich nicht erinnern. Ich weiß nur, dass ich mit dem Mord an dem Neger nichts zu tun habe. Absolut nichts. Ich hab den Kerl nicht angerührt. Obwohl der das verdient hätte. Wie der mich und meinen Freund fertiggemacht hat. Und der ist damit durchgekommen vor Gericht. Freispruch. Ich hab den nicht getötet. Das schwöre ich. Bei meiner Mutter.«

»Ich hab jetzt einen Kaffee nötig«, sagte Meyers.

»Im Einkaufszentrum gibt es eine Grimminger-Filiale, da können wir auch eine Kleinigkeit essen«, sagte Meißner.

»Wer sagt Gernhardt Bescheid?«, fragte Lauer. »Oder lassen wir ihn einfach weiterpennen?«

»Ich hole ihn«, sagte Susanne.

Meißner blickte sie erstaunt an.

»Kannst du ihn nicht grad anrufen?«

»Zu kompliziert. Der findet uns doch nie.«

fünfunddreißig

Schon durch die Scheibe der Wohnungstür sah Lauer, dass sein Anrufbeantworter blinkte. Es ging auf Mitternacht zu. Es war spät geworden. Dabei hatte er vorgehabt, heute Abend früh ins Bett zu gehen. Das Fieber vom Wochenende steckte ihm noch in den Gliedern. Er hängte den Schlüssel ans Brett und warf seine Jacke über den Kleiderhaken. Natürlich blieb die Jacke nicht hängen. Sie blieb nie hängen. Lauer drückte auf den Wiedergabeknopf am Anrufbeantworter.

»Sie haben fünf neue Nachrichten.«

Eine Menge Holz, dachte Lauer, während er in die Küche ging und nachschaute, ob noch eine Flasche Wein offen war.

»Hier ist Martina. Gute Neuigkeiten. Die gemeinsame Reise ist definitiv gecancelt.«

Gecancelt! Lauer wunderte sich, welche Wörter seine Schwester gebrauchte.

»Mutter ist mächtig sauer. Wenn du mich fragst, Leo, die Beziehung liegt in den letzten Zügen. Ein Grund zum Feiern. Ich lade dich zum Sekt ein. Was meinst du? Samstagvormittag? Würde das passen? Ruf doch einfach mal zurück.«

Lauer konnte sich nicht entscheiden. Ein Rest Rotweincuvée eines jungen Winzers aus Bobenheim am Berg, der Stoana, so hieß der Cuvée in Anlehnung an die österreichischen Vorfahren des Jungwinzers. Oder doch lieber ein Bier? Also würde es keine gemeinsame Reise seiner Mutter mit ihrem jüngeren Freund geben. Keine Übernachtung in einem gemeinsamen Bett. Schade, fand Lauer und konnte den Triumph seiner Schwester nicht nachempfinden. Er würde nicht zurückrufen und ein gemeinsames Sektfrühstück am Samstagmorgen, das kam schon mal gar nicht in Frage. Wein oder Bier, das war hier die Frage.

Lauer hatte sich noch nicht entschieden, als die Stimme auf dem Anrufbeantworter sagte: »Dienstag, 9. November 2010, 9:38 Uhr. Nachricht zwei.«

Lauer angelte ein Bierglas aus dem Schrank und goss das Pils ein. Er hatte sich entschieden.

»Leo Philipp Lauer.«

Wenn Hanne ihn so anredete …

»Ich hab den ganzen Nachmittag und auch am Abend versucht, dich anzurufen. Erfolglos.«

Kein Wunder, Lauer hatte sie weggedrückt. Wenn man ihn gefragt hätte, warum, er hätte keine plausible Antwort gewusst.

»Ich brauche eine Auszeit, muss nachdenken über uns und unsere Beziehung. Ich bin mir nicht mehr sicher, ob das passt mit uns beiden. Zu verschieden sind unsere Vorstellungen. Heute Nachmittag fahre ich zu meiner Cousine nach Schleswig.«

Lauer kannte zwar Schleswig. Vor Jahren hatte er, als er seinen Sommerurlaub auf Nordstrand verbracht hatte, einen Tagesausflug nach Schleswig unternommen. Eine Cousine, noch dazu eine aus Schleswig, die kannte er nicht. Hanne hatte sie mit keinem Wort erwähnt. Was weiß ich eigentlich von Hanne, fragte sich Lauer und nahm einen tiefen Schluck. Auszeit. Nachdenken über unsere Beziehung. Nicht sicher, ob das passt. Zu verschieden unsere Vorstellungen. Lauer waren ähnliche Gedanken in den letzten Tagen durch den Kopf gegangen. Verstärkt nach den Erfahrungen mit dem Wochenendgrundstück im Frauenthal. Bisher hatte er sie verdrängt, wollte sie nicht an sich heranlassen.

»Quatsch. Alles Quatsch«, hatte Meyers vorhin im *cafga* gesagt. Aber da hatte sie schon einige Bier intus.

»Gleiche Interessen, gleiche Ansichten, gleiche Hobbys, als ob davon eine Beziehung besser oder stabiler würde, Schwachsinn. Spielt alles keine Rolle.«

»Und was spielt deiner Meinung nach eine Rolle?«, hatte Lauer gefragt.

»Sex. Nur der Sex zählt. Guter Sex, gute Beziehung.«

»Wenn es so einfach wäre«, hatte Lauer gesagt und daran gedacht, dass Hanne und er unter diesem Gesichtspunkt perfekt harmonierten.

»Mach dir nicht die Mühe, mich zurückzurufen. Ich schalte mein Handy aus. Vor Montag komme ich nicht zurück. Eher später. Mach's gut, Leo.«

Dann wieder die Stimme des Anrufbeantworters.

»Dienstag, 9. November 2010, 14:17 Uhr. Nachricht drei.«

Lauer wischte sich den Schaum ab und goss nach. Es folgte ein Knistern, ein Knacken, eine zur Unkenntlichkeit verzerrte Stimme. Lauer verstand kein Wort.

»Dienstag, 9. November 2010, 16:23 Uhr. Nachricht vier.«

»Hallo, Leo. Ich hoffe, dir geht es so gut wie mir.«

Fabians Stimme klang entspannt, unaufgeregt. Das war in der Vergangenheit meist anders gewesen. Wenn er sich gemeldet hatte, hatte er stets gehetzt geklungen. Er hatte nie angerufen, um sich zu erkundigen, wie es Lauer ging. Er hatte immer, wie Lauer es sah, Hintergedanken. Und die drehten sich zu 99 Prozent um Geld.

»Ich rufe nicht einfach so an, das kannst du dir sicher denken.«

Also doch, sagte sich Lauer.

»Aber keine Angst. Ich will dich nicht anzapfen. Diese Zeiten sind vorbei. Ich möchte dich einladen.«

»Einladen, wozu denn?«, sagte Lauer laut, bis ihm bewusst wurde, dass es sinnlos war, mit dem Anrufbeantworter zu kommunizieren.

»Wir feiern Verlobung. Samstagabend.«

Fabians Anruf letzten Sonntag. Zwei Tage war das erst her. Keine Rede von Verlobung. Von Hochzeit hatte Fabian gesprochen. Aber das hatte sich noch nicht sonderlich konkret angehört. Und jetzt, quasi Knall auf Fall, Verlobung! Der Entschluss kam Lauer reichlich spontan vor.

»Hier in Basel. Ich habe dir schon ein Zimmer im Hotel *Rochat* reservieren lassen, ein Doppelzimmer, damit du mit deiner neuen Freundin kommen kannst.«

Hotel *Rochat*? Hatte Fabian nicht schon am Sonntag den Namen des Hotels erwähnt?

»Du kommst doch? Die Kosten übernehmen natürlich wir. Am besten, du setzt dich in den Zug, dann kannst du am Samstag gegen Mittag da sein, beziehungsweise ihr könnt da sein. Wir holen dich ab. Theresas Mutter freut sich schon, dich, euch kennenzulernen. Du darfst mich nicht enttäuschen. Ich rechne fest mit deinem Kommen. Mutter hat leider abgesagt. Wenn du jetzt noch …«

Lauer hatte Probleme, Fabians Informationen auf die Reihe zu bringen. Er würde sich die Meldung nachher in Ruhe ein zweites, wenn nötig, ein drittes Mal anhören. Alles kam sehr überraschend. Am Samstag. Also in vier Tagen. Aber der Fall. Konnte er da überhaupt? Hätte er die Entwicklung des nächsten Vormittags voraussehen können, er hätte keinen Gedanken daran verschwendet. Er durfte Fabian nicht hängenlassen. Er musste fahren. Fabian. Sein einziger Sohn. Verlobung. Verlobte man sich heutzutage noch? In der Schweiz anscheinend.

»Dienstag, 9. November 2010, 18:43 Uhr, Nachricht fünf.«

»Da es mein Sohn nicht für nötig findet, sich um seine alte Mutter zu kümmern, melde ich mich halt.«

Seine Mutter mit ihren ewigen Vorwürfen. Aber so war sie eben, sagte sich Lauer, wozu aufregen?

»Damit du nichts in den falschen Hals bekommst. Der Urlaub ist nicht abgesagt, nur verschoben. Kleine Meinungsverschiedenheiten. Und bevor du dir falsche Hoffnungen machst: Die Beziehung zu meinem Lover, so nennt ihn doch deine Schwester, ist nicht kurz vorm Scheitern. Wir verstehen uns nach wie vor prächtig. Nur damit du Bescheid weißt. Deine Schwester wird dir was anderes erzählt haben. Vergiss es schleunigst. Hast du mich verstanden?«

»Natürlich habe ich dich verstanden, Mutter«, murmelte Lauer und löschte die Nachricht. Er nahm einen Schluck Bier, den hatte er sich jetzt weiß Gott verdient und hörte sich Fabians Ansage auf dem Band noch einmal an, in aller Ruhe. Und danach ein drittes Mal.

Die Grimminger-Filiale im Einkaufscenter auf der Vogelstang. Runde Bistrotische, gemütliche, braun gebeizte Stühle mit Armlehnen. Lange, runde Standleuchten aus Milchglas, sich nach unten verjüngend, tauchten das Café in helles Licht.

»Wenn ihr mich fragt«, sagte Meißner und biss in sein Schinkenbaguette, »dieser Leon Ahn hat nichts, aber auch gar nichts mit der Ermordung des Ruanders zu tun. Dafür würde ich meine Hand ins Feuer legen.«

»Das Risiko, sich zu verbrennen, tendiert gegen null«, sagte Meyers und wischte sich den Milchschaum vom Mund.

»Aber wir haben ein Problem!«, sagte Gernhardt.

»Ausgeschlafen?«, fragte Susanne.

Gernhardt ließ sich nicht durcheinanderbringen.

»Wir stehen immer noch am Anfang. Wir haben kein Motiv. Wir haben keine Verdächtigen, nicht einen einzigen.«

Lauer bestellte sich noch einen Espresso.

»Für mich auch«, sagte Meyers.

»Ich würde das anders sehen«, sagte Susanne. »Richtig ist, wir haben kein Motiv, keinen Verdächtigen. Aber wir wissen viel über Imanayarakoze. Wir haben viele Mosaiksteine. Vielleicht stellen wir uns einfach nur zu dumm an beim Zusammenfügen der Puzzleteile.«

»Mosaiksteine?«, ereiferte sich Gernhardt. »Wie sich das anhört. Spekulationen sind das, billige Spekulationen. Imanayarakoze als Führer einer Terrororganisation. Imanayarakoze befehligt von seinem Wohnzimmer in Mannheim aus Massaker in Ruanda.«

»Im Ostkongo«, verbesserte Meyers.

»Von mir aus. Trotzdem haben wir keinerlei Beweise. Und wenn das alles stimmt, hätten wir lediglich ein Motiv, aber noch keinen Verdächtigen. Keine heiße Spur.«

Lauer schüttete seinen Espresso in einem Schluck hinunter.

»Es sind Spekulationen, unser junger Kollege hat recht. Aber mehr haben wir nicht. Trotzdem habe ich ein Gefühl, als stünden wir kurz vor einem Durchbruch.«

»Du und deine Gefühle.«

Meyers verdrehte die Augen.

»Ich bin mir sicher«, fuhr Lauer fort, »dass die Ermordung Bruder Samuels mit seinen Machenschaften in dieser FDLR zu tun hat. Darauf sollten wir unser Hauptaugenmerk richten. Also ihr, ich bin ja raus aus dem Fall.«

»Was tun?«, fragte Meyers.

»Wir brauchen noch mehr Hintergrundwissen, Ruanda, Tutsi, Hutu, FDLR, das halt«, sagte Meißner. »Christian, darum könntest du dich kümmern.«

Gernhardt nickte. Lauer hatte nicht gewusst, dass Meißner den jungen Kollegen duzte.

»Der Ex der Witwe, wie heißt er gleich noch?«, sagte Meißner.

»Raab, Werner Raab«, sprang ihm Meyers zur Seite.«

»Danke, diesen Raab sollten wir uns mal vorknöpfen. Ich glaube zwar nicht, dass er was mit dem Mord zu tun hat, aber wir müssen sichergehen.«

»Das könnten wir zusammen machen, Julian«, sagte Susanne.

Meyers und Lauer beschlossen, das nach den Angaben von Frau Marino angefertigte Fahndungsbild, versehen mit einem erklärenden Text, zu vervielfältigen und bei den Anwohnern rund um die Leinenstraße zu verteilen. Lauer war nicht begeistert von der Vorstellung, unzählige Klinken putzen zu müssen, aber er war von der Notwendigkeit überzeugt. Als alle schon das Geschirr zusammenräumten, lachte Lauer plötzlich amüsiert auf.

»In Clements Haut möchte ich nicht stecken. SEK-Zugriff im falschen Stockwerk. Was für ein Dilettantismus. Ich gönn ihm diese Blamage, wie ich dem das gönne!«

»Deine Schadenfreude in allen Ehren«, sagte Meyers. »Und mir geht es ja ähnlich. Aber diese Dummheit wird auf uns alle zurückfallen. »DIE Mannheimer Polizei« wird es in der Presse heißen. Und die ganze Republik wird sich über uns den Mund zerreißen.«

»Du lachst dich selbst aus, Leo«, sagte Meißner und stimmte, wie alle anderen, in das Lachen ein. So endete die improvisierte Dienstbesprechung im Café der Grimminger-Filiale im Einkaufszentrum Vogelstang in bester Stimmung.

Alle fuhren ins Präsidium zurück. In L 6 angekommen, zog Gernhardt sich an seinen Computer zurück. Meißner und Susanne gingen gar nicht mehr nach oben. Susanne hatte sich die Adresse von Werner Raab, dem Ex der Witwe, aufgeschrieben. Er wohnte jetzt in Heddesheim, in der Beethovenstraße, und sie wollten sich gleich auf den Weg zu ihm machen.

Meyers und Lauer versahen das Fahndungsbild mit einem erläuternden Text und kopierten es 150 Mal, wobei Meyers für die Textarbeit am Computer und Lauer für das Kopieren zuständig war. Arbeitsteilung halt. Mehrere Stunden später, nachdem alle Fahndungsbilder verteilt waren und Lauers Zeigefinger der linken Hand vom vielen Drücken auf unzählige Klingelknöpfe schmerzte, sagte Meyers: »Wir haben uns einen Kaffee verdient oder ein Bier. Und was zum Essen.«

»Das stimmt«, sagte Lauer, der ein Déjà-vu-Erlebnis hatte. Genau die gleichen Worte hatte Meyers benutzt, als sie im Fall der Tiefkühlleiche am Wasserturm stundenlang Klinken geputzt und etliche Internetbekanntschaften des ermordeten Bankers vernommen hatten.

cafga - café & kneipe, klebte in weißen Buchstaben an der Fensterscheibe. Die kleine Kneipe war gut besetzt, aber Lauer sah von außen, dass ein Tisch hinten in der Ecke frei war. Er war überrascht, der Gastraum hatte Stil und

Charme, stuckverzierte Decken, passende Tapeten, eine schlichte, aber gediegene Einrichtung. Es gefiel ihm. Meyers bestellte für sie zwei doppelte Tazpressi.

»So heißen die hier«, erklärte sie, »aus fairem Handel.«

Das Essen durfte er sich selbst aussuchen, jedoch betonte sie, dass die Buschitos hier zu empfehlen seien. Lauer warf einen schnellen Blick auf die Speisekarte und erfuhr, dass es sich um Weizenfladen handelte. Er bestellte den Buschito Chicken. Meyers entschied sich für den Buschito Classic. Lauer wusste, dass sie kein Fleisch aß. Eine Vegetarierin, die mich in eine Biokneipe zerrt und mir fair gehandelten Kaffee vorsetzt, dachte Lauer.

»Und, gefällt es dir?«, sagte Meyers unvermittelt.

»Doch, doch«, beeilte sich Lauer.

»Du wirkst so abwesend.«

»Nein, nein. Schön hier. Mir ging nur durch den Kopf, ob der ganze Aufwand, diese Klinkenputzerei, uns auch nur einen Zentimeter weiterbringt.«

»Das weiß man vorher nie«, sagte Meyers. »Aber so ist er eben, unser Job. Vieles, was wir machen, bringt uns nicht weiter.«

Die Buschitos wurden gebracht und Lauer stürzte sich mit Heißhunger auf seine Portion.

»Nicht nur im Beruf«, fügte Meyers hinzu und bestellte ein dunkles Weizenbier. Lauer entschied sich für einen Zweigelt aus Österreich, Bio wie alles im *cafga*. Der Wein passte, mild, wenig Säure, dennoch angenehm fruchtig. Der Fladen war wirklich gut, aber schon beim ersten Bissen war ihm klar, dass er davon nicht satt werden würde. Er nippte am Wein. Meyers bestellte sich ein zweites Weizen, Lauer ein Omelett mit Schinken. Als er den ersten Bissen in den Mund schieben wollte, vibrierte sein Handy. Eine SMS. Von Fabian.

»Hast du die Nachricht auf dem AB schon gehört? Ich hoffe, du kommst! Wir, Theresa und ich, freuen uns.«

»Eine Nachricht von meinem Sohn«, sagte er. »Fabian.«

»Dein Sohn ins Australien?«

Nachdem Lauer die Neuigkeiten über seinen Sohn erzählt hatte, das Ende des Australienabenteuers, der Umzug nach Basel, die Heidschnucken von Magden, hatte er einen zweiten und einen dritten Zweigelt und ein dunkles Weißbier getrunken.

»Ach, ja, die Kinder«, sagte Meyers. »Mit meiner Tochter läuft es auch nicht gerade toll. Wie sagt man so schön: Kleine Kinder, kleine Sorgen, große Kinder, große Sorgen.«

Ein zweites Weißbier, eine Biolimo und einen Milchkaffee mit einem Muffin später wusste Lauer alles über Meyers Tochter. Dass sie volljährig war. Dass sie bei ihrem Vater ausgezogen war. Dass sie mit einem acht Jahre älteren Mann zusammenlebte, der sich mit Minijobs über Wasser hielt und anscheinend drogenabhängig war. Dass es mittlerweile vier Monate her war, dass Meyers ihre Tochter zum letzten Mal gesehen hatte. Nach dem vierten Weißbier, das Meyers geleert hatte, hatte Lauer aufgehört zu zählen. Im *cafga* waren inzwischen etliche Tische frei. 23 Uhr war lange vorbei. Lauer verlangte die Rechnung.

»Getrennt?«, fragte die Kellnerin.

»Zusammen«, sagte Lauer. »Ich lade dich ein.«

»Womit habe ich das verdient?«

Lauer ignorierte die Frage.

Draußen auf dem Gehweg vor dem *cafga* zog Lauer sein Handy aus der Tasche.

»Es ist besser, ich lasse mein Auto stehen und rufe mir ein Taxi.«

Meyers legte ihren Arm um Lauers Hals.

»Du kannst auch mit zu mir kommen. Das geht sogar zu Fuß.«

Meyers drückte Lauer an sich.

»Du kannst auch bleiben.«

Lauer machte sich von der Umklammerung frei.

»Ich weiß nicht, ob das eine so gute Idee wäre. Wir haben beide einiges getrunken.«

»Na und?«

Der Rotwein war leer und Lauer überlegte, ob er noch eine Flasche aufmachen sollte.

Besser nicht, sagte er sich und hörte Fabians Meldung auf dem AB ein weiteres Mal ab. War es das neunte oder gar das zehnte Mal? Er nahm sein Handy zur Hand, zeichnete das Muster zur Entsperrung, suchte aus den Kontakten Fabians Mobilfunknummer heraus und tippte seine Antwort an seinen Sohn.

»Ich komme. Allein. Freu mich. Leo.«

Der Kater strich ihm um die Beine, ein untrügliches Zeichen, dass er Hunger hatte. Lauer riss eine neue Dose auf und füllte den Futternapf in der Küche. Es war kurz vor halb zwei. Er spürte den Alkohol und er war müde, richtig erschlagen, aber er hatte Angst, nicht einschlafen zu können. Angst vor einer turbulenten Karussellfahrt. Trotzdem zog er sich aus. Lauer hatte sich noch nicht richtig zugedeckt, da rollte sich der Kater oberhalb des Kopfkissens zusammen. Das kam selten vor. Meist machte er es sich zu Lauers Füßen bequem. So schlimm konnte der Hunger nicht gewesen sein. Oder Lauers Nähe und seine Zuwendung waren dem Kater wichtiger als sein Fressen. Lauer fielen Meyers Worte ein.

»Vieles, was wir machen, bringt uns nicht weiter.«

Sie hatte es auf den Job bezogen, so hatte es Lauer verstanden.

»Nicht nur im Beruf«, hatte sie dann noch gesagt und Lauer war dieser Zusatz vorhin im *cafga* entgangen, zu groß sein Hunger und seine Gier. Jetzt dachte Lauer darüber nach. Eine Melancholie sprach aus den Worten. Meyers war unzufrieden mit ihrem Leben.

Vielleicht hätte ich ihr Angebot doch annehmen sollen. Es war der letzte Gedanke, der Lauer durch den Kopf ging, bevor ihm die Augen zufielen. Ganz ohne Karussellfahrt.

sechsunddreißig

Die Stimmung auf dem Fest war nicht die beste. Nicht so ausgelassen wie sonst. Eher verhalten. Ein Schatten machte sich breit. Gerüchte füllten den Raum. Es sollte etwas passieren in dieser Nacht, wurde gemunkelt. Viele gingen früher heim. Kurz vor Mitternacht brach der Veranstalter ab. Mir war es recht, auch wenn ich dadurch einen Teil meines Honorars verlor. Ich sah zu, dass ich nach Hause kam. Weit entfernt hörte man Gewehrschüsse. Das war nicht weiter beunruhigend. Das ist Alltag bei uns in Busurungi. Niemand regt sich groß auf.

Kurz nach Mitternacht nahm mich meine Frau in die Arme. Es sollte das letzte Mal sein, dass wir zusammen schliefen. Aber das wusste ich damals noch nicht. Die Explosionen kamen näher. Gewehrsalven in unserem Viertel. Unruhe, Stimmen, Schreie in der Nachbarschaft. Wir hofften, dass sie uns verschonten. Die Kinder wurden wach, krochen zu uns in Bett. Wir beteten zusammen. Damals konnte ich noch beten. Das Baby weinte an der Brust meiner Frau.

Dann klopfte es an der Tür.

»Mach nicht auf«, flüsterte meine Frau. »Du brauchst nicht den Helden zu spielen.«

Das Splittern des Holzes nahm mir die Entscheidung ab. Sekunden später standen sie in unserem Schlafzimmer. Sechs Kämpfer der FDLR. In voller Ausrüstung mit Uniform, Gewehr und Machete. Lichtkegel durchschnitten den Raum. Der Schein einer Taschenlampe blieb auf meinem Gesicht kleben.

»Das ist er!«, schrie einer der Soldaten.

»Du bist ein Spion«, schrie ein anderer.

Zwei der Soldaten packten mich an den Oberarmen und zerrten mich aus dem Bett. Ich war nur mit Unterhemd und Unterhose bekleidet. Der, der der Wortführer zu sein schien, knallte mir den Gewehrkolben auf die Brust. Ein hässliches Knacken war zu hören. Ich wusste sofort, dass eine Rippe gebrochen war. Sie fesselten mich an Beinen und Armen, steckten eine Stange durch die Fesseln und trugen mich weg wie ein gefangenes Tier. Meine Frau schrie hinter mir her. Nur das weinende Baby an ihrer Brust bewahrte sie vor Schlimmerem. Da bin ich mir sicher.

Die Nacht war stockdunkel. Der Marsch durch den Wald kam mir endlos vor. Endlich kamen wir auf einer Lichtung an. Ich konnte im Mondlicht Zelte und eine Feuerstelle entdecken. Sie fesselten uns an Bäume, die abseits standen, mich, zwei andere Männer und einen Jungen im Alter meines ältesten Sohnes, vierzehn oder fünfzehn. Sie schlugen mit Fäusten und den Gewehren nach uns. Sie traten auf uns ein. Wir waren hilflos. Ich verlor das Bewusstsein.

Am nächsten Morgen schimmerte die Sonne durch die Baumwipfel. Die Vögel sangen ihr Lied. Alles schien so friedlich. Wären da nicht die Fesseln gewesen. Gegen Mittag kam der Kommandeur mit zehn oder elf Kämpfern. Ich konnte nicht genau erkennen, wie viele es waren. Aber was spielt das für eine Rolle? Der Kommandeur hatte einen großen Bauch. Wenn er einatmete, und das musste er oft, praktisch nach jedem Wort, das er hervorstieß, weil er so kurzatmig war, rasselte es laut. Er befahl einem Soldaten, mich loszubinden.

»Zieh dich aus!«, sagte er. »Knie dich hin wie ein Hund!«

Ich wusste zuerst nicht, was er von mir wollte. Ein Fußtritt in meine Seite, ließ mich den Befehl befolgen. Meine gebrochene

Rippe tat höllisch weh. Doch bald sollten mir diese Schmerzen wie eine Lappalie vorkommen.

Einer der Soldaten packte meine rechte Hand, befestigte einen Strick daran, zog ihn straff und ein anderer schlug einen Pflock in den Boden, der erste Soldat band mich daran fest. Mit meiner linken Hand wurde ebenso verfahren. Dann fixierten sie meine Fußgelenke so, dass ich mich nicht mehr rühren konnte. Ich musste den Kopf senken. Der Kommandeur war der Erste. Als er fertig war, kam der Nächste. Dann der Dritte. Der Vierte. Beim Fünften klappte ich zur Seite. Derjenige, der fertig war, griff mir unter dem Bauch durch und hielt mich in Position. Beim Achten oder beim Neunten wurde ich ohnmächtig.

Als ich zu mir kam, war ich wieder an den Baum gefesselt. Der Mann neben mir stöhnte. Er blutete stark. Ich schaute an mir herunter. Blut. Überall Blut. Niemals in meinem Leben musste ich solche Schmerzen erdulden. Ich hörte, wie der Kommandeur, dieses fette Tier, dem Jungen befahl, sich wie ein Muslim hinzuknien. Die können doch nicht den Jungen, dachte ich. Ich wollte schreien. Kein Ton kam aus meiner Kehle. Der Junge überlebte den ersten Tag nicht. Sie schleiften ihn weg wie ein Stück Vieh.

Als ich am nächsten Tag losgebunden wurde, konnte ich mich nicht auf den Füßen halten. Ich kroch auf allen Vieren zwischen die Blöcke. Wieder war der Kommandeur der Erste. Jeder Tag war er der Erste. Wenn er fertig war, kam der Nächste. Dann der Dritte. Der Vierte. Der Fünfte. Und so weiter. Bis sie alle durch waren. So ging es zehn Tage lang.

Am elften Tag schickten sie mich los, um Feuerholz zu sammeln. Ich verkroch mich in einer Erdhöhle. Sie suchten stun-

denlang nach mir. Dann, sie waren ganz in meiner Nähe, ohne mich zu entdecken, hörte ich, wie sie beschlossen, Gewehrsalven abzufeuern und dem Kommandeur zu erzählen, sie hätten mich erschossen. So machten sie es. Ich wartete die Dunkelheit ab und schaffte es, mich nur mit Unterhemd und Unterhosen bekleidet, bis in meine Stadt durchzuschlagen.

Ich wurde im Krankenhaus behandelt. Bei der Entlassung gab mir der Arzt Damenbinden und Schmerztabletten mit. Auch heute noch, nach mehr als einem Jahr, blute ich, wenn ich mich zu viel bewege. Ich verstecke die blutigen und eitrigen Binden vor meiner Frau. Sie darf nicht erfahren, was mit mir passiert ist. Ich habe Angst, sie sagt, ich sei kein Mann mehr. Ob ich noch ihr Mann sei, fragt sie mich.

Ich weiß ja selbst nicht, ob ich noch ein Mann bin. Ich hätte mir früher nie im Traum vorstellen können, dass so etwas einem Mann passieren könnte. Ich kann keinen Sex mehr mit meiner Frau haben. Ich kann ihr nicht erzählen, was los ist mit mir, was sie mit mir angestellt haben. Sie ist froh, meine Frau, dass ich lebend zurückgekommen bin. Viele wurden getötet in Busurungi in jener Nacht. Kinder, Frauen, Männer, Freunde.

»Du bist so seltsam geworden, Charles«, sagt meine Frau. »Du hast die Musik verloren. Du arbeitest nicht mehr, dabei hast du deine Arbeit über alles geliebt. Du verdienst kein Geld mehr für deine Familie, dabei ging dir deine Familie über alles«, sagt meine Frau.

Ich habe keine Energie. Ich kann nichts tun. Es geht nicht. Zum Glück verdient meine Frau so viel, dass sie die Kinder und mich ernähren kann. Aber ist das ein Glück für einen Mann? Für einen afrikanischen Mann?

Ich weiß nicht, warum sie das gemacht haben. Ich weiß es wirklich nicht. Ich habe nichts getan. Ich bin kein Spion. Ich schwöre es. Ich habe mich nie für Politik interessiert. Ich habe doch nur für meine Musik gelebt. Bis zu diesem Tag.

Beten?

Ich kann nicht mehr beten.

Es geht nicht mehr.

Gäbe es einen Gott, er hätte mich sterben lassen in jener Nacht, als sie an unsere Tür klopften. Gäbe es einen Gott, er hätte die Gnade besessen und eine Kugel aus einem ihrer Gewehre in meinen Kopf gelenkt. Was für eine Gnade! Gott, warum hast du mir diese Gnade nicht erwiesen. Warum hast du mich den nächsten Tag erleben lassen? Die Sonne, die durch die Baumwipfel schien. Die Vögel, die ihr Morgenlied zwitscherten. Gott, warum hast du mir nicht den Tod geschenkt. Alles wäre gut.

Mittwoch, 10. November 2010

siebenunddreißig

Lauer wachte auf, bevor der Radiowecker sich einstellte. Er zog den Rollladen hoch und schaute in den Garten. Es regnete immer noch. Ein gleichmäßiger Regen, der mit einer stoischen Ruhe auf den Rasen und die leeren Beete fiel. Der Kater lag am Fußende zusammengerollt und schnurrte laut. Lauer kam es wie ein Rasseln vor. Das Thermometer in der Küche zeigte 6,8 Grad an. Ein Grad mehr als gestern Morgen. Zu warm für die Jahreszeit. Wie oft war ihm diese Floskel in den letzten Tagen durch den Kopf gegangen. Der Radiowecker ging an. Sechs Uhr Nachrichten auf SWR 2. Der Überblick.

»Soziales: Leichtes Rentenplus. Finanzen: Wieder Debatte um Schäuble. Michelin: Grissini in Mannheim muss einen Stern abgeben.«

Für Lauer kein Verlust, er hatte noch nie im Grissini gespeist und es auch nicht vor, obwohl Hanne ihm schon mehrmals davon vorgeschwärmt hatte. Lieber in die *Krone* nach Altleiningen. Da wusste er, was ihn erwartete. Lauer suchte nach seinem Handy und wählte Hannes Nummer aus. Sie hatte Wort gehalten und war nicht erreichbar. Auch gut, dachte Lauer. Er holte den Rhein-Neckar-Anzeiger. Die verhinderte Geiselnahme hatte es, zumindest als kleine Meldung, sogar auf die Titelseite gebracht. Lauer überflog den Artikel. Clement wurde nicht einmal namentlich erwähnt. Der kommt zu gut weg, dachte er und schaute sich den Artikel genauer an.

SEK stürmt Wohnung im falschen Stockwerk

Mannheim.
Auf der Vogelstang ist der Polizei eine peinliche Panne passiert. Am Geraer Ring sollte eine Geiselnahme beendet werden. Eine Spezialeinheit stürmte versehentlich eine falsche Wohnung. Warum sich die Beamten im Stockwerk irrten, ist noch völlig unklar, sagte der Einsatzleiter der Mannheimer Polizei dieser Zeitung. Nach vertraulichen Informationen soll es eine Kommunikationspanne gegeben haben. Der Mannheimer Polizeipräsident war gestern Nachmittag zu keiner Stellungnahme bereit. Obwohl sich die Beamten umgehend bei dem geschockten Ehepaar, dessen Wohnung gestürmt worden war, entschuldigten, konnten diese den Vorfall nicht so ohne weiteres vergessen. Ihr Anwalt prüft nun, ob ihnen Schadensersatz zusteht. Ausführliche Berichte im Mannheim-Teil.

Lauer schlug den Mannheim-Teil auf und freute sich beim Lesen klammheimlich. Clement wurde jetzt endlich namentlich erwähnt und mit voller Breitseite angegangen. Es wurden Konsequenzen gefordert. So ein Beamter sei in leitender Position nicht weiter tragbar. Lauer war gespannt, wie Clement seinen Kopf aus der Schlinge ziehen würde. Und wie würde sich Faulhaber verhalten, der in dem Artikel zum Handeln aufgefordert wurde? Seinen Spezi wie eine heiße Kartoffel fallen lassen? Oder Nibelungentreue demonstrieren? Bis zum bitteren Ende? Tee und Brötchen schmeckten Lauer heute besonders gut.

»Den Ausflug nach Heddesheim hätten wir uns sparen können«, sagte Susanne kurz vor acht in ihrem Büro. Ihr gegenüber saßen Lauer und Meißner. Meyers und Gernhardt waren noch nicht aufgetaucht.

»Deprimierend«, sagte Meißner. »Ruhige Wohnlage, ein gepflegtes Reihenhaus, drei Wohneinheiten. Erdgeschoss und erster Stock, der gleiche Name am Klingelschild. Im zweiten Geschoss Raabs Name. Wir hatten noch nicht auf die Klingel gedrückt, da ging die Haustür schon auf. Wir stellen uns vor. ›Wurde ja Zeit, dass sich die Polizei endlich mal um diese Sauerei kümmert‹, sagt der Mann, der uns aufgemacht hat. Um die siebzig, streng nach hinten gekämmtes Haar, weiß. Typ Recht und Ordnung. Der Hauseigentümer, wie sich herausstellt. Glaubt, dass wir wegen seiner Räumungsklage kommen. Der Mieter Werner Raab vermülle die Wohnung und zahle seit vier Monaten keine Miete mehr. Eine schreiende Ungerechtigkeit. Ziemlich große Enttäuschung, als Susanne klarstellt, dass die Polizei nur bei Straftaten aktiv ermittle und er den Streit mit seinem Mieter in einem Zivilverfahren klären müsse. Die Enttäuschung kippt schnell in Sarkasmus um. Von wegen rechtschaffene Bürger, die vom Staat im Stich gelassen werden.«

»Um abzukürzen«, fiel Susanne Meißner ins Wort, »haben wir gemacht, dass wir nach oben zu Raab kamen. Der Vermieter hatte übrigens recht. Die Wohnung war in einem schrecklichen Zustand, überall verklebte Teller mit Essensresten, Pizzakartons, leere Bierflaschen, leere Weinflaschen. Ein Gestank! Nicht zum Aushalten. Aber erst der Bewohner! Verklebte, fettige Haare. Eine Ausdünstung. Schlimmer als seine Wohnung hat er gestunken. Am Nachmittag war er schon total besoffen. Kaum ansprechbar. ›Ein guter Mensch, obwohl er Neger ist‹, bringt er immer wieder wie ein Papagei heraus. Ich kann dir nicht mal sagen, Leo, ob der Typ realisiert hat, dass Imanayarakoze ermordet worden ist.«

»Ich kann Susanne nur unterstützen«, sagte Meißner. »Der ist nicht fähig ein Messer zu halten, geschweige denn, es so zu benutzen, wie der Mörder von Bruder Samuel es benutzt hat. Raab scheidet als Verdächtiger aus. Definitiv.«

»Einen Verdächtigen ausschließen, das ist doch auch was«, sagte Lauer.

»Gestern Abend hatte ich noch eine seltsame Begegnung. Nach dem Besuch bei Raab bin ich hoch ins Büro, um nach Gernhardt zu sehen. Aber der war schon weg. Als ich kurz auf meinen Schreibtisch schaute, klingelte das Telefon. Am Apparat Leos Intimfreund. Polizeihauptmeister Frühauf. Er sei jetzt dem Oststadt-Revier zugeteilt, ließ er mich wissen.«

»Zugeteilt, dass ich nicht lache«, sagte Lauer. »Strafversetzt ist der worden. Wegen seiner Schiebereien.«

Frühauf hatte im eiskalten Januar 2009 einen harmlosen Rentner traktiert und dessen wertvollen irischen Whisky beschlagnahmt. Lauer hatte sich Frühauf damals zur Brust genommen.

»Schon gut, Leo. Eine Illegale sei kurz nach 18 Uhr in die Arrestzelle eingeliefert worden. Eine Negerin. O-Ton Frühauf. Er habe sie nach ihrem Landsmann gefragt, der in der Kirche erstochen worden war. Die Frau habe ein wenig die Fassung verloren. Sie sei laut geworden. Mit dem Mörder habe sie nichts zu tun.«

»Und deshalb ruft der dich an?«

»Er habe es für bedeutsam gehalten, da er wisse, dass wir in dem Fall ermitteln.«

»Du kennst doch den Frühauf«, sagte Meißner.

»Klar, aber ich hatte ein komisches Gefühl bei dem Anruf«, sagte Susanne, »kann euch nicht erklären, warum. Auf jeden Fall bin ich runter in die Arrestzelle. Frühauf hat mich in Empfang genommen. Hatte Nachtdienst dort. Dir, Leo, soll ich sagen, dass er es mit der Versetzung wirklich gut getroffen hat. Gute Arbeitsatmosphäre, nette, faire Kollegen, das ›nett‹ und das ›fair‹ hat er so künstlich betont. Im Grunde müsse er dir dankbar sein.«

Susanne musste lachen und Lauer rollte mit den Augen.

»Leo wird das Lob verkraften«, sagte Meißner.

Die mit braunroten Kacheln geflieste Arrestzelle in L 6.

»In genau dieser Zelle residierte auch Peter Graf, als er in Untersuchungshaft kam«, sagt Frühauf, als er Susanne aufschließt. »Ein ruhiger Job hier, ich kann mich wirklich nicht beklagen.«

Die Klapppritsche mit der braunen Decke und dem Kopfkissen. In der Ecke das Klo aus Metall. Ein kleiner Tisch. Ein Stuhl. Eine Frau, die alles andere als einen gebrochenen Eindruck macht.

»Woher kommen Sie?«, fragt Susanne.

»Ich bin in einem kleinen Dorf im Ostkongo geboren, ganz in der Nähe zu Ruanda«, sagt die Frau ohne einen Akzent. »Jetzt lebe ich in Busurungi. Das ist der nächstgrößere Ort.«

»Wie kommt es, dass Sie unsere Sprache so perfekt beherrschen, Frau …?«

»Nicht perfekt«, sagt die Frau. »Elie Amsini Kiswaya, mein Name. Sagen Sie einfach Elie zu mir. Und Sie, wie heißen Sie?«

»Dobler, Susanne Dobler.«

»Susanne, ich habe in Deutschland einige Semester studiert, in Marburg, Medizin. Nach dem Studium bin ich zurück in mein Heimatland, zurück in die Demokratische Republik Kongo. Ich wollte nicht viel Geld verdienen. Ich wollte den Menschen helfen. Ich habe in Busurungi eine kleine Praxis.«

»Warum hält man Sie hier fest?«

»Ich soll mich illegal hier aufhalten.«

»Tun Sie das?«

Schweigen.

»Und wie haben Sie es geschafft, illegal ins Land zu kommen?«

Wieder Schweigen.

»Warum sind Sie hier?«

»Ich musste einem Freund helfen, der in Schwierigkeiten war«, sagt die Frau nach einer Pause.

»Etwas genauer, wenn es geht.«

Wieder Schweigen. Mindestens eine Minute lang.

»Ich rede nicht gerne darüber. Mein Freund ist illegal hier. Ich möchte ihn nicht gefährden.«

»Lassen wir das Thema«, sagt Susanne. »Kannten Sie Samuel Imanayarakoze?«

Die Frau schüttelt den Kopf.

»Sie haben den Namen noch nie gehört?«

»Nein.«

»Sie möchten in Deutschland bleiben?«

»Nein.«

»Sie haben keinen Asylantrag gestellt?«

Wieder schüttelt die Frau den Kopf, viel heftiger als beim ersten Mal.

»Warum sollte ich? Ich möchte so schnell wie möglich zurück in meine Heimat. Meine Patienten brauchen mich. Ich habe ein Rückflugticket in der Tasche. Das Missverständnis wird sich bald aufklären. In wenigen Tagen bin ich wieder zu Hause.«

»Eine andere Frage: Der Beamte, der Sie in Ihre Zelle gebracht hat, sagt, Sie hätten von Imanayarakoze als bösem Menschen gesprochen und ihn als Mörder bezeichnet. Wie kommen Sie zu dieser Einschätzung.«

»Ich kann nicht beurteilen, ob er ein böser Mensch und ein Mörder ist, weil ich ihn nicht kenne. Ich habe das nicht gesagt. Der Beamte muss sich verhört haben.«

»Sind Sie sicher?«

»Absolut sicher.«

»Die Frau hat offensichtlich geblockt«, sagte Meißner.

»Das sehe ich auch so«, sagte Lauer. »Aber wie sollen wir sie zum Reden bringen?«

»Was passiert eigentlich mit ihr?«, fragte Susanne.

»Illegale werden unverzüglich an die Ausländerbehörde übergeben.«

»Was heißt unverzüglich?«, fragte Susanne.

»So schnell es eben geht«, sagte Meißner. »Am gleichen Tag noch.«

»Die Frau wurde kurz nach 18 Uhr in die Arrestzelle gebracht«, sagte Susanne.

»Dann«, sagte Meißner, »wird niemand mehr bei der Ausländerbehörde da sein. Also verbringt sie die Nacht bei uns in der Zelle und wird am nächsten Morgen überstellt.«

»Ich schau mal kurz unten nach, ob sie noch da ist«, sagte Susanne.

»Sie ist schon überstellt«, teilte sie zehn Minuten später mit. Sie legte eine Plastiktüte mit einem zerknüllten Papiertaschentuch auf den Tisch.

»Das habe ich in der Zelle sichergestellt, lag unterm Tisch«, sagte sie. »Offensichtlich von der Frau.«

»Warum denn das?«, fragte Lauer.

»Ich sollte vielleicht eine DNA-Analyse beantragen.«

»Warum?«

»Weil ich so ein Gefühl habe«, sagte Susanne und warf die Plastiktüte mit dem Tempo in den Papierkorb. »Ist ja schon gut. Ich hab es kapiert. Wie geht es bei der Ausländerbehörde weiter mit der Frau?«

»Männliche Abschiebehäftlinge kommen auf richterliche Anordnung hin in Mannheim in Abschiebehaft, ins Café Landes«, sagte Lauer. »Wie das bei Frauen ist, weiß ich nicht.«

»Für Frauen gibt es in Schwäbisch Gmünd Haftplätze, die sind aber beschränkt, drei Plätze, glaube ich«, sagte Meißner.

»Und wenn die belegt sind?«, fragte Susanne.

»Werden die betroffenen Frauen mit einer Grenzüberschreitungsbescheinigung entlassen.«

»Grenzüber ..., was für ein Wortungetüm.«

»GÜB abgekürzt. Innerhalb von drei Tagen muss die Person Deutschland verlassen haben, die Bescheinigung ist an der Grenze abzugeben.«

»Und wenn jemand untertaucht?«

»Dann taucht er unter«, sagte Lauer lakonisch.

»Komplizierter Fall bei Frau Elie, sie ist illegal hier, sie hat keinen Asylantrag gestellt, sie wird also abgeschoben, zumal sie ja angeblich ein Rückflugticket hat. Entweder kommt sie nach Schwäbisch Gmünd in Abschiebehaft bis zum tatsächlichen Abflug. Falls ein Platz frei ist. Oder sie wird auf freien Fuß gesetzt, eben mit dieser Grenzüberschreitungsbescheinigung«, sagte Meißner.

Susanne wunderte sich über Meißners Wissen. Lauer schaute auf die Uhr.

»Punkt halb neun. Kollegen, die Dienstbesprechung wartet. Bin gespannt, wie Clement den kapitalen Fehler beim Zugriff des SEK erklären wird.«

achtunddreißig

Lauer, Meißner und Susanne betraten Punkt halb neun das Besprechungszimmer in L 6. Die Stimmung war …

Ja, wie war sie?, fragte sich Lauer. Üblicherweise ging es vor den Sitzungen laut zu. Jeder unterhielt sich mit jedem, quer durch den Raum wurden sich Satzfetzen zugerufen. Und die Lautstärke nahm erst ab, wenn Clement auf seinem Stuhl Platz nahm und den Arm hob. Heute Morgen war es in dem Raum still. Eine gespannte Stille? Eine erwartungsvolle? Oder gar eine ängstliche Stille? Lauer konnte es nicht sagen. Stille eben. Vereinzelt, sehr vereinzelt ein Hüsteln, aus der Ecke leises Gemurmel, das sofort verstummte, als Meißner in die Richtung blickte. Clements Stuhl war leer und es hatte den Anschein, als starrten alle Anwesenden auf eben diesen Stuhl. Meyers betrat fünf Minuten zu spät das Zimmer. Sie sah gehetzt aus, zumindest kam es Lauer so vor. Sie setzte sich auf den freien Platz links neben Lauer.

»Gestern Abend, das tut mir leid«, flüsterte sie ihm zu und hatte die Hand am Mund. Lauer schüttelte den Kopf.

»Ich wollte nicht …«, setzte Meyers an, aber Lauer legte den Zeigefinger auf die Lippen. Die Tür vom Nebenzimmer öffnete sich und Faulhaber hielt Einzug. Er stellte sich hinter Clements Sessel und legte die Hände auf die Rücklehne. Es war acht nach halb neun, wie Lauer mit einem Blick auf seine Armbanduhr feststellte. Der Polizeipräsident war nicht allein gekommen. Links neben ihm postierte sich Schwegler, Polizeioberrat und der direkte Vorgesetzte Clements. Rechts neben ihn stellte sich eine Frau, kurze blonde Haare mit dunklen Strähnchen, mindestens einen Kopf kleiner als Faulhaber, der auch nicht gerade das war, was Lauers Urgroßmutter unter einem stattlichen Mann verstanden hatte. Sie trug eine schwarze Stoffhose, einen taillierten Blazer, ebenfalls in schwarz, und eine schwarze Seidenbluse. Lauer schätzte sie auf Mitte, Ende dreißig. Hinter ihr stand ein Mann, der auf die 60 zuging und sie um mindestens einen halben Meter überragte. Er trug eine abgewetzte Lederjacke und zog sich am Ohrläppchen.

»Erster Hauptkommissar Roman Clement, der Chef unseres Dezernates 11, Ihr Vorgesetzter, ist erkrankt. Er wird auch die kommenden Tage fehlen«, fing Faulhaber an.

Wie kann sich ein Mensch nur so umständlich und gestelzt ausdrücken, dachte Lauer. Clement ist krank, hätte doch auch gereicht. Oder: Den Clement müssen wir einige Zeit aus der Schusslinie nehmen. Das wäre wenigstens ehrlich gewesen.

»Polizeioberrat Schwegler hat sich freundlicherweise bereit erklärt, Clements Vertretung zu übernehmen, obwohl er selbst mit Arbeit mehr als eingedeckt ist.«

Ob er wohl eine Wahl gehabt hat, fragte sich Lauer.

»Und ich darf Ihnen Frau Ricarda Rode vorstellen.«

Faulhaber beschrieb mit seiner Rechten eine weitausholende Kreisbewegung. Ricarda Rode nickte, es war mehr die Andeutung eines Nickens.

»Frau Rode ist Kriminalhauptkommissarin und arbeitet für das BKA in Wiesbaden, das Bundeskriminalamt.«

Danke für die Erklärung, dachte Lauer. Darauf wären wir jetzt wahrlich nicht gekommen.

»Und ich darf Ihnen Hauptkommissar Jürgen Hellmann vorstellen, ebenfalls BKA.«

Jürgen Hellmann nickte, schaute sich um und setzte sich auf einen freien Platz weit hinten.

»Das BKA übernimmt ab sofort sämtliche Ermittlungen im Fall des Mordes an Samuel Imanayarakoze. Alles Nähere wird Ihnen Hauptkommissarin Rode erklären.«

»Vielen Dank, Herr Polizeipräsident«, sagte Ricarda Rode. »Ich darf doch.«

Sie zog Clements Stuhl zur Seite, sodass Faulhabers Hände herunterrutschten, und setzte sich an den Besprechungstisch. Faulhaber und Schwegler standen jetzt wie Thronwächter hinter Rode.

Die kommen sich verloren vor, dachte Lauer. Deplatziert. Wie bestellt und nicht abgeholt.

»Samuel Imanayarakoze ist schon seit Längerem im Visier unserer Behörde. Ihm wurde vorgeworfen, seit einigen Jahren Oberbefehlshaber der FDLR, der ruandischen Rebellengruppe, gewesen zu sein. In einem uns zugespielten Interview gestand Imanayarakoze, der Präsident dieser Organisation zu sein und genau zu wissen, was in dieser Organisation geschehe. Die FDLR verübte im Ostkongo in den vergangenen Jahren unzählige Gräueltaten. Insbesondere gab Imanayarakoze im Mai 2009 von Mannheim aus den Befehl, die Ortschaft Busurungi zu überfallen und an der kongolesischen Zivilbevölkerung Vergeltung zu üben. Ende April 2009 hatten Einheiten der kongolesischen Armee in Nord-Kivu mindestens 129 ruandische Flüchtlinge getötet.«

Ricarda Rode hielt inne und blickte in die Runde.

»Im Auftrag des Generalbundesanwalts führte das Bundeskriminalamt ein Ermittlungsverfahren gegen Samuel Imanayarakoze durch. Ihm wurden die Mitgliedschaft in einer ausländischen terroristischen Vereinigung gemäß Paragraf 129 b StGB sowie Völkermord, Paragraf 6 des Völkerstrafrechts und Verbrechen gegen die Menschlichkeit, Paragraf 7 des Völkerstrafrechts, vorgeworfen. Die FDLR ist maßgeblich in den Bürgerkrieg in den Provinzen Nord- und Südkivo verwickelt. Sie ist verantwortlich für Übergriffe auf die kongolesische Zivilbevölkerung. Mitglieder der FDLR haben bei den kriegerischen Auseinandersetzungen Morde, Vergewaltigungen, Schutzgelderpressungen, Entführungen und Zwangsrekrutierungen von Kindersoldaten begangen. Und organisiert und befohlen wurde alles von Samuel Imanayarakoze von Mannheim aus.«

Meißner hob den Arm. Ricarda Rode nickte ihm zu.

»Wie kann der Befehlshaber einer Rebellengruppe, die im Ostkongo mordet und brandschatzt, unbehelligt mitten in Mannheim leben?«

»Meißner, ich darf doch bitten«, sagte Faulhaber.

Ricarda Rode drehte sich kurz zu Faulhaber um und wandte sich dann Meißner zu.

»Gute Frage, Herr Kollege, im Jahr 2006 stellte in Ruanda die Tutsi-Regierung unter Präsident Kagame ein Auslieferungsersuchen für Imanayarakoze. Der wurde kurzzeitig festgenommen. Da für eine Anklage Beweise fehlten und die Justiz in Ruanda nicht den besten Ruf genießt, wurde Imanayarakoze wieder freigelassen. Der Ruander stand übrigens kurz vor der Verhaftung. Sein Mörder ist uns zuvorgekommen.«

»Der Mord ist in Mannheim passiert«, sagte Meißner. »Warum sollen wir nicht mehr weiterermitteln?«

»Paragraf 4a BKA Gesetz. Abwehr von Gefahren des internationalen Terrorismus.«

»Und?«, fragte Meißner nach.

»Wir übernehmen den Fall, weil die Bundesanwaltschaft uns die Ermittlungen übertragen hat. Selbstverständlich sind wir auf Ihre Mithilfe angewiesen und ich darf Sie bitten, mit uns zu kooperieren. Insbesondere erwarte ich, dass Sie uns alle Ihre bisherigen Ermittlungsergebnisse vorbehaltlos zur Verfügung stellen.«

»Was soll der Schwachsinn«, platzte Lauer heraus. »Wir stochern hier seit Tagen im Nebel herum, brechen uns was ab, und dann sollen wir unsere Ergebnisse Ihnen zur Verfügung halten, während Sie Ihr Wissen sorgsam hüten. Und das Ganze nennt sich dann auch noch Kooperation.«

»Lauer, mäßigen Sie sich!«

Schweglers erster Beitrag auf der denkwürdigen Dienstbesprechung vom 10. November 2010.

»Wir fangen bei Null an«, sagte Lauer und bemühte sich um einen ruhigen Tonfall. »Wir spekulieren, haben buchstäblich nichts in der Hand. Und das BKA hütet seine Erkenntnisse wie einen Goldschatz.«

»So ist nun einmal die Rechtslage«, sagte Ricarda Rode. »Wir übernehmen.«

»Und Sie, Lauer, Sie sind sowieso schon längst abgezogen von dem Fall!«, bekräftigte Faulhaber Rodes Feststellung. »Ihre ständigen Widerworte gehen mir auf …«

Faulhaber suchte nach einem passenden Wort. Wahrscheinlich erschienen ihm Keks und Wecker zu umgangssprachlich.

»Lassen Sie Ihre Quertreiberei!«

Meyers meldete sich.

»Warum hat das BKA die Ermittlungen nicht sofort übernommen?«

Rode lächelte.

»Sie wissen ja. Die Mühlen der Bundesanwaltschaft und des BKA …«

»Gibt es Motive, Verdächtige im Mord an Samuel Imanayarakoze?«, fragte Susanne.

»Machtkämpfe. Rivalität um die Führung. Wir beschatten den Stellvertreter Imanayarakozes, Bisimane Muhozi, 1986 mit einem Stipendium nach Deutschland gekommen, Diplomingenieur von Beruf, arbeitete sogar einige Jahre als Systemadministrator im Justizministerium in Baden-Württemberg. Gegen ihn und weitere Verdächtige läuft übrigens ebenfalls ein Ermittlungsverfahren wegen Verdachts der Beihilfe zum Verstoß gegen das Völkerstrafgesetzbuch und wegen Verdachts der Mitgliedschaft in und der Unterstützung einer ausländischen terroristischen Vereinigung. Unterstützungshandlungen, regelmäßige Herausgabe von Pressemeldungen der FDLR, technische Betreuung der FDLR-Homepage, finanzielle Unterstützung der FDLR wie Kauf von SIM-Karten und Gesprächsguthaben, um so die Kommunikation zwischen Imanayarakoze und den Kämpfern der FDLR im Ostkongo und in Ruanda zu ermöglichen.«

Faulhaber trat einen Schritt vor an den Tisch und hob die Hand.

»Kolleginnen und Kollegen!«

Was soll denn das, dachte Lauer, der diese Anrede aus Faulhabers Mund noch nicht gehört hatte.

»Unterstützen Sie die Arbeit des BKA! Unterstützen Sie die Arbeit von Hauptkommissarin Rode! Wer informiert die BKA-Kollegin?«

Gernhardts Hand schnellte nach oben. Es war die einzige. Lauer suchte Susannes Blick, doch die starrte an einen imaginären Punkt an der Decke, den Lauer, so sehr er sich auch anstrengte, nicht entdecken konnte. Sie machte einen gelangweilten Eindruck. Vielleicht täuscht das aber auch, sagte sich Lauer.

»Gut«, sagte Faulhaber, »Kollege …«

»Kriminalkommissar Christian Gernhardt«, sagte der.

»Gut, Kollege Gernhardt, setzen Sie Frau Rode in Kenntnis. Kriminaloberrat Schwegler wird die Leitung der Besprechung übernehmen. Ich darf Sie zudem bitten, unsere ganze Kraft zu bündeln, um den Doppelmord von Sandhofen endlich aufzuklären. Dieser Fall hat unsere absolute Priorität.«

Donnerstag, 11. November 2010

neununddreißig

Punkt zwölf Uhr stand sein Entschluss fest.

»Kein Problem. Du kannst das Zimmer im *Rochat* auch schon Freitag beziehen. Gib Bescheid, wann du kommst. Holen dich ab. Freuen uns!«, hatte Fabian per SMS auf Lauers Anfrage geantwortet. Schwegler würde sicherlich nicht ablehnen, wenn Lauer kurzfristig Überstundenabgeltung für Donnerstagnachmittag und Freitag beantragen würde. Im Gegenteil, der wäre froh, wenn er Lauer nicht zu Gesicht bekam. Er wählte Schweglers Nummer, der in der Tat sofort einverstanden war.

»Schicken Sie mir nur eine kurze schriftliche Notiz über den Vorgang.«

Lauer delegierte diese Aufgabe an Frau Werner.

»Wo ist eigentlich Kollege Meißner?«, rief er durch die geöffnete Verbindungstür zu Frau Werner. Das »Kollege« war ein Zugeständnis an Frau Werner, die es nicht gerne hörte, wenn er über Meißner einfach von »Meißner« sprach.

»Arzttermin«, kam die Antwort.

»Wusste gar nicht, dass er krank ist.«

»Herr Meißner ist ja auch nicht krank«, sagte Frau Werner und sie betonte das »Herr«. »Er begleitet seine Frau. Und, falls Sie vorhaben, mich weiter zu löchern: Nein, ich weiß nicht, warum seine Frau einen Arzttermin hat.«

Danach räumte Lauer seinen Schreibtisch auf. Was man so aufräumen nennt. Er stapelte die Zettel und Schnellhefter, die kreuz und quer auf der Arbeitsplatte lagen, und setzte sie im 90 Grad-Winkel nebeneinander. Die verstreuten Stifte legte er in die Ablage. In der Tat sah der Schreibtisch jetzt aufgeräumt auf. Lauer wünschte Frau Werner ein erholsames Wochenende. Die Sekretärin schaute ihn überrascht an. Bestimmt fragte sie sich, was mit dem Kommissar los war, denn sonst brachte er kaum die Lippen auseinander, wenn er das Büro verließ. Vor einer knappen Stunde, um 11:11 Uhr, um genau zu sein, hatte ein durch und durch gehendes zweimaliges »Ahoi« das Büro erbeben lassen. Lauer war zusammengezuckt, dann war ihm eingefallen, dass am heutigen Donnerstag, dem 11.11., die fünfte Jahreszeit begann und Frau Werner, trotz ihrer Vorliebe für Fritz Wunderlich, eine passionierte Fasnachterin war, deren größter Wunsch es wäre, Lauer am schmutzigen Donnerstag die Krawatte abzuschneiden, die dieser jedoch nie trug. Vielleicht sollte er eine der von seinem Vater geerbten Scheußlichkeiten aus der hintersten Ecke des Schrankes hervorkramen und am schmutzigen Donnerstag tragen. Wenn er das jedes Jahr bis zu seiner Pensionierung wiederholte, würde sich der Bestand der hässlichen Krawatten deutlich reduzieren.

»Viel Spaß bei der Verlobung Ihres Sohnes«, rief Frau Werner ihm hinterher.

Lauer konnte sich nicht erinnern, ihr von der Familienfeier erzählt zu haben.

Am Morgen hatte Lauer schon lange wach gelegen, über die bevorstehende Fahrt nach Basel gegrübelt und entschieden, dass er mit dem Zug fahren würde. Das wollte er sich gönnen. Hatte über die Dienstbesprechung vom Vortag nachgedacht. Sich gewundert, dass alle es geschluckt hatten, dass man ihnen die Ermittlungen so mir nichts dir nichts entzogen hatte. Er war der Einzige gewesen, der »Widerworte« gegeben hatte. »Widerworte«. Faulhabers Sprachschatz überraschte Lauer stets aufs Neue. Seine Großmutter hatte zu dem kleinen Leo, wenn der aufbegehrte, stets gesagt: »Du sollst doch keine Widerworte geben.«

Punkt sechs Uhr hatte der Nachrichtensprecher von SWR 2 dann offiziell die Nachtruhe beendet. Zwei Politiker, Lauer hatte die Namen vergessen, stritten sich um ein Zwischenlager für Atommüll im Süden der Republik. Der eine aus Niedersachsen war dafür, der andere, ein Bayer, vehement dagegen. Die Frauenärztin, die das angebliche Vergewaltigungsopfer als Erste behandelt hatte, sollte heute beim Kachelmann-Prozess in Mannheim aussagen. Der Vorstand des Arbeiter-Samariter-Bundes war überraschend zurückgetreten. Auf Bundesebene? Auf Landesebene? Oder etwa in Mannheim? Fragte sich Lauer, der den Anfang der Meldung verpasst hatte. Und zu guter Letzt war die stürmische »Carmen« im Anmarsch und sollte sich am Samstag mit voller Wucht in Süddeutschland austoben. Und da Lauer in den letzten Jahren die Erfahrung gemacht hatte, dass die Wettervorhersagen immer präziser geworden waren und Basel zwar nicht in Deutschland, aber im Süden lag, nahm er diese Meldung nicht auf die leichte Schulter. Ein weiterer Anrufversuch bei Hanne scheiterte wieder daran, dass sie ihr Handy immer noch ausgeschaltet hatte.

Das Thermometer vor dem Küchenfenster zeigte 2,1 Grad, immer noch im Plusbereich, aber, na, geht doch, dachte Lauer, so langsam pendelten sich die Temperaturen auf dem für November üblichen Normalmaß ein. Der Himmel war bedeckt, an einigen Stellen waren blaue Inseln zu sehen. Gegen Mittag, so die Vorhersage, sollte sich die Sonne ein wenig blicken lassen, aber abends würde der Regen wieder die Oberhand gewinnen. Das Wetter war Lauer jedoch egal, als er den Wasserkocher einschaltete.

Lauer wollte nur kurz den Kopf in Meyers und Susannes Büro strecken, dann sah er, wie Susanne, die gerade telefonierte, ihm hektisch zuwinkte. Also trat er ein und ließ sich auf den Stuhl vor Meyers Schreibtisch fallen. Alle nickten sich zu, keiner sagte ein Wort, bis Susanne den Hörer auflegte.

»Ich hab mir freigenommen«, sagte Lauer. »Fahre schon morgen nach Basel. Ihr wisst ja, Familienfeier.«

Meyers war auf dem Laufenden, im *cafga* hatte er ihr alles lang und breit erzählt, aber Susanne hatte er nichts von der geplanten Reise und der Verlobung seines Sohnes erzählt, ja, sie wusste nicht einmal, dass Fabian nicht mehr in Australien war.

»Wir müssen unbedingt mal wieder abends ein Bier trinken gehen«, sagte Lauer.

»Und, was hast du herausgefunden, Susanne?«, unterbrach Meyers das Geplänkel.

»Es bestehen Zweifel, ob eine Elie Amsini Kiswaya in Marburg Medizin studiert hat«, sagte Susanne.

»Was soll das heißen?«, fragte Lauer.

»Die Verwaltungsangestellte konnte bei den Unterlagen, die ihr im System zur Verfügung stehen, den Namen nicht finden. Um zweifelsfrei sagen zu können, ob Miss Elie in Marburg studiert hat, muss sie das Archiv durchforsten. Das braucht Zeit. Sie meldet sich, wenn sie Näheres weiß.«

»Es könnte also durchaus sein«, sagte Meyers. »dass die Frau, die sich in Polizeigewahrsam befunden hat, uns einen falschen Pass gezeigt oder eine falsche Geschichte erzählt hat. Von wegen Medizinstudium in Marburg.«

»Dann können die Kollegen sie doch ganz einfach bei der Ausländerbehörde in Empfang nehmen.«

»Ganz so einfach geht das nicht«, sagte Susanne. »Elie Amsini Kiswaya wurde gestern Nachmittag von der Ausländerbehörde auf freien Fuß gesetzt. Die drei Abschiebeplätze in Schwäbisch Gmünd waren tatsächlich besetzt. Und da die Frau ein gültiges Rückflugticket hatte, sahen die Kollegen in der Ausländerbehörde keinen Grund, sie weiter festzuhalten.«

»Sie zur Fahndung ausschreiben zu lassen, wäre eine Möglichkeit. Aber die Verdachtsmomente sind dünn«, sagte Meyers. »Und es würde nicht viel bringen. Es ist kinderleicht unterzutauchen.«

»Wo ist eigentlich Gernhardt?«, fragte Lauer.

»Der schleimt sich bei der BKA-Tussi ein«, sagte Susanne und es klang alles andere als freundlich.

Tussi, sagte sich Lauer, das Schimpfwort klang aus Susannes Mund seltsam. Schwang da etwa Eifersucht mit? Susanne bückte sich und zog eine Plastiktüte mit einem Papiertaschentuch aus dem Papierkorb.

»Zum Glück wurde der Papierkorb gestern Abend von der Putzfrau nicht geleert«, sagte sie. »Das Taschentuch von Elie Amsini Kiswaya aus der Arrestzelle. DNA-Abgleich, das nehme ich jetzt auf meine Kappe.«

Es war zehn nach eins und Lauer hatte das Büro der beiden Kolleginnen schon verlassen, als Susanne ihm nachrief: »Glaubst du, Leo, ich sollte die BKA-Rode über Elie Amsini Kiswaya informieren?«

»Mach dir keinen Stress«, sagte Lauer leichtfertig und später würde er sich eingestehen müssen, dass seine Wut über den Entzug des Falles ihn zu dieser Einschätzung gebracht hatte. »Die ermitteln doch in eine ganz andere Richtung. Und ein Motiv haben sie schließlich auch. Die Verdachtsmomente gegen die Frau aus dem Kongo sind wirklich zu dünn. Da hat Kollegin Meyers schon recht.«

»Ich weiß nicht«, sagte Meyers. Ihr Einwand hörte sich nicht gerade überzeugend an.

»Ich denke, ich höre auf Leo«, sagte Susanne. »Erstens möchte ich mich nicht blamieren und zweitens haben wir offiziell nichts mehr mit dem Fall zu tun.«

Am Montag würde Susanne sich ärgern, dass sie Lauers Ratschlag ohne nachzudenken befolgt hatte.

vierzig

Charles.

Mein Bruder.

Ich habe ihn bedrängt. Wieder und wieder. Habe nicht locker gelassen. Habe ihn in die Enge getrieben. Bis er zusammenbricht. Bis er redet. Endlich.

Früher, sagt mein Bruder, habe er gedacht, nur Frauen würden vergewaltigt. Heute wisse er es besser. Vergewaltigte Männer, sagt Charles, das gebe es in unserer Gesellschaft nicht. Vergewaltigte Männer, das seien verkappte Homosexuelle. Für Homosexualität sei doch kein Platz. Menschen denken in Stereotypen. Männer seien stark, seien aggressiv. Männer seien keine Opfer, Männer seien die Täter.

»Meine Frau weiß nichts«, sagt mein Bruder. »Sie darf nichts wissen. Du musst schwören.«

Ich muss schören, schwören, dass ich Charles Frau, meiner Schwägerin, kein Wort erzähle von dem, was mein Bruder mir preisgegeben hat. Dass ich kein Wort seinen Kindern erzähle. Ich schwöre.

»Warum haben sie das gemacht?«, sagt mein Bruder. »Ich habe doch nichts gemacht. Vielleicht war der Kommandeur ein Hexer. Manchmal denke ich, er wollte mir meine Kraft stehlen. Ja, das denke ich.«

Und dann sagt er den Satz, der mir die Tränen in die Augen treibt.

»Ich weiß nicht, ob ich noch ein Mann bin.«

Sex könne er mit seiner Frau nicht mehr haben. Und weil er ihr nichts erzähle und so seltsam geworden sei, stehe die Bezie-

hung vor dem Zerbrechen. Auch weil er nicht arbeiten, seine Familie nicht ernähren könne.

»Ich kann nichts tun«, sagt mein Bruder. »Es geht nicht.«

Ich höre meinem Bruder zu und die Tränen laufen mir über die Wangen. Ich höre ihm zu und glaube, es zerreißt mich. Bin hin- und hergerissen zwischen Trauer und Wut.

»Ich kenne mich nicht mehr«, sagt mein Bruder. »Bin mir fremd geworden. Habe Angst. Habe Schmerzen im Anus und in der Blase. Habe das Gefühl, dass meine Blase ständig voller Wasser ist. Laufe ich ein langes Stück, läuft Blut aus dem Anus.«

Charles legt den Kopf auf die Tischplatte. Ich strecke meine Hand aus, berühre seine Haare, streichle sie. Er ist mein Bruder. Egal, was passiert ist.

»Es gibt Dinge«, sagt mein Bruder, »von denen man sich nicht vorstellen kann, dass sie einem Mann zustoßen. Verstehst du das?«

Ich verstehe. Charles hebt den Kopf.

»Ich habe immer Schmerzen. Ich muss das hier benutzen.«

Er legt eine Damenbinde auf den Tisch zwischen uns.

Ich sehe die Binde. Ich sehe die Augen meines Bruders. Die gebrochenen Augen. Und meine Tränen versiegen. Ich fühle mich wie ausgetrocknet. Unfähig, auch nur noch eine einzige Träne zu weinen. Und mit einem Mal ist meine Wut verschwunden. Und die Trauer ist weg. Höchstens eine Spur Melancholie bleibt übrig. Ich spüre, wie eine Ruhe und Gelassenheit über mich kommt. Ich sehe die Zukunft vor mir, klar und scharf.

Weiß, was ich meinem Bruder schuldig bin.

Weiß, was ich zu tun habe.

Sonntag, 14. November 2010

einundvierzig

Er lehnte sich zurück und blickte zur Decke. Er musste die Augen zusammenkneifen, so blendete ihn die Sonne. Nach all den grauen, verregneten Tagen eine Wohltat. Gestern bei Fabians Verlobung Sturm und Regen, Novemberwetter halt. Aber viel zu warm. Die stürmische »Carmen« hatte nicht nur Deutschland im Griff. Dazu zeigte das Thermometer wieder über 15 Grad. Und das im November. Nichts passte zusammen.

Lauer fühlte sich wie in einem Aquarium. Die Decke aus Glas, die Seitenwände aus Glas, alles aus Glas.

Für die vorbeiflanierenden Sonntagsspaziergänger bin ich der exotische Fisch, den es zu bestaunen und zu belächeln gilt. Lauer winkte dem Mann, der in Erkans Kiosk bediente, und bestellte noch einen Weißwein. Hausmarke rot, Hausmarke weiß, sonst gab es hier nichts an Wein. Draußen an den Tischen mit den Klappstühlen saßen Väter und Mütter mit ihren quengelnden Kindern, die Eis leckten, löffelten, aufheulten, wenn etwas zu Boden fiel. Kinder, die von den Eltern zurechtgewiesen wurden, wenn die lieben Kleinen ihre Gespräche dauernd störten. Lauer wollte sich erst im Freien niederlassen. Frühlingsgefühle Mitte November, die Sonne wärmte richtig, aber das Gequietsche der Kinderschar ging ihm auf die Nerven. Je älter er wurde, desto mehr sehnte er sich nach Ruhe. So hatte er sich für den Glasanbau entschieden. Drinnen war er der einzige Gast. Vier Tische nur, alle aus unterschiedlichem Material, Resopal, Plastik, Holzlatten und ein Bistrotisch mit Steinfliesen. Eine Eckbank, wie seine Mutter vor vielen Jahren eine besessen hatte, zusammengestoppelte Stühle, alles Einzelstücke, Sperrmüllunikate, sagte sich Lauer. In der Ecke zwei Heizlüfter, die angesichts der Temperaturen zur Arbeitslosigkeit verdammt waren.

Der Mann von der Theke stellte das Weinglas vor ihn hin und machte einen zweiten Strich auf den Bierdeckel. In der Pfalz wären die Weintrinker zutiefst empört, wenn ein Wirt auf die Idee käme, den edlen Rebensaft in Gläsern mit einem »Dezi« zu servieren. In der Schweiz kannte niemand es anders. Der Wein war trocken, fruchtig, sonst neutral, nicht besonders säurebetont. Lauer erinnerte er an einen Gutedel. Er kam nicht darauf, wie die Rebsorte aus dem Markgräflerland in der Schweiz hieß. Aus Deutschland war der Wein bestimmt nicht. In keinem Restaurant, in keinem Supermarkt in der Schweiz hatte Lauer jemals einen Wein aus deutschen Landen entdeckt. Das war aber nicht unbedingt repräsentativ, da Lauer in seinen gut fünfzig Lebensjahren nicht allzu viele Schweizer Restaurants und Supermärkte von innen gesehen hatte. Seine Eltern hatten den Sommerurlaub stets in Österreich verbracht. Bludenz, Bregenz, Jenbach, Innsbruck, einmal Salzburg. Daran erinnerte er sich.

Um halb zwölf hatte er aus dem Hotel *Rochat* ausgecheckt. Die Rechnung war bis auf den letzten Rappen beglichen. Fabian hatte Wort gehalten. Das Frühstück ließ Lauer ausfallen, er hatte erstens verschlafen, zweitens hatte er von der Verlobungsfeier noch immer ein Völlegefühl. Erst wollte er seine Reisetasche an der Rezeption deponieren, aber das erschien ihm dann zu unpraktisch, zumal die Tasche alles andere als schwer war. Lediglich das Böcklifell ließ sie prall und ausgefüllt erscheinen. Er bewunderte die Paare, die auf dem Petersplatz schräg gegenüber vom Hotel im Freien den Tango zelebrierten, lief einfach los, vorbei am Universitätsspital, die Hebelstraße hoch, überquerte die Schanzenstraße, ließ sich treiben, immer der Nase nach, so kam es ihm jedenfalls vor, stieß auf die Mittlere Straße, begegnete einer kleinen Frau, ach was, einer winzigen Frau, höchstens 1,40 Meter groß, die eine Schweizer Flagge über der Schulter trug, größer als sie selbst, und in einem Hauseingang verschwand, bis er hier im Kannenfeldpark gelandet war. Auf der Hinweistafel erfuhr er, dass es sich bei dem Park mit knapp zehn Hektar Fläche nicht nur um die größte Parkanlage Basels handelte, sondern gleichzeitig auch um eine der schönsten, bekannt für variantenreiche Vegetation, dass die Parkanlage auf dem ehemaligen Gottesacker Kannenfeld lag, auf den Gräbern von rund 46 000 Toten. Der Friedhof hatte bei seiner Inbetriebnahme weit vor den Toren der Stadt gelegen und war bis 1932 für Bestattungen genutzt worden. Inzwischen war der Park eine große, grüne Oase für Kinder, Spaziergänger, Ruhesuchende, Jogger mitten in Basel. Längst war er von der Stadt eng umschlungen. Die Eiben, Fichten und Schwarzföhren, alle imposant und majestätisch, mussten noch aus der Zeit des einstigen Friedhofs stammen. Den Kiosk mit dem Glasanbau sah Lauer schon von Weitem.

Und so saß er in dem Aquarium, bestellte einen Espresso, korrigierte sich und entschied sich für die Hausmarke weiß. Eigentlich war es noch viel zu früh für Wein, aber Lauer hatte Lust. Um halb vier fuhr sein Zug. Von Fabian, von Theresa, von Regula, Theresas Mutter, hatte er sich letzte Nacht schon verabschiedet. Fabian und Theresa wollten am Sonntagmorgen in aller Herrgottsfrühe zum Comer See aufbrechen. Der Hotelaufenthalt war ein Geschenk von Theresas Mutter zur Verlobung. Theresa war hübsch, nett, zurückhaltend und lächelte ständig nach allen Seiten. Regula war nett, zurückhaltend und trotz ihres Lächelns konnte man die Trauer um ihren verstorbenen Mann sehen. Alle auf der Verlobung waren nett, zurückhaltend und lächelten. Lauer, für den Familienfeiern der reinste Horror waren, die stets mit einem Eklat oder einer Katastrophe endeten, musste sein gesamtes Weltbild korrigieren. Noch nie hatte er eine so friedliche, unkomplizierte Familienfeier erlebt, bei der kein einziges böses Wort gefallen war. Waren die Schweizer so anders? Zumindest was Familienfeste betraf? Trotzdem hatte Lauer ein seltsames Gefühl. Die Stimmung war gedämpft, wie heruntergedimmt. Theresa himmelte Fabian an, der das genoss, zumindest kam es Lauer so vor. Fabian strahlte pausenlos, prostete allen zu und kümmerte sich rührend um Theresa. Übertrieben, fand Lauer und ärgerte sich, dass er negative Aspekte in den Vordergrund stellte. Er konnte sich nicht erinnern, seinen Sohn jemals so glücklich und ausgeglichen gesehen zu haben. Und doch beschlich ihn ein ungutes Gefühl. War dieser junge Mann, der allen immer wieder zunickte, wirklich sein Sohn? Stand er nicht neben sich? Lauer zwang sich, die Gedanken zu verdrängen. Er wollte nicht eintauchen in diese unausgegorene Soße, die vielleicht nur in seiner Vorstellung existierte. Vielleicht bildete er sich alles ja nur ein. Vielleicht war er so verkorkst, dass er gar nicht mitbekam, dass sein Sohn schlicht und einfach zufrieden war. Dass es seinem Sohn gut ging. Dass Theresa die richtige Frau für Fabian war. Dass Theresas

Familie Fabian mit offenen Armen und Herzen aufgenommen hatte. Dass er eine Perspektive hatte. Endlich. Eine Perspektive. Was wollte Lauer mehr? Deshalb: kein Wort mehr von Australien. Kein Wort von der Band, die Fabian betreut hatte. Promoted, wie er am Telefon mehrmals betont hatte. Kurz vor dem internationalen Durchbruch. Lauer lag die Frage nach der Band mehrmals auf der Zunge. Zu gerne hätte er gewusst, wie das Ganze ausgegangen war. Er verkniff sich die Frage und hatte das Gefühl, dass Fabian darüber erleichtert war. Jetzt halt keine Konzerte mehr, keine Tourneen, kein Backstageleben. Dafür Landleben. Dafür Heidschnucken. Dafür Magden. Zwanzig Kilometer von Basel entfernt, eine Idylle. Ein geräumiges Bauernhaus, perfekt renoviert. Das komplette Obergeschoss für Fabian und Theresa, sechs Zimmer, bestimmt mehr als 200 Quadratmeter Wohnfläche. Und die Heidschnucken waren süße Tiere mit lustigem Fell und komischen Hörnern. Und sie passten, fand Lauer, perfekt zu Theresa und ihrer Familie. Aber passten sie auch zu Fabian? Oder anders ausgedrückt, passte Fabian zu den Heidschnucken? Regula, die Mutter, eine gestandene, ganz in schwarz gekleidete Frau, mindestens so groß wie Lauer, hatte darauf bestanden, dass Lauer ein Heidschnuckenfell als Geschenk annahm, grau-braun gestreift, lange, zottelige Haare.

»Vom Böckli«, hatte Regula gesagt. Lauer wusste zu diesem Zeitpunkt noch nicht, dass alle männlichen Heidschnucken Böckli hießen und, ehe sie ein Jahr alt waren, geschlachtet wurden.

Der Kater wird sich freuen über das Fell, dachte Lauer und gab seinen Widerstand auf.

»Könntest du so ein Tierchen denn töten?«, hatte Lauer Fabian gefragt.

»Muss ich ja nicht«, kam die Antwort. »Dazu kommt ein Schlachter. Sterben gehört nun einmal zum Leben. Das ist der Lauf der Dinge, Leo. Aber das müsstest gerade du doch wissen.«

Lauer musste von der Schafssalami und vom Schafskäse probieren. Regula zeigte ihm, wie sie die Wolle spann, führte ihm Teppiche und Läufer aus Schafswolle vor, kleine Mäuse aus Schafswolle, Westen, Pullover, Schals, Eierwärmer und Tischsets. Die Möglichkeiten, was man aus Schafswolle alles herstellen konnte, schienen unerschöpflich.

Seine Ankunft in Basel am Freitagmittag. Fabian, der ihn am Bahnhof abholte. Eine schwere Limousine. Lauer kam nicht dahinter, um welches Fabrikat es sich handelte. Sämtliche Typenbezeichnungen am Auto fehlten.

Lauers Frage während der Autofahrt: »Wie heißt Theresa eigentlich mit Nachnamen?«

»Ruefli mit ue, aber das hab ich dir doch schon am Telefon gesagt.«

Lauer konnte sich nicht erinnern.

»Warum fragst du?«

Als Lauer nicht antwortete, lachte Fabian heraus.

»Mach dich locker, Leo. Wir verloben uns bloß. Da muss man sich noch nicht für einen Familiennamen entscheiden.«

Die Fahrt zum Spalenberg, einem Teil der Basler Altstadt, früher Sitz der adligen Ritter. Das Haus am Heuberg. Hohe Stuckdecken, alte Ölgemälde an den Wänden, antike Schränke, alle aus dunklem Hartholz. Agneta, Theresas ältere Schwester, die im Erdgeschoss ihr Architekturbüro hatte. Der improvisierte Sektempfang. Die freundliche Aufnahme durch Regula, Theresas Mutter.

»Genauso herzlich bin ich aufgenommen worden«, hatte Fabian ihm zugeflüstert.

Regula, die Lauers interessierte Blicke bemerkte, erzählte ihm von der Geschichte des Hauses am Heuberg. Und so erfuhr Lauer, dass das Haus zu den markantesten Bauten am Obern Heuberg zählte, dass erste dokumentarische Spuren des Hauses ins ausgehende 13. Jahrhundert zurückreichten, dass die Fenstergewände noch einen deutlich gotischen Einschlag zeigten, dass die prachtvollen Fenstergitter Kunstwerke des Basler Schmiedehandwerks des 18. Jahrhunderts waren, dass das Haus schon seit vier Generationen im Familienbesitz war. Theresa stand in der Zwischenzeit lächelnd mit einem Tablett mit vollen Sektgläsern neben ihrer Mutter. Lauer hoffte, dass der geschichtliche Exkurs sich bald dem Ende zuneigte. Der Sekt lachte ihn allzu verführerisch an. Zum Glück unterbrach ein Klopfen den Vortrag.

»Herein«, rief Regula.

Ein älterer Mann in weißem Kittel, dichte, weiße Haare, streckte den Kopf zur Tür herein.

»I ha di Stimm ghört und ha kurz wölle ineluege.«

Der Mann schaute sich um und entdeckte Lauer.

»Ich hoffe, ich störe nicht«, sagte er jetzt so, dass es auch Lauer verstand. Der fragte sich, ob ihm das Wort »Deutscher« oder »Ausländer« auf die Stirn tätowiert war.

»Komm rein, Walter. Du störst nie. Darf ich vorstellen«, sagte Regula, »Professor Dr. med. Walter Gerber, 71 Jahre alt, noch immer praktizierend, Onkologie, spezialisiert auf Brustkrebs, seit Jahrzehnten hat er seine Praxis in unserem Haus. Und wir sind stolz darauf.«

Regula drückte dem Professor, der sich erfolglos wehrte, ein Glas Sekt in die Hand. Und endlich durften auch die anderen Anwesenden nach den Gläsern greifen.

»Pröschtli«, sagte Regula. »Auf unseren Gast aus Mannheim.«

»Auf Theresa und Fabian«, sagte Lauer und war überrascht, wie leichtfüßig, ja fast schwerelos, er sich in Basel auf dem gesellschaftlichen Parkett bewegte.

»Ein richtiger Kommissar aus Deutschland?«, fragte der Professor und nippte am Sekt. Lauer nickte.

»Da wird es Sie sicher interessieren, dass hier ganz in der Nachbarschaft, schräg gegenüber, ein richtiger Geist sein Unwesen treibt. Heute noch.«

Der Professor lächelte verschmitzt.

»Da werden Sie neugierig, ich sehe es Ihnen an. Wenn Sie mehr erfahren wollen, gehen Sie ins Historische Museum in der Barfüsserkirche. Würden Sie mal kurz mein Glas halten?«

Ehe Lauer reagieren konnte, hatte der Professor ihm das Sektglas in die Hand gedrückt und war in ein Gespräch mit Regula vertieft. Lauer nahm einen weiteren Schluck aus seinem Glas und schloss für ein, zwei Sekunden die Augen. Zu viel Neues stürzte auf ihn ein. Als er die Augen wieder öffnete, war Regula neben ihn getreten. Der Professor war so schnell verschwunden, wie er aufgetaucht war.

Regula erklärte Lauer, dass die Praxis des Professors nicht viel abwarf, höchstens die Unkosten. Er sei immer noch eine Koryphäe auf seinem Gebiet, seine wenigen Patienten, alles Stammpatienten, betreue er aber eher aus nostalgischen Gefühlen. Er sei ein Heiliger, berate seine

Patienten stundenlang und rechne nur eine Viertelstunde ab. Sie kam richtig ins Schwärmen.

»Jetzt mach mal halblang«, unterbrach Theresa ihre Mutter und Lauer spürte zum ersten Mal bei der jungen Frau einen eigenen Willen aufblitzen. »Dem Professor fällt doch sonst zu Hause die Decke auf den Kopf. Seine Praxis hier auf dem Heuberg ist ein Rückzugsort.«

Lauer beendete den Disput mit einem weiteren Trinkspruch.

»Auf die Verlobung unserer Kinder!«

zweiundvierzig

Nach dem Sektempfang wurde Lauer sich selbst überlassen. Fabian brachte ihn ins Hotel *Rochat*. Lauer war müde, er legte sich hin, war aber so aufgewühlt, dass er keine Ruhe fand. So nahm er sich von der Auslage neben der Rezeption einen Stadtplan von Basel, schaffte es, mit Hilfe des Plans zum Basler Münster zu kommen. Das Münster mit seinem roten Sandstein und den bunten Ziegeln, seinen beiden schlanken Kirchtürmen – das Wahrzeichen der Stadt. Mit der Münsterfähre überquerte er den Rhein, wechselte von Großbasel, dem Basel der Reichen, nach Kleinbasel, dem Basel der kleinen Leute. Er schlenderte, wie Fabian es ihm erklärt hatte, am Rhein entlang, bis er auf das Museum Tinguely stieß. Er erinnerte sich an den Tinguely-Brunnen mit seinen zehn maschinellen Skulpturen, mit dem »Spritzer«, dem »Suuser«, dem »Querpfyffer«, dem »Wäädel« und all den anderen. Was hatten ihn die mit Schwachstrom betriebenen, wasserspeienden Maschinen bei einem früheren Besuch in Basel fasziniert! Und auch jetzt im Museum des Jean Tinguely, des Eisenplastikers aus Basel-Gundeldingen, gefielen ihm die großen, beweglichen Maschinen am besten.

»Kreativer Umgang mit dem Industriematerial. Zeitgemäßer künstlerischer Ausdruck des Maschinenzeitalters, Kritik an der Gleichförmigkeit industrieller Vorgänge.«

Über die Beschreibung im Museumsführer konnte er nur lächeln. Er hatte einfach Spaß an den unnützen Apparaturen.

Richtig beeindruckt war Lauer von der Sonderausstellung, die von Mitte Oktober 2010 bis Ende Januar 2011 im Museum zu sehen war. »Under Destruction«, das Motto. Rund zwanzig jüngere Künstler präsentierten Objekte, die zeigten, was Zerstörung in der Kunst heute bedeuten konnte. Zwei Autos, die frontal zusammenstoßen, aber nicht mit Schmackes, sondern ganz, ganz langsam, Millimeter für Millimeter, sodass sich der Zusammenstoß über drei Monate hinzog. Ein Bodenbelag aus Gipskartonplatten, der aber nur zum Teil unterfüttert war. Dort, wo er es nicht war, brach der Boden stückchenwiese ein, wenn die Besucher darübergingen. Der »Tumble Room«, ein Raum, der sich wie ein riesiger Wäschetrockner drehte, wodurch das Mobiliar langsam aber sicher zu Bruch ging. Die Porträtserie eines Radiergummis, der jeweils zum Ausradieren des vorangehenden Porträts verwendet wurde und sich so selbst entmaterialisierte. Eine stille, poetische Arbeit, die sich Lauer lange anschaute. Sein Lieblingsexponat, entschied er. »Under Destruction«? Hatte er selbst es nicht tagtäglich mit Zerstörung zu tun? Gehörte es nicht zu seinem Alltag, »zerstörte« Körper in Augenschein zu nehmen, das Ausmaß der Zerstörung zu dokumentieren? Spuren zu finden, die zum Verursacher dieser »Zerstörung« führten? Von den seelischen Zerstörungen ganz zu schweigen.

Für einen Abstecher in die Barfüsserkirche war es noch nicht zu spät, obwohl sich Lauer lieber auf seinem Bett im *Rochat* ausgestreckt hätte. Aber die Worte des Professors hatten ihn doch zu neugierig gemacht und er wollte das Rätsel des Geistes vom Heuberg lüften. »In der Fremde. Migration seit der Frühen Neuzeit« war die Ausstellung betitelt und Lauer musste nicht lange suchen, bis er das »Bildnis des David Joris« von einem unbekannten friesischen Meister aus dem 16. Jahrhundert fand. Der Porträtierte mit prachtvollem, rotem Mantel vor einer Landschaftskulisse des biblischen Jerusalems und mit Figuren und Szenen aus der Geschichte des barmherzigen Samariters. Ein Mildtäter, der die Nächstenliebe hochhielt. Dieser Mann, der sich Johann von Brügge nannte und sich als verfolgter Glaubensflüchtling ausgab, kam 1544 mit zahlreicher Gefolgschaft nach Basel und erbat das Bürgerrecht. Es war die Zeit der Glaubenskriege, Misstrauen gegenüber Fremden und ihrem religiösen Bekenntnis war üblich. Aber in der Handelsstadt Basel war man aus wirtschaftlichen Überlegungen heraus nicht so eifernd und kritisch wie in vielen anderen Städten. Wer ein genügend großes Vermögen mitbrachte, wurde gerne aufgenommen. Johann von Brügge lebte auf großem Fuß in Basel als angesehener Mann. Im Augenblick seines Todes soll im Dach des Hauses am Heuberg der Blitz eingeschlagen haben. Die Bombe platzte erst zwei Jahre nach seinem Tod, als er von ehemaligen Gefolgsleuten enttarnt wurde. Es wurde bekannt, dass es sich bei Johann von Brügge eigentlich um David Joris handelte, ein als Ketzer verfolgter Wiedertäufer, der aus den Niederlanden geflohen war. Hartnäckig hielt sich das Gerücht, Joris sei nach seinem Tode einbalsamiert und heimlich nach Holland geschafft worden, wo sein Leichnam das Objekt endloser Verehrung sei. An seiner statt sei ein toter Hund im Sarg beigesetzt worden. Als man das Grab öffnete, stellten sich die Gerüchte lediglich als ebensolche heraus, denn der Herr von Brügge lag noch immer so im Sarg, wie man ihn hineingelegt hatte. Die Basler Obrigkeit strengte einen Prozess gegen den Toten an, befand ihn für schuldig, ließ den halb verwesten Leichnam mit seinen Büchern und einem Bildnis von Joris öffentlich verbrennen. In der Zeit, nachdem man seiner Leiche so übel mitgespielt hatte, soll Joris, so die Gerüchte, begonnen haben zu spuken. Begleitet von zwei schwarzen Doggen sei er noch im

19. Jahrhundert durch die Räume seines alten Anwesens gewandelt. Kurioserweise habe er dabei seinen Kopf unter dem Arm getragen, obwohl er eines natürlichen Todes ohne Enthauptung gestorben war.

Rechtschaffen müde und schon im Dunklen kam er ins Hotel zurück, nachdem er unterwegs kurz vor dem *Rochat* in der Gaststätte *Harmonie* eingekehrt war, drei Wein getrunken, diese winzigen »Einerli«, und ein Brot mit rohem Schinken und eingelegten Gurken verspeist hatte. Ohne sich auszuziehen fiel er auf sein Bett und war sofort eingeschlafen.

Was machte er sich über Fabian Gedanken? Der war mit sich im Reinen. Der ging seinen Weg.

Anstatt an Fabians Glück herumzukritteln, sollte ich mir besser über mein eigenes Leben Gedanken machen, sagte sich Lauer. Mein eigenes verkorkstes Leben.

Lauers bisheriges Leben? Hatte er es nicht besinnungslos gelebt? Ohne anzuhalten? Ohne Luft zu holen? Was hatte er denn erreicht? Schlagartig überfiel ihn der Gedanke. Lauer konnte sich nicht mehr bewegen, nahm den blauen Himmel über sich nicht mehr wahr, hörte nicht die quietschenden Kinderstimmen, die von draußen ins Aquarium wehten wie Wellen, die ihn vorhin noch beinahe überspült hätten. Was war denn sein Leben? Hatte es denn irgendeinen Nutzen? Einen Wert? Endlich streckte er die Hand aus, fühlte die Kälte des Weinglases, führte es an seine Lippen, nahm einen tiefen Schluck. Fendant. Genau! So hieß der Gutedel in der Schweiz.

Überhaupt. Der Schweizer Dialekt. Zu behaupten, Lauer hätte die Hälfte von dem verstanden, was um ihn herum geredet wurde, wäre eine vermessene Übertreibung. Gut, wenn er direkt angesprochen wurde, konnte er meist folgen, aber wenn sie sich untereinander unterhielten ... Lauer nickte einfach, wenn er nicht so genau verstand, was gesagt wurde, rettete sich in Floskeln, »selten«, »wie man so sagt«, »kommt drauf an«. Stereotype Antworten, die bei jeder Konversation passten. »Da Gianni«, so hieß der bodenständige Italiener, in dem die Verlobungsfeier am Samstagabend stattfand, direkt am Rhein gelegen, nicht zu verwechseln mit dem Gourmettempel in den Mannheimer Quadraten. »Italienisches Spezialitätenrestaurant« stand über dem Eingang. Und »Original Holzofenpizza«. 40 Personen waren eingeladen. In der Mehrzahl Verwandtschaft. Theresas Bruder mit Frau und drei Kindern, allesamt wohlerzogen und höflich. Theresas flippige Schwester, frisch geschieden mit neuer Flamme, zwei Opas, beide uralt und wacklig, Cousinen, Cousins, Onkel, Tanten. Dazu zwei Freundinnen Theresas, die sie schon aus dem Kindergarten kannte. Als Vorspeise gab es eine Variation von Früchten des Meeres, Muscheln, Krebse, Tintenfische, Scampi, verschiedene Fischsorten, alles roh. Lauer hatte Mühe, es hinunterzubekommen. Als Pfälzer war seine Liebe zum Meeresgetier nicht sonderlich ausgeprägt. Dafür schmeckte der Weißwein, der dazu gereicht wurde, ein Roero Arneis aus dem Piemont. Lauer ließ sich öfter nachschenken. Im Locanda, seinem Lieblingsitaliener am Karlsstern im Käfertaler Wald, wählte Lauer, nachdem der Kellner die Tagesempfehlungen heruntergebetet hatte, immer den Rucolasalat mit geraspeltem Parmesan als Vorspeise. Beim Verlobungshauptgang konnte man wählen, Dorade oder Wildschweinbraten. Zur großen Überraschung seines Sohnes entschied sich Lauer für den Fisch.

»Alle Achtung, Leo«, rief ihm Fabian über den Tisch zu.

Als der Fisch dann serviert wurde, beneidete er Fabian um den Wildschweinbraten, der wirklich verlockend aussah und auch so duftete. Zum Hauptgang gab es einen leichten Nebbiolo aus der Langhe, der auch hervorragend zum Fisch passte. Die Dorade war vorzüglich, keine Frage, aber Lauer hätte liebend gerne mit einer Holzofenpizza, die zwei Tische weiter serviert wurde, getauscht. Wie die Pizza, die er im Locanda immer bestellte, nur mit Tomaten und Mozzarella belegt, dann, wenn sie aus dem Ofen gekommen war, noch reichlich Parmaschinken darauf. Lauer lief das Wasser im Mund zusammen. Köstlich.

Beim Abschied weit nach Mitternacht hatte Regula ihn lange mit beiden Armen gedrückt und Lauer konnte die Umarmung nur einseitig erwidern, da er in der anderen Hand das Böcklifell halten musste.

»Du hast einen wunderbaren Sohn«, hatte sie ihm ins Ohr gesagt. Lauer hatte ausnahmsweise jedes Wort verstanden und Tränen waren ihm in die Augen getreten. Zum Glück war in diesem Augenblick das Taxi vorgefahren, das ihn ins Hotel brachte.

Er lag einige Zeit wach in seinem Bett im Hotel *Rochat* ganz in der Nähe des Universitätsspitals, in dem Theresas Bruder Urs als Chefarzt angestellt war. Lauers Kopf war erstaunlich klar, trotz der Unmengen von Roero Arneis und Nebbiolo, die er im Laufe des langen Abends konsumiert hatte, von den beiden Grappa zum Schluss ganz zu schweigen.

»Als Absacker«, hatte Fabian ihm zugerufen und gezwinkert.

Einmal, er hatte keine Ahnung wie spät es inzwischen war, glaubte Lauer ein Geräusch aus dem Hinterhof zu hören. Es klang wie sein Kater, wenn der vor der verschlossenen Schlafzimmertür stand. Dann fielen ihm die Augen zu. Am nächsten Morgen, als er aus dem Fenster schaute, machte er sich Vorwürfe, nicht in der Nacht nachgeschaut zu haben.

Auf dem Pflaster unter ihm lag eine junge Frau im kurzen, weißen Nachthemd, das in der Sonne glitzerte.

Bestimmt Seide, dachte Lauer.

Die langen, blonden Haare und das blütenweiße Nachthemd verliehen dem Anblick etwas engelhaftes, wäre da nicht der Blutfleck um den Kopf gewesen. Lauer war von Polizeisirenen geweckt worden, erst weiter entfernt, dann immer näher kommend. Zum Schluss dachte er, das Polizeiauto rase direkt durch sein Bett. Gerade als er die Frau auf dem Pflaster entdeckte, die Frau, die offensichtlich tot war, wurde die Tür, die zum Hinterhof führte, aufgerissen und mehrere Polizisten in Uniform und in Zivil und zwei Rettungssanitäter stürmten in den Hof. Minuten später war alles abgesperrt, der Notarzt winkte ab und Kriminaltechniker tummelten sich um die Leiche. Blitzlichter flammten auf. Auf dem Balkon im vierten Stock, genau Lauer gegenüber, tauchten ebenfalls Gestalten in weißen Schutzanzügen auf, die mit Pinzetten, dicken Pinseln und Plastiktüten hantierten. Lauer schloss schnell das Fenster und kroch ins Bett zurück. Selbst in Basel, selbst bei der Verlobung seines einzigen Sohnes Fabian ließ ihn dieser Dreck nicht los. Lauer hatte das Gefühl, in ein schwarzes Loch zu fallen. Und dazu lagen ihm die rohen Meeresfrüchte, so fühlte er, nicht einmal halb verdaut im Magen.

Lauer nahm einen weiteren Schluck von der Hausmarke weiß. Das zweite »Einerli« war so gut wie leer.

»Doerf ich mi zu euch an Tisch setze?«

Lauer wunderte sich nicht über das »Euch«, zu überrascht war er, dass er das Schwyzerdeutsch problemlos verstanden hatte. Vielleicht war es aber auch nur eine gemäßigte, weichgespülte Variante. Ein älterer Herr, gut Mitte sechzig, vielleicht auch ein paar Jahre älter, graue Haare, an den Ecken etwas gelichtet, wache, neugierige Augen, hatte seine Hand auf den Stuhl neben Lauer gelegt.

»Aber sicher«, sagte Lauer, »tun Sie sich keinen Zwang an.«

Er wunderte sich auch ein zweites Mal nicht, nämlich dass der Mann sich ausgerechnet zu ihm an den Tisch setzte, obwohl doch die drei anderen Tische im Aquarium unbesetzt waren.

dreiundvierzig

»Äin Tschumpäli vom Fendant, Erkan«, bestellte der Mann, der sich zu Lauer an den Tisch gesetzt hatte. Lauer, der richtig gelegen hatte, ließ sich auch noch einen Weißwein bringen. Tschumpäli, das musste das winzige Glas sein, in dem die Schweizer den Wein im Restaurant konsumierten, ein Deziliter, eine Pfütze bloß, teurer jedoch als ein Viertel in der Pfalz. Lauer hatte es schon lange aufgegeben, sich darüber zu ärgern.

»Geht auf meine Rechnung«, sagte er, als der Mann, der Erkan hieß und dem Kiosk den Namen gab, bei Lauers Gegenüber einen Strich machen wollte.

»Merci«, sagte der Mann und stellte sich vor, aber Lauer verstand den Nachnamen nicht, irgendwas mit U. Er traute sich nicht nachzufragen. Dass der Mann mit Vornamen Peter hieß, das hatte Lauer wenigstens mitbekommen.

»Lauer, Leo Lauer«, sagte er

»Ja, ja, die Schweizer, Leo«, sagte der Mann und wischte sich den Mund ab. Er strengte sich jetzt wirklich an, hochdeutsch zu sprechen.

»Die Schweizer sind anders. Was meint ihr? Ist der Unterschied zwischen einem Bayern und einem Ostfriesen größer als der zwischen einem Schwaben und einem Schweizer?«

Ohne Lauer zu Wort kommen zu lassen, redete der Mann weiter.

»Die Schweizer unterscheiden sich viel stärker. Ihre Umgangsformen sind denen der Asiaten viel verwandter als denen der Deutschen.«

Lauer als Pfälzer versuchte noch hinter den Sinn des soeben Gesagten zu kommen, als Peter schon fortfuhr.

»Die Schweizer haben Gefühle, so erhaben wie ihre Berge. Aber ihre Ansichten der Gesellschaft sind so eng wie ihre Täler.«

Hochphilosophisch, dieses Gespräch, dachte Lauer, wenn das so weitergeht. Und was wollte sein Gegenüber ausdrücken? Doch nicht etwa, dass die Schweizer engstirnig seien?

»Stammt nicht von mir, dieser Spruch«, sagte der Mann. »Auch von keinem Schweizer. Ein Schweizer würde so etwas über seine Landsleute nie sagen. Leider. Ist von einem Landsmann von dir, Leo, der Spruch, Heinrich Heine. Was führt dich nach Basel?«

Und Lauer erzählte von Fabian, von Australien, von Heidschnucken in Magden, von Theresa und Regula, von der Verlobung beim Italiener am Rheinufer, vom Hotel *Rochat*. Und zuletzt von der Frau, die am Morgen in ihrem eigenen Blut im Hinterhof zum Hotel gefunden worden war.

»Eine 24-jährige Lettin«, sagte Peter, »die in der Nacht vom Balkon eines Norwegers in die Tiefe gestürzt ist. Offenbar war die Frau noch längere Zeit am Leben. Warum bemerkte niemand den Todeskampf der Frau?«

Sein Gegenüber war anscheinend gut informiert. Lauer schluckte, die Geräusche, die er im Bett gehört und ignoriert hatte. Die Geräusche, die für ihn nach einem Tier geklungen hatten.

»Der Besitzer des Appartementhauses entdeckte die Frau kurz vor zehn.«

»Appartementhaus?«, fragte Lauer.

»Ja, Appartementhaus, für ein Schweinegeld, siebenhundert Franken pro Woche, kannst du eine voll möblierte Eineinhalb-Zimmer-Wohnung mieten. Inklusive Frühstück und täglichem Zimmerservice. Die Lettin war anscheinend ständiger Gast des seit zwei Wochen im vierten Stock eingemieteten Norwegers. Die junge Frau wurde von Nachbarn regelmäßig in der Kantine des Hauses gesehen, zuletzt am Freitagmorgen. Ob die Frau einen eigenen Schlüssel besaß, wird im Moment geklärt. Im Treppenhaus standen unzählige leere Wein- und Schnapsflaschen. Möglicherweise wurde letzte Nacht eine wilde Party gefeiert.«

Der Mann prostete Lauer zu. Der wunderte sich über das Detailwissen.

»Wie gesagt, vom Balkon des Norwegers stürzte die Frau in die Tiefe. Die Umstände des Sturzes sind noch unklar. Suizid. Unfall. Verbrechen. Alles ist möglich. Die Polizei ermittelt in alle Richtungen.«

Der Mann nahm einen weiteren Schluck. Sein Glas war fast leer.

»Wenn du mich fragst, Mord. Sagt mir meine Intuition.«

»Deine was?«, fragte Lauer.

»Meine Intuition. Jahrelang gehegt und gepflegt. Bis zur Pensionierung. War in Basel Kommissär. Seit einigen Jahren in Pension. Die Kollegen halten mich auf dem Laufenden.«

Lauer war sich im Moment nicht klar, ob er im Falle seines Ruhestandes auf dem Laufenden gehalten werden wollte. Er kam auf die Schnelle zu keinem Ergebnis und nahm sich vor, sich die Frage in Ruhe durch den Kopf gehen zu lassen.

»Jetzt pendle ich zwischen meiner Wohnung in der Mittleren Straße in Basel und dem Elsass hin und her. Dort habe ich ein Häuschen, knappe Stunde von Basel entfernt. Großer Garten, Hühner, himmlische Ruhe.«

»Was sagt deine Frau dazu?«, fragte Lauer, dachte an Hanne und an das Grundstück im Frauenthal. Das

Grundstück mitten im Wald. Der Bach, der sich durch den Garten schlängelt. Das Grundstück knapp eine Stunde von Mannheim entfernt.

»Bin nicht verheiratet«, sagte der alte Kommissär. »Aber meine Freundin ist richtig verrückt nach der Natur. Leider ist sie beruflich viel eingespannt, sie ist um einiges jünger als ich und kann mich nur selten begleiten.«

Der Kommissär bestellte zwei weitere Gläser Weißwein, ein ordentlicher Trinkwein, wie er betonte. Lauer dachte, dass er es etwas langsamer angehen lassen musste, auch wenn die Gläschen nur homöopathische Dosen enthielten, wollte er Erkans Kiosk, besser dessen Aquarium, mit Würde verlassen.

»Und was treibst du so beruflich?«, fragte der Kommissär. »Ein paar Jahre musst du doch noch runterreißen.«

»Leider«, sagte Lauer und beneidete den Basler Kommissär. Um seinen Ruhestand. Um sein Häuschen im Elsass. Und seine Hühner. Um die Freundin, die so kompatibel war.

»Hauptkommissar in Mannheim, quasi ein Kollege von dir.«

Nach allerlei Fachsimpelei war es unvermeidlich, dass die Rede auf den Mord an Bruder Samuel kam.

»Erstochen in einer Kirche, noch dazu in einer katholischen«, sagte der alte Kommissär. »Das hat Stil.«

Es erschloss sich Lauer nicht gleich, was das »noch dazu« zu bedeuten hatte. Er berichtete von den Vermutungen und Spekulationen, die er und seine Kollegen angestellt hatten, vom Stochern im Nebel, vom Bundeskriminalamt, das sein Wissen für sich behalten, das ihnen den Fall weggenommen hatte, er erzählte vom Verdacht der BKA-Kommissarin, dass es sich um

Macht- und Rivalitätskämpfe innerhalb der Rebellenorganisation handeln könnte. Der Kommissär verzog das Gesicht.

»Wenn es um Rivalität geht, wird meist kurzer Prozess gemacht. Ein Loch in die Stirn, aus nächster Nähe. Kurz und knackig. Das Opfer zwingen, sich hinzuknien, dann ein aufgesetzter Schuss in den Nacken. Aber zehn gebrochene Finger, einzeln, einer nach dem anderen und, wie du die Umstände beschreibst, höchstwahrscheinlich nach Eintritt des Todes. Warum sollte sich jemand diese Knochenarbeit aufladen?«

»Knochenarbeit, Knochenjob«, murmelte Lauer vor sich hin.

»Fängst du jetzt an zu jammern über deinen schweren Job? Die Kassiererin im Migros, die macht einen Knochenjob, nicht du!«

»Hast recht«, sagte Lauer, »red weiter!«

»Wenn es um die Ausschaltung des Rivalen geht. Gut, vorher könnte es durchaus sein, dass der Rivale gequält, gefoltert, gedemütigt wird. Aber nachher die Knochen brechen, wenn er schon tot ist, nein, nein. Das passt nicht ins Schema.«

»Wie meinst du das?«, fragte Lauer.

»Wenn ich einen Rivalen ausschalte, mache ich mir nicht diese Mühe. Nein, nein, der Mörder muss eine Wut gehabt haben. Oder er wollte das Opfer bestrafen. Für das, was es mit seinen Fingern getan hat. Vielleicht hat das Opfer einen anderen gequält.«

Der Kommissär stutzte.

»Oder die Mörderin«, sagte er. »Ja, die Tat könnte gut zu einer Frau passen.«

Lauer fiel die Frau ein, die Frau, von der Susanne berichtet hatte. Die Frau, die Frühauf gegenüber die Fasson verloren und Bruder Samuel beschimpft hatte. Dem Kommissär erzählte er davon nichts.

»Interessante Theorie«, sagte er nur. »Da könnte was dran sein.«

Lauer blickte auf seine Uhr. Es ging auf die drei zu. Zeit, zum Bahnhof zu kommen.

Der alte Basler Kommissär winkte Erkan. Der kam mit einer Flasche an, deren Etikett Lauer nicht lesen konnte. Es war keine Weinflasche, so viel stand fest.

»Zum Abschied«, sagte Peter, während Erkan ihm das Weinglas randvoll einschenkte. Lauer legte die Hand auf sein Glas.

»Tue nid so blöd«, sagte der Kommissär.

Lauer zog seine Hand weg. Er roch an dem Glas. Anisschnaps, Raki, ohne Zweifel.

»Wenn du mal in Mannheim bist, melde dich«, verabschiedete sich Lauer, nachdem der Kioskbetreiber mehrere Male nachgeschenkt hatte. Der Kommissar aus Mannheim wäre wegen der Floskel am liebsten im Boden versunken. So wie der alte Kommissär ihn anblickte, wusste Lauer, dass aus einem Besuch nichts werden würde.

»Oder vielleicht mal im Elsass«, rief er, schon im Freien stehend, dem Kommissär zu. »Ich hab ja die Adresse.«

Das ist realistischer, dachte Lauer.

Im Taxi zum Badischen Bahnhof wagte Lauer einen letzten Versuch. Zu seiner Überraschung war Hannes Handy eingeschaltet und er landete bei der Mailbox. Er legte wieder auf. Später im Zug schrieb er Hanne eine SMS und wunderte sich, dass er sich kaum vertippte, trotz Weißwein und Raki, schrieb, dass er auf der Rückfahrt von Basel sei, Verlobungsfeier seines Sohnes Fabian, teilte ihr mit, dass er für das Grundstück im Frauenthal in Hertlingshausen einen Besichtigungstermin ausmachen werde. Wenn sie wolle, könne sie ja mitkommen. Keine fünf Minuten später kam die lapidare Antwort.

»Dass du ständig provozieren musst!«

Zuerst war er nur aufgebracht. Dann las er seine SMS noch einmal durch, ein zweites und ein drittes Mal. Wenn er unvoreingenommen war, wirkte die Formulierung tatsächlich provozierend. Aber nur ein klein wenig. Und mit dem »ständig«, damit war er auf keinen Fall einverstanden. Die zweite SMS, die Lauer im Zug von Basel nach Mannheim erhielt, als er gerade am Eindösen war, war ausführlicher und stammte von seiner Schwester.

»Weihnachten mit Mutter fällt aus. Flugreise auf die Malediven geplant. Mit dem Lover. Dabei ist Mutter noch nie geflogen. Du musst unbedingt mit ihr reden.«

Das würde er garantiert nicht machen, dachte Lauer und war ein zweites Mal überrascht. Da hatte er Wein und Schnaps in Mengen konsumiert und fühlte sich einigermaßen fit. Hoffentlich kam da kein dickes Ende. Bei diesem Gedanken fielen ihm kurz vor Rastatt die Augen zu.

Montag, 15. November 2010

vierundvierzig

Wie er am Bahnhof in Mannheim ausgestiegen und vom Hauptbahnhof nach Hause auf die Rheinau gekommen war, wie er es geschafft hatte, sich auszuziehen und ins Bett zu kriechen, daran hatte Lauer keinerlei Erinnerung. Er erwachte am Montagmorgen kurz vor sechs, noch ehe der Radiowecker sich einschaltete. Die nasse Nase seines Katers in seinem Gesicht und das dröhnende Schnurren im Ohr beendeten den traumlosen Schlaf. Er kraulte den Kater am Hals und legte sich auf die andere Seite. Der Kater versuchte noch einige Male, seine Schnauze auf Lauers Lippen zu drücken, was dieser zu verhindern wusste, indem er sein Gesicht ins Kopfkissen drückte. Schließlich gab der Kater nach und rollte sich am Fußteil des Bettes zusammen. Eine halbe Stunde später stand der Kater an der offenen Schlafzimmertür und schrie.

Der Ruf des Hungers, dachte Lauer und rappelte sich auf. Schon als er den Kopf nur wenige Zentimeter anhob, fuhr ihm ein stechender Schmerz in die Schläfen. Er ignorierte den Schmerz, schlug das Deckbett zurück und setzte den linken Fuß auf die Holzdielen. Nicht, dass er abergläubisch gewesen wäre, aber Lauer stand immer mit dem linken Fuß zuerst auf. Der Fuß knickte weg und Lauer hatte Schwierigkeiten, das Gleichgewicht zu halten. Er taumelte, mussten sich festhalten. Kaum schaffte er es zur Küchentür. Er drückte die Tür auf, hielt sich am Griff des Kühlschranks fest, angelte die angefangene Dose heraus und füllte den Napf des Katers. Dann machte er sich vorsichtig auf den Weg ins Bad, suchte nach einer Paracetamol im Spiegelschrank, schluckte die Tablette und spülte mit Leitungswasser nach. Er ließ sich zu Boden sinken, lehnte sich an den Unterschrank des Waschbeckens an und schloss die Augen. Er konzentrierte sich auf den Schmerz in seinem Kopf. Die vielen Gläser Weißwein fielen ihm ein, der süffige Fendant aus dem Wallis, der Raki, den Erkan immer wieder nachgeschenkt hatte. Was hatte Lauer gelästert über die winzigen Weingläser in der Schweiz, die »Einerli«. Wenn man sie nur oft genug leerte, konnte man auch davon einen Kater bekommen. Und was für einen. Nach einigen Minuten, die ihm wie eine Ewigkeit vorgekommen waren, kroch er zurück ins Bett und schlief sofort ein. Um kurz nach zehn erwachte er. Die Schmerzen waren noch da, aber merklich gedämpft. Er holte sich das Telefon vom Flur, jetzt im aufrechten Gang, wacklig zwar, aber immerhin, und rief im Präsidium an. Er sagte Frau Werner, dass er sich nicht wohlfühle, dass er nicht kommen könne, Magenprobleme, fügte er hinzu, obwohl er wusste, dass er keinen Grund für sein Fehlen angeben musste. Es kam äußerst selten vor, dass Lauer fehlte, aber wenn, hatte er stets ein schlechtes Gewissen. Nach dem Telefonat fiel er ins Kissen zurück und schlief wieder ein.

Es war später Nachmittag, als er erwachte. Während er wartete, dass das Wasser kochte, trank er zwei Gläser Leitungswasser aus und hatte immer noch das Gefühl, durstig zu sein. Er kippte eine Hühnerbrühe aus der Tüte in kochendes Wasser und löffelte einen Teller aus. Dazu aß er ein trockenes Stück Brot, das er vorher in den Toaster geschoben hatte. Danach ging es ihm besser. Die Kopfschmerzen waren noch latent da, aber sie hatten sich in den Hintergrund geschoben und wirkten nicht mehr so aufdringlich wie am Morgen. An den Rhein-Neckar-

Anzeiger verschwendete er keinen einzigen Gedanken. So blieb die Zeitung im Briefkasten liegen und musste sich am nächsten Morgen den Platz mit der Dienstagsausgabe teilen. Lauer erfuhr nichts von den aktuellen Entwicklungen im Fall des toten Ruanders. Er erfuhr nicht, dass der Stellvertreter von Bruder Samuel wegen dringenden Tatverdachts festgenommen worden war. Vorwurf: Mord an Samuel I. Mutmaßliches Motiv: Macht- und Konkurrenzkämpfe innerhalb der ruandischen Rebellenorganisation. Er erfuhr nicht, dass in mehreren deutschen Städten Razzien und Hausdurchsuchungen bei Unterstützern der FDLR stattgefunden hatten. All das erfuhr er erst am nächsten Morgen.

Lauer stellte den Teller in die Spüle. Wo war eigentlich sein Handy? Er fand es auf der Kommode im Flur. Dort legte er es immer ab, wenn er seine Wohnung betrat. Dass er es gestern am frühen Abend da hingelegt hatte, daran konnte er sich nicht erinnern. Er wollte es einschalten, nur ein blauer Bildschirm mit dem Hinweis »Akku schwach. Bitte aufladen«. Den OK-Button konnte er nicht drücken, denn das Handy schaltete sich aus. Da er das Ladekabel nicht fand, legte er das Handy auf die Kommode zurück und erfuhr nicht, dass Susanne ihn im Laufe des Vormittags zwölf Mal versucht hatte, anzurufen, ihm drei Nachrichten auf die Mailbox gesprochen und ihm fünf SMS geschickt hatte. So erfuhr Lauer nichts vom turbulenten Verlauf der morgendlichen Dienstbesprechung, erfuhr nicht, dass Clement noch immer nicht den Dienst angetreten hatte, erfuhr nichts vom Ergebnis der DNA-Analyse von Frau Ellie, war nicht informiert über den Ausraster der Frau vom BKA, wusste nicht, dass Gernhardt Susanne in den Rücken gefallen war, dass Faulhaber Susanne vor der ganzen Mannschaft gemaßregelt hatte. All diese Informationen erhielt er erst am nächsten Morgen.

Nach einer weiteren Runde Schlaf erwachte Lauer, als es draußen längst dunkel war. Es war schon nach 21 Uhr. Das Ladekabel lag doch in der Schublade der Flurkommode, wo es auch hingehörte. Warum nur hatte er es am Vormittag nicht gesehen? Er stöpselte sein Handy an, ohne es vorher einzuschalten, aß einen weiteren Teller Hühnersuppe, der ihm sogar schmeckte, und trank drei Gläser Leitungswasser. Seit sein Vermieter im letzten Jahr die Wasserleitungen hatte erneuern lassen, schmeckte das Mannheimer Trinkwasser noch köstlicher. Bei dem Gedanken an ein Glas Wein musste er sich schütteln. Er schaute auf die Uhr. Das Heute-Journal fing gerade an. Er setzte sich ins Wohnzimmer und schaltete den Fernseher ein. Dass die CDU trotz des Ärgers an der Basis über Schwarz-Gelb zu ihrer Parteichefin Angela Merkel stand, bekam er noch mit. Auch dass die Kanzlerin die Grünen heftig attackierte, drang noch zu ihm durch. Dass die CDU Abschied von der Wehrpflicht nahm, dass die Bundeswehr in Afghanistan in der Region um Kundus zu einer Offensive gegen die Taliban gestartet war, das alles bekam er nicht mehr mit. Die Augen fielen ihm nach wenigen Minuten zu. Dass es auch am 16.11. regnen würde, dass die Temperatur um die sieben Grad betragen werde und dass Wind aus nordöstlicher Richtung angekündigt wurde, diese Informationen nahm er dann wieder auf. Er schaltete den Fernseher aus und ging zu Bett. Die Schmerzen im Kopf waren verschwunden.

fünfundvierzig

Schlag der Bundesanwaltschaft gegen ruandische Hutu-Miliz

Karlsruhe - Der Bundesanwaltschaft ist mit Festnahmen in Baden-Württemberg und Nordrhein-Westfalen ein Schlag gegen die im Kongo agierende ruandische Hutu-Miliz FDLR gelungen. Der Generalbundesanwalt ließ am Samstag in Esslingen, Bonn und Köln vier mutmaßliche FDLR-Mitglieder verhaften, wie die Bundesanwaltschaft am Sonntag in Karlsruhe mitteilte.

Bizimani M. wurde in Esslingen verhaftet. Er gilt als Vizepräsident der FDLR (Demokratische Kräfte zur Befreiung Ruandas) und Stellvertreter des am 3. November in der Sankt-Peter-und-Paul-Kirche in Mannheim-Feudenheim ermordeten Samuel I. (Diese Zeitung berichtete bereits mehrmals darüber).

Der Generalbundesanwalt legte Fakten vor, die belegen sollen, dass Samuel I. als Präsident der FDLR von Mannheim aus die Hutu-Rebellenorganisation führte. Bizimani M. steht unter dem Verdacht, Samuel I. erstochen zu haben. Als Motiv nennt der Generalbundesanwalt Machtkämpfe innerhalb der Terrororganisation. Die Verteidiger betonen die Unschuld ihres Mandanten, der sich zur Tatzeit nicht in Mannheim aufgehalten habe. Von der Bundesanwaltschaft war bisher dazu keine Stellungnahme zu erhalten.

Damit scheint der Mord an Samuel I., der in Mannheim lebte und dort eine Frau und zwei kleine Kinder hinterließ, kurz vor der Auflösung zu stehen. Den Fall hatte letzten Mittwoch das BKA übernommen, nachdem es der Mannheimer Kripo nicht gelungen war, einen Ermittlungserfolg vorzuweisen. Dabei war es auch zu einigen Pannen gekommen. Insbesondere für den missratenen Einsatz eines Sondereinsatzkommandos auf der Vogelstang (diese Zeitung berichtete darüber) hat die Polizeiführung in Mannheim bisher keine plausible Erklärung liefern können. Der verantwortliche Einsatzleiter ist nach wie vor nicht zum Dienst erschienen. Auch dazu schweigt sich die Mannheimer Polizeiführung aus.

Bei den drei anderen Festgenommenen handelt es sich laut Anklagebehörde um den 47-jährigen Innocent P., den 40-jährigen Felicien D. und den 68-jährigen Jean Pascal V. Alle drei sind deutsche Staatsangehörige. Die Männer stehen dringend im Verdacht der Beihilfe zum Verstoß gegen das Völkerstrafrecht und der Mitgliedschaft und der Unterstützung einer ausländischen terroristischen Vereinigung. Der paramilitärischen Miliz werden gezielte Tötungen und Vergewaltigungen von Zivilpersonen im Ostkongo sowie Brandschatzungen zur Last gelegt. Den Beschuldigten wird vorgeworfen, dem ermordeten Präsidenten der Hutu-Milizen bei der Begehung von Kriegsverbrechen und Verbrechen gegen die Menschlichkeit behilflich gewesen zu sein. Die Verdachtsmomente ergeben sich aus mehreren Unterstützungshandlungen, die im Rahmen von Finanzermittlungen des Bundeskriminalamtes sowie der Auswertung von Telekommunikationsüberwachungsmaßnahmen festgestellt wurden. Die in Untersuchungshaft genommenen Personen sollen die Öffentlichkeits- und Propagandaarbeit der FDLR übernommen und die Miliz finanziell unterstützt haben. Sie hätten insbesondere daran mitgewirkt, Presseerklärungen der FDLR inhaltlich und technisch zu gestalten und zu verbreiten. Außerdem sollen sie technische und gestalterische Unterstützung bei der Erstellung und Pflege der FDLR-Homepage geleistet haben. Ihnen wird vorgeworfen, dem Führer der FDLR, Samuel I., entweder direkt oder indirekt Geldmittel für dessen Telekommunikation mit den in der Demokratischen Republik Kongo agierenden Milizen der FDLR zur Verfügung gestellt zu haben.

Den Angaben zufolge waren an dem Einsatz am Mittwoch in 13 deutschen Städten, darunter München, Hamburg, Frankfurt und Köln, 150 Polizeibeamte beteiligt im Rahmen einer neugebildeten »Ermittlungsgruppe FDLR« des BKA mit Unterstützung von Landeskriminalämtern. Die Beschuldigten wurden dem Ermittlungsrichter des Bundesgerichtshofs vorgeführt, der ihnen die Haftbefehle eröffnete und den Vollzug der Untersuchungshaft anordnete, so die Bundesanwaltschaft.

han

Aus: Rhein-Neckar-Anzeiger vom 15.11.2010, Seite 1

Dienstag, 16. November 2010

sechsundvierzig

Die Sechs-Uhr-Nachrichten waren noch nicht zu Ende, als Lauer schon bei Susanne anrief. Er hatte die diversen SMS gesichtet, die Susanne ihm am Vortag geschickt hatte. Dass auf dem Bundesparteitag der CDU in Karlsruhe Angela Merkel einen leichten Dämpfer bekommen hatte, dass die Wolken tief hingen, ein Ende der Regenzeit aber in Sicht war, bekam Lauer nicht mit.

Er verabredete sich mit Susanne für Viertel nach sieben in seinem Büro. Dann stellte er sich unter die Dusche, trank einen Espresso im Stehen, was gar nicht seiner Gewohnheit entsprach, weder Espresso zum Frühstück noch im Stehen, biss in ein Leberwurstbrot und überflog die Montags- und Dienstagsausgabe des Rhein-Neckar-Anzeigers. Der Bericht über die Verhaftungen des angeblichen Mörders von Bruder Samuel und der drei FDLR-Unterstützer ließ ihn schmunzeln. Mannheim war sicher keine Metropole wie Berlin, München oder Hamburg, ein wenig provinziell, keine Frage, aber blöd waren sie hier trotzdem nicht. In der Dienstagsausgabe fand er eine kleine Notiz, aus der hervorging, dass der Mordvorwurf gegen Bizimane Muhozi fallengelassen worden war, der Generalbundesanwalt jedoch am Haftbefehl festhielt. Kurz vor sieben Uhr verließ Lauer seine Wohnung auf der Rheinau. Zehn nach sieben stand er vor seinem Büro. Susanne erwartete ihn schon. Sie machte keinen sehr selbstbewussten Eindruck.

Die Dienstbesprechung am Montag, so Susanne, war turbulent verlaufen. Clement war noch immer nicht zum Dienst erschienen. Zuerst hatte Ricarda Rode ihren Auftritt. Sie berichtete in groben Zügen von den »Ermittlungserfolgen« des Wochenendes, wie sie es nannte, hielt sich jedoch, was konkrete Ergebnisse anging, bedeckt.

»Ein arroganter Tonfall. Selbstgefällig. Die tat, als ob sie den Mord an Samuel Imanayarakoze im Alleingang gelöst hätte. Und Hellmann saß wieder weit hinten und hat kein Wort gesagt.«

Polizeioberrat Schweglers zustimmendes Nicken. Kollege Gernhardt, der der BKA-Beamtin an den Lippen geklebt habe.

»Sein ständiges Nicken. Nicht zu ertragen. Dabei ist der Kerl auch noch am Morgen aus dem Auto der BKA-Tussi gestiegen.«

Lauer verkniff sich die Bemerkung, die ihm auf der Zunge lag. Als Susanne dann das Ergebnis der DNA-Analyse, die am Montagmorgen auf ihrem Schreibtisch gelegen hatte, vortrug, geriet die Dienstbesprechung minutenlang außer Kontrolle. Den Anruf der Verwaltungsangestellten der Uni Marburg kurz vor der Dienstbesprechung verschwieg sie. Jetzt war es amtlich. Es gab keine Elie Amsini Kisiraya, die in Marburg Medizin studiert hatte. Alle schrien wild durcheinander, Ricarda Rode lief rot an, und Schwegler stand vorne und fuchtelte hektisch mit den Armen. Die DNA, die am Tatort an der Leiche sichergestellt worden war, war identisch mit der DNA von Elie Amsini Kisiraya. Die Fragen, die Ricarda Rode stellte, als endlich wieder Ruhe eingekehrt war, prasselten wie Peitschenhiebe auf Susanne nieder.

»Warum weiß ich als leitende Ermittlerin in dem Fall nichts von der Existenz dieser Frau? Warum ermitteln Sie hinter meinem Rücken? Warum wurde die Frau nicht in Gewahrsam behalten? Wo befindet sie sich in diesem Moment?«

Die erste Frage ignorierte Susanne. Sie bestritt, hinter irgendeinem Rücken zu ermitteln. Zur Frage nach dem Gewahrsam wollte Susanne die Rechtslage erläutern, doch Schwegler unterbrach sie, gerade als sie das Wort Grenzüberschreitungsbescheinigung ausgesprochen hatte.

»Solche Detailinfos sprengen den Rahmen unserer Dienstbesprechung. Ich unterbreche an dieser Stelle unsere Zusammenkunft und werde mich mit Frau Hauptkommissarin Rode über das weitere Vorgehen beraten. Halten Sie sich bitte alle bereit. Bei der Weiterführung unserer Unterredung erwarte ich Fakten zum Aufenthaltsort der gesuchten Frau.«

Die Fakten, die Meyers, Meißner und Susanne herausfanden, riefen keine Begeisterung hervor. Eine Elie Amsini Kisiraya hatte sich am Freitagabend auf dem Flughafen in Frankfurt am Main eingecheckt. Ein Flug der Ethiopian Air, Abflug um 22:05 Uhr. Zwischenlandung am Samstagmorgen um 6:15 Uhr in Adis Abeba, Äthiopien, gut drei Stunden Aufenthalt, Weiterflug um 9:30 Uhr, schließlich Landung in Kinshasa um 11:40 Uhr. Auf die Schnelle war nicht zu ermitteln, ob Miss Elie das Flugzeug in Adis Abeba wirklich betreten hatte. Dass sie in Frankfurt zugestiegen war, erschien zweifelsfrei.

Meyers unternahm einen eher gelangweilten Versuch und gab Miss Elies Namen in den Computer ein. Nach wenigen Minuten rief sie: »Bingo!«

Elie Amsini Kisiraya, die wirkliche Miss Elie, war am 10. Mai 2009 bei dem Massaker der Hutu-Rebellen in der Nähe von Busurungi getötet worden.

»Ich hätte besser nicht auf Leo gehört«, sagte Susanne zu Irene Meyers, als sie zum zweiten Mal an diesem Montagmorgen das Besprechungszimmer betraten.

»Wie konnten Sie nur so dilettantisch vorgehen?«, fragte Schwegler.

Susanne schwieg. Ricarda Rode, die wieder auf Clements Stuhl saß, fuhr sich mit der Hand mehrmals über die Stirn. Gernhardt schüttelte pausenlos den Kopf.

»Sie haben Ihre Kompetenzen überschritten!«, sagte Schwegler eine Spur zu leise. »Weit überschritten. Das wird Konsequenzen haben. Ich werde den Polizeipräsidenten in Kenntnis setzen.«

»Und, hat es schon Konsequenzen gegeben?«, fragte Lauer einen Tag später am Dienstagmorgen.

»Bis jetzt noch nicht«, sagte Susanne. »Aber du weißt ja selbst, wie langsam die Mühlen unserer Vorgesetzten mahlen.«

»Du musst dir keine Vorwürfe machen, Susanne. Ich hätte genauso gehandelt. Nach dem Gespräch mit Miss Elie bestand keinerlei Handlungsbedarf. Und ich selbst habe dir ja noch den Rat gegeben, dein Wissen für dich zu behalten.«

Lauer wäre am liebsten aufgestanden und hätte die junge Kollegin in den Arm genommen. Er traute sich nicht. Stattdessen erzählte er von seiner Begegnung mit dem pensionierten Basler Kommissär.

»Knochenarbeit. Das war sein Wort«, sagte er. »Jemand wollte sich an Bruder Samuel rächen. Für etwas, was der zu verantworten hat. Es geht um Emotionen, Susanne. Nicht um Machtkämpfe.«

Meißner betrat das Büro. Er strahlte.

»Ich hoffe, ihr hattet ein tolles Wochenende.«

Lauer und Susanne sahen sich an. Es klopfte. Frau Werner streckte den Kopf herein.

»Sie wissen, wie spät es ist? Die Dienstbesprechung fängt gerade in diesem Moment an.«

Lauer schaute auf die Uhr. Das Telefon klingelte. Es war genau halb neun Uhr. Er nahm den Hörer ab.

»Ja, ja, wir kommen, wir beeilen uns, ja«, sagte er schließlich und legte auf.

»Frau Marino«, informierte Lauer seine Kollegen. »Der Mann vom Fahndungsbild treibt sich angeblich vor dem Haus herum, in dem Chantal Paulus und Holger Krück 1999 ermordet wurden.«

siebenundvierzig

Susannes Vorschlag, ein Sondereinsatzkommando anzufordern, wurde schnell verworfen.

»Viel zu vage, der Verdacht«, sagte Lauer. »Wir würden wie die Volltrottel dastehen, wenn es sich um die Hirngespinste einer alten Frau handelt.«

Das sah Susanne ein. Meißner forderte wenigstens Verstärkung bei der Einsatzzentrale an.

»Zwei Streifenwagen werden uns unterstützen«, sagte Meißner. »Falls das nötig ist.«

Die Fahrt nach Sandhofen verlief danach schweigend. Bis auf einen Anruf von Irene Meyers, die Lauer mitteilte, dass sie verschlafen hatte.

Als sie in Sandhofen ankamen, standen zwei Streifenpolizisten neben ihrem Fahrzeug und rauchten. Lauer begrüßte die Kollegen, die dem Polizeirevier Sandhofen zugeteilt waren.

»Alles ruhig«, sagte der jüngere der beiden und schnipste seinen Zigarettenstummel weg. Ein Fenster im Nebenhaus öffnete sich. Frau Marinos Oberkörper erschien, sie beugte sich vor, schaute nach unten, entdeckte Lauer und winkte ihm zu.

»Er ist im Haus«, rief sie mit vorgehaltener Hand. Es sah verschwörerisch aus, aber trotz der vorgehaltenen Hand war die Stimme Frau Marinos laut und durchdringend. Selbst ein schwerhöriger Eindringling würde gewarnt werden. Susanne legte den Zeigefinger auf die Lippen und Frau Marino nickte übertrieben und deutete auf die Wohnungstür. Frau Marino verschwand vom Fenster. Susanne klingelte am untersten Klingelschild und der Türsummer ertönte nach wenigen Augenblicken. Susanne drückte die Eingangstür auf und fixierte sie mit einem Holzkeil, der im Flur lag. Der zweite Streifenwagen rollte vor das Haus. Polizeimeisterin Gundinger und ihr Kollege Hauschild stiegen aus. Meißner rief die Streifenpolizisten zusammen, erklärte die Situation, unaufgeregt, eher tiefstapelnd, erkundigte sich nach dem Hinterausgang, ja, es gab eine Tür, die zum Hinterhof führte. Meißner schickte die Sandhofer Kollegen in den Hinterhof, Gundinger und Hauschild sollten die Eingangstür im Auge behalten.

»Niemand verlässt das Haus ohne Ausweiskontrolle«, sagte Meißner und gab den Kollegen einen Ausdruck des Phantombildes.

»Diesen Mann suchen wir.«

»Und wie gehen wir vor?«, fragte Susanne.

»Zwei Möglichkeiten«, sagte Meißner. »Bei der ersten pokern wir. Wir gehen hoch zu der Wohnung, in der die Frau gelebt hat.«

»3. OG, rechte Wohnung«, sagte Lauer.

»Genau. Täter kehrt an den Ort des Verbrechens zurück.«

»Bloß, dass da längst andere Mieter eingezogen sind und nichts mehr an die Mordtat erinnern wird«, wandte Susanne ein.

»Oder«, ließ sich Meißner nicht beirren, »wir gehen systematisch vor, gehen von unten nach oben, klingeln an allen Wohnungen.«

»Die zweite Möglichkeit erscheint mir seriöser«, sagte Susanne.

Im Erdgeschoss rechts öffnete ihnen ein alter Mann, der sich die Hand ans Ohr hielt und dessen einzige Lautäußerung in der Silbe »Äähh« bestand. Ob er ihre Dienstausweise lesen konnte, bezweifelte Susanne, da er seine Brille, wie auch das Hörgerät, offensichtlich vergessen oder verlegt hatte. Lauer betrat kurzerhand die Wohnung, warf einen Blick in Küche, Bad, Wohn- und Schlafzimmer, keine Spur von dem Gesuchten. Nur eine Frau, von der Lauer nur das gelbe, runzlige Gesicht zu sehen bekam, lag im Bett und hatte die Augen geschlossen. Die Frau bemerkte nicht, dass jemand das Zimmer betreten hatte.

»Nichts«, sagte Lauer und klingelte an der Tür im Erdgeschoss rechts. Die Hausmeisterwohnung, wie sich herausstellte. Der Hausmeister war nicht da, aber seine Frau erwies sich als auskunftsfreudig und gut informiert. Nein, sie habe keinen Unbekannten bemerkt, der in der letzten halben Stunde das Haus betreten habe. Ja, sie könne ihnen Auskunft geben, in welchen Wohnungen niemand da sei. Selbstverständlich habe ihr Mann einen Generalschlüssel. Nein, sie habe keine Probleme, diesen den Polizisten auszuhändigen. Sie sei da eher unbürokratisch.

Dreißig Minuten später waren alle Wohnungen inspiziert, ohne Erfolg. Ein junger Mann im vierten Stock wollte sie anfangs nicht hereinlassen. Der Geruch, der aus der Wohnung wehte, war eindeutig. Erst Susannes Einwand, es ginge um eine Morduntersuchung, sie ermittelten nicht wegen Drogen, stimmte den jungen Mann um.

»Was jetzt?«, fragte Susanne, als sie wieder vor dem Haus standen und die beiden Streifenwagen weggeschickt hatten. Frau Marino stand wieder am Fenster und winkte ihnen. Lauer brachte es nicht über das Herz, die alte Frau einfach stehenzulassen. Also stattete er ihr einen Kurzbesuch ab, während Susanne und Meißner im Auto warteten. Frau Marino war sich sicher, fragte zum dritten Mal nach, ob sie Lauer nicht doch eine Tasse Kaffee anbieten könne, wenigstens ein Glas Wasser.

»Das macht keine Umstände«, sagte die alte Frau. »Der Kaffee ist aufgebrüht und gut warm ist er auch noch.«

Lauer gab seinen Widerstand auf und Frau Marino strahlte.

»Zucker? Milch?«

»Schwarz«, antwortete Lauer.

Ja, sie sei sich sicher, den Mann vor dem Haus gesehen zu haben. Die Haare seien einen Tick kürzer, sonst sehe er aus wie damals. Ja, sie sei sicher, dass der Mann das Haus betreten habe. Ja, nachdem sie die Polizei informiert hatte. Nein, sie habe nicht gesehen, dass er es wieder verlassen hatte.

»Aber ich musste kurz auf die Toilette«, sagte Frau Marino und schenkte Lauer Kaffee nach. Der Kaffee schmeckte wirklich gut. Lauer trank die Tasse in einem Zug leer und verabschiedete sich.

»Wenn Sie wieder mal in der Nähe sind, müssen Sie vorbeischauen«, sagte Frau Marino an der Wohnungstür.

»Versprochen«, sagte Lauer.

Susanne erkannte den jungen Mann, der an der Pforte stand, im gleichen Augenblick, als sie die schwere eiserne Eingangstür in L 6 aufgestemmt hatte. Neben dem Mann stand eine Frau im Alter von ungefähr 50 Jahren, die dem Mann ähnlich sah. Susanne drehte sich zu Lauer und Meißner um. Doch bevor sie ein Wort sagen konnte, hatten Lauer und Meißner schon ihre Dienstwaffen aus dem Halfter gezogen.

Der Beamte an der Pforte winkte ihnen hinter der Scheibe zu, so wie Frau Marino ihnen zugewunken hatte.

»Leo, Kundschaft für euch«, ertönte es aus dem Lautsprecher über der Glasscheibe. »Der Mann und seine Mutter möchten euch sprechen. Es ist dringend, sagen sie.«

achtundvierzig

Das Aufnahmegerät läuft. Dienstag, 16. November 2010, 14:28 Uhr. Vernehmung Leander Kuntz. Angaben zur Person.

Leander Lars Kuntz, geboren am 24. Februar 1974 in Lampertheim. Unverheiratet. Realschulabschluss. Ausbildung zum Groß- und Einzelhandelskaufmann. Zurzeit arbeitslos. Ich wohne bei meiner Mutter in Lampertheim.

Vorstrafen?

Fünf Jahre Haft wegen mehrerer Überfälle auf Tankstellen und Lebensmittelmärkte in Mannheim, Schwetzingen und Heidelberg. Entlassen aus der Justizstrafanstalt Mannheim am 2. November 2010. Jugendstrafe wegen gefährlicher Körperverletzung aus dem Jahr 1993, ein Jahr und sechs Monate auf Bewährung.

Warum haben Sie sich der Polizei gestellt?

Im Gefängnis hatte ich viel Zeit, über die Tat nachzudenken. Es ist mir von Woche zu Woche schwerer gefallen, mit dieser Schuld zu leben. Vor einigen Tagen habe ich meiner Mutter alles gebeichtet. Sie hat auf mich eingeredet, dass ich zur Polizei gehen soll.

Von welcher Tat reden Sie?

Na, es geht um den Tod von Chantal, ihren Nachnamen kenne ich nicht, und den Tod von ihrem Freund. Um sie tut es mir echt leid. Ihr Typ war ein Trottel. Gabelstaplerfahrer. Chantal hatte Klasse, die hatte was Besseres verdient. 1999 war das. Im Juni. In Sandhofen.

Sie kannten Chantal Paulus und Holger Krück?

Kennen ist zu viel gesagt. Zu der Zeit kellnerte ich in der *Zentrale*. In meinem Beruf fand ich keine Arbeit. Chantal und ihr Freund waren ab und zu im Lokal. Wir kamen ins Gespräch. An dem Abend, als alles passierte, besuchte ich einen Freund in Sandhofen. Ich wusste nicht, dass Chantal dort in der Nähe wohnte. Es war schon nach acht. Ich war auf dem Heimweg, da hörte ich plötzlich meinen Namen rufen. Ich schaute nach oben. Sie stand auf dem Balkon und winkte mir zu. Sie sah umwerfend aus. Ich solle doch hochkommen, meinte sie. Auf einen Cocktail. Ich fragte nach ihrem Freund, ob der keinen Stress machen würden. Der ist doch nicht da, meinte sie. Skatabend, das kann dauern. Da stand mein Entschluss fest. Ich rechnete mir was aus.

Aber die Rechnung ging nicht auf?

Genau. Ich trank den ersten Cocktail. Chantal verschwand in der Küche, um noch einen zu mixen. Eine Stunde war vielleicht vergangen. Ich folgte ihr und legte den Arm um sie. Sie stieß mich weg. Ich solle nicht aufdringlich sein, sagte sie. So sei das nicht gemeint gewesen. Sie schubste mich aus der Küche. Ich solle verschwinden, meinte sie. Als ich nicht aufhörte, fing sie an zu schreien. Ich hielt ihr den Mund zu, sie strampelte und schlug um sich. Ich drückte ihr den Hals zu. Es kam mir wie eine Ewigkeit vor. Endlich hörte der Widerstand auf, sie sackte in sich zusammen. Ich ließ sie zu Boden gleiten. Sie sah wie tot aus. Ich kauerte mich neben sie, war wie gelähmt. Weiß nicht, wie lange ich da hockte.

Die Obduktion hat ergeben, dass sie zu diesem Zeitpunkt schon tot war. Wenn es stimmt, was Sie uns erzählen, haben Sie Chantal Paulus mit Ihren Händen erwürgt.

Das wusste ich zu diesem Zeitpunkt nicht, das habe ich erst aus den Zeitungen erfahren. Ich zerrte die leblose Chantal ins Schlafzimmer und legte sie aufs Bett. Da hörte ich, wie die Tür ging. Ich linste aus der Schlafzimmertür. Ihr Freund verschwand in der Küche. Ich hörte das Rauschen des Wasserhahns. Ich schlich durch den Flur, schnappte mir das Telefonkabel, riss es aus der Wand, zog meine Gaspistole, damals hatte ich die immer dabei, betrat die Küche und forderte Chantals Macker auf, sich auf den Boden zu legen. Ich legte ihm das Kabel um den Hals und wollte zuziehen.

Warum?

Warum? Was soll die Frage. Hey, ich hatte gerade die Freundin erwürgt. Der Typ würde alles vermasseln. Ich hatte Angst, entdeckt zu werden. So einfach ist das. Der Kerl wehrte sich. Bei Chantal war alles viel einfacher gewesen. Er konnte sich befreien, trat mir mit dem Fuß in den Magen. Ich knallte mit dem Kopf gegen ein Tischbein, Mann, das tat weh, ich griff mir an den Hinterkopf, Blut an den Händen. Und der Typ versuchte, auf allen Vieren aus der Küche zu kriechen. Ich griff nach einer Wasserflasche, die auf der Spüle stand. Eine Glasflasche, zum Glück.

Zum Glück?

Das sagt man halt so. Ich weiß schon, dass ich ein schlimmes Verbrechen begangen habe. Das tut mir auch leid. Echt. Ich zog ihm die Wasserflasche über den Kopf. Er brach zusammen, stöhnte. Ich durchwühlte die Schubladen, schnappte mir ein Messer, stürzte mich auf ihn. Seine Augen sah ich vor mir. Ich werde sie immer sehen, diese Augen. Ich drehte den Kopf weg, damit ich die Augen nicht sehen musste. Ich stach zu. Einmal. Zweimal. Immer wieder.

Wie oft?

Woher soll ich das wissen. Immer wieder. Bis der sich nicht mehr gerührt hat. Oft. Dann hörte ich ein Geräusch aus dem Schlafzimmer. Ich ins Schlafzimmer, das Messer noch in der Hand. Chantal lag auf dem Bett, so wie ich sie da hingelegt hatte. Aber sie bewegte sich. Ich glaubte, dass sie sich bewegte. Ich stach zu.

Wie oft?

Zweimal, das weiß ich genau. Danach durchwühlte ich den Kleiderschrank, zog die Schubladen aus dem Wohnzimmerschrank, warf Bücher aus dem Regal auf den Boden, alles sollte aussehen, als ob ein Einbrecher von den beiden überrascht worden war.

Und weiter?

Dann wischte ich die Spuren am Cocktailglas ab, aus dem ich getrunken hatte. Wischte über den Wohnzimmertisch und die Lehne des Sofas, überlegte, wo ich mich überall in der Wohnung aufgehalten hatte, zog die Tür zu und ging. Den Blutfleck am Tischbein, den habe ich übersehen.

Wollen Sie noch etwas sagen?

Noch etwas sagen? Ja, es tut mir leid. Ich wollte das alles nicht. Es war ein unglücklicher Zufall. Warum musste Chantal ausgerechnet dann auf dem Balkon stehen, als ich vorbeigekommen bin? Und wenn Chantal nicht so geschrien hätte! Wenn sie sich nicht so angestellt hätte. Wir hätten bestimmt Spaß gehabt! Jetzt geht es mir besser.

Vernehmung Leander Kuntz. Vernehmungsende: 15:14 Uhr. Ich schalte das Aufnahmegerät aus.

Mittwoch, 1. Dezember 2010

neunundvierzig

Die Stimmung war gespannt. Hartnäckig hielt sich das Gerücht, dass an diesem 1. Dezember der Erste Hauptkommissar Roger Clement seinen Dienst wieder antreten würde. Lauer konnte nicht sagen, dass er Clement vermisst hätte, aber das »Guten Morgen zusammen«, mit dem Clement die Besprechung eröffnete, fehlte ihm.

In der Wettervorhersage war der 1. Dezember als kältester Tag angekündigt worden. Bis auf minus 17 Grad sollte das Thermometer fallen. Bei einem Blick aus dem Küchenfenster konnte Lauer nur minus 2,7 Grad ausmachen, aber wenn er am frühen Abend noch einmal nachschauen würde, wären immerhin schon minus 4,4 Grad erreicht. Lauer war zufrieden. Mannheim war ja nicht der Funtensee, wo immer die Kälterekorde aufgestellt wurden. Ein neuer Verteidiger sollte ab heute den Wettermoderator Kachelmann vor einer drohenden Verurteilung als Vergewaltiger bewahren. Ein Steuer-CD-Urteil stärkte die Fahnder, die hinter Steuerbetrügern her waren. Und Wikileaks plante im Internet schon einen neuen Coup. Lauer kam nicht drauf, was der letzte gewesen war. Auf dem Weg ins Polizeipräsidium musste Lauer an Ricarda Rode denken. So schnell, wie sie in Mannheim aufgetaucht war, war sie auch wieder verschwunden. Gernhardt war der Einzige, der nicht die Augen verdrehte, wenn die Rede auf die BKA-Beamtin kam. Und erst ihr Kollege, Lauer hatte den Namen vergessen, der bei der ersten gemeinsamen Dienstbesprechung in der Menge verschwunden war. Genauso war er im Verlauf seiner Tätigkeit in Mannheim unsichtbar geblieben. Wie untergetaucht, dachte Lauer und konnte sich nicht erinnern, ein einziges Wort mit ihm gewechselt zu haben. Hellmann, richtig, so hatte er geheißen.

Punkt halb neun öffnete sich die Tür und nicht Clement erschien. Faulhaber, der Polizeipräsident, höchstpersönlich, trat ein, gefolgt von Schwegler, der immer noch Clements Vertreter war.

»Liebe Kolleginnen, liebe Kollegen«, fing Faulhaber an. Anscheinend war diese Anrede jetzt Standard beim Polizeipräsidenten. Ein gutes oder ein schlechtes Zeichen? Lauer wusste es nicht.

»Zuallererst muss ich eine Aufgabe erledigen, die mich mit Stolz und Genugtuung erfüllt.«

Lauer fragte sich, welche Aufgabe ihn mit Stolz und Genugtuung erfüllen könne.

»Hauptkommissarin Rode, unsere Kollegin vom BKA, hat mich gebeten, Ihnen allen ihren Dank und ihre Anerkennung für die erfolgreiche Zusammenarbeit auszurichten. Was ich hiermit tue. Ihnen allen, ich betone diese Formulierung, die von der Hauptkommissarin selbst stammt. Sie alle wissen, dass die Zusammenarbeit nicht konfliktfrei verlaufen ist, dass es gewisse Unstimmigkeiten gegeben hat, auf die ich nicht näher eingehen will. Bei aller Kritik an einzelnen Personen unserer Dienststelle muss ich jedoch hervorheben, dass von unserer Seite kein rechtlich relevantes Fehlverhalten nachzuweisen ist. Sicher, es gab einige Situationen, die nicht optimal bewältigt worden sind, wo ganz einfach die Professionalität gefehlt hat. Aber im Großen und Ganzen können wir zufrieden sein.«

Der hätte besser Politiker werden sollen, dachte Lauer, da wäre er besser aufgehoben. Und wir müssten uns seine Wahlreden nicht anhören. Er blickte zu Susanne, die ihn anlächelte und einen zufriedenen Eindruck machte. Die von Schwegler angedrohten Konsequenzen dürften vom Tisch sein. Gut für Susanne.

»Die Mörderin von Samuel Imanayarakoze ist noch auf freiem Fuß und es ist nicht sicher, ob sie jemals zur Rechenschaft gezogen wird. Aber Bizimane Muhozi, der zusammen mit Imanayarakoze von unserem Land aus die Verbrechen der terroristischen FDLR organisierte, der wird sich für seine Verbrechen vor Gericht verantworten müssen. Mit ihm sind drei weitere Unterstützer angeklagt. Auch sie werden vor ein deutsches Gericht gestellt. Es ist übrigens das erste Mal in der Geschichte unseres Landes, dass ein Prozess nach dem Völkerstrafrecht hier ausgetragen wird. Den Nürnberger Prozess gegen die nationalsozialistischen Kriegsverbrecher möchte ich hier ausklammern, weil er vor dem Internationalen Militärgerichtshof durchgeführt wurde. Also kann man sagen, dass dieser Prozess der erste Prozess nach dem Völkerstrafrecht ist, der auf dem Boden unseres Landes stattfindet und bei dem deutsche Richter Recht sprechen.«

Unser aller Präsident wiederholt sich, dachte Lauer und sehnte das Ende der Dienstbesprechung herbei.

»Und wir alle, Sie und ich, haben unseren Anteil daran, dass es so weit gekommen ist. Dafür danke ich Ihnen, auch im Namen von Hauptkommissarin Rode vom BKA.«

Jetzt war Lauer so weit, dass er sich Clement von Herzen zurückgewünscht hätte. Mit Kusshand hätte er ihn empfangen. Glücklich wäre er gewesen, wenn er das Gerede des Polizeipräsidenten nicht mehr würde ertragen müssen.

»Einen weiteren erfreulichen Vorgang gilt es heute zu würdigen. Mit großem persönlichen Einsatz unserer Kolleginnen und Kollegen ist es gelungen, einen lange zurückliegenden Mord, ja, einen Doppelmord, den Doppelmord von Sandhofen, endlich aufzuklären. Ich will keine Namen nennen, aber mein Dank gilt allen, die an der Aufklärung mit ihrer Beharrlichkeit und ihrem Scharfsinn beteiligt waren.«

Keine Namen, gut so, dachte Lauer, sonst müsste unser aller Präsident ja auch meinen Namen erwähnen, aber der kommt ihm in diesem Rahmen nicht über die Lippen. Bei der Dienstbesprechung am Tag nach der Festnahme des mutmaßlichen Mörders hatte sich das aus dem Munde Schweglers noch ein klein wenig anders angehört. Zufallstreffer, glückliche Umstände, Dusel, das waren die Vokabeln, mit denen der Kriminaloberrat das Geschehen um die Verhaftung kommentiert hatte. Lauer suchte den Blickkontakt zu Irene Meyers, sie zog die Augenbrauen nach oben, lachte, Lauer gefiel ihr Lachen, sie griff sich dann mit der Hand an den Mund. Lauer wusste, dass sie dasselbe dachte wie er selbst.

»Ich darf zum letzten Punkt kommen, der meine Anwesenheit auf dieser Dienstbesprechung erfordert. Danach wird Kriminaloberrat Schwegler die tagesaktuellen Fälle mit Ihnen besprechen.«

Tagesaktuell, dachte Lauer, schöne Formulierung. Doch, doch, an Faulhaber war ein Politiker verloren gegangen.

»Ich weiß, dass Gerüchte die Runde machen, dass das Gerücht Sie beschäftigt hat, der Erste Hauptkommissar Clement trete heute wieder seinen Dienst an. Es ist nur ein Gerücht, leider. Ursprünglich war dieses Szenario geplant, aber unser geschätzter Kollege ist noch nicht so weit. Er hat am Wochenende eine Reha angetreten, die voraussichtlich drei Wochen dauern wird, Verlängerung ist möglich. Nach unserer jetzigen Planung gehen wir davon aus, dass der Erste Hauptkommissar zum ersten Januar des kommenden Jahres wieder das Dezernat 11 der Kriminalinspektion übernehmen wird. Ich danke Ihnen für Ihre Aufmerksamkeit.«

Faulhaber deutete eine Verbeugung an, machte auf dem Absatz kehrt und verließ das Besprechungszimmer.

»Wir machen eine kleine Pause«, legte Schwegler fest. »In einer Viertelstunde geht es weiter.«

»Kein inhaltliches Wort zu Clement«, sagte Meyers auf dem Flur, einen Becher Kaffee in der Hand. Um sie herum standen Susanne, Lauer und Meißner. »Ich fasse es einfach nicht.«

Ihre Wut war nicht gespielt, das sah man ihr an.

»Ich hab nichts anderes erwartet«, meinte Lauer. »Was soll er sagen? Dass Clement in Depressionen verfallen ist? Dass er Mist gebaut hat? Dass er jetzt nichts mehr auf die Reihe kriegt?«

»Eine inhaltliche Stellungnahme, eine klitzekleine nur«, forderte Meyers, »das hätte gereicht und ich wäre zufrieden gewesen.«

»Die Größe fehlt unserem Polizeipräsidenten«, sagte Meißner.

»Aber die Probleme werden nicht aus der Welt geschafft, wenn man sie aussitzt oder unter den Teppich kehrt«, stellte Susanne fest. »Und so tragisch ist der Fehler ja auch nicht. In der Hektik kann das schon mal passieren.«

»Stell dir vor, du sitzt gemütlich auf der Couch, trinkst ein Gläschen Prosecco, hörst Musik. Und plötzlich stürmt ein Sondereinsatzkommando deine Wohnung. Und vor dir im Wohnzimmer stehen vermummte, schwer bewaffnete Typen und legen auf dich an. Schießen deinen Hund aus Versehen über den Haufen, alles aus Versehen«, sagte Meyers.

»Lassen wir das«, beendete Lauer die Diskussion, genau in dem Moment, als Frau Werner um die Ecke bog und mit einem Brief wedelte.

»Ein Brief für Fräulein Susanne«, rief sie.

Fräulein?, fragte sich Lauer. Drehte die Sekretärin jetzt durch? Noch nie hatte er gehört, dass sie eine Frau so angesprochen hatte. Frau Werner reichte Susanne ein zerknittertes, prall gefülltes Kuvert im DIN-A5-Format und verschwand. Als Lauer einen Blick darauf warf, war ihm klar, warum Frau Werner Susanne so und nicht anders angeredet hatte.

»Für Fräulein Susanne
Polizeirevier
Mannheim
Germany«, las er.

Der Eingangsstempel trug das Datum des 26. Novembers 2010. Also hatte es seit dem letzten Freitag gedauert, bis »Fräulein Susanne« im Polizeipräsidium ermittelt werden konnte.

fünfzig

Ich habe Samuel Imanayarakoze in dieser Kirche in Mannheim erstochen. Er hat mich erstaunt angesehen, als ich vor ihm stand, als ich ihm sagte, das ist für meinen Bruder. Er hat sich nicht gewehrt, als ich das Messer aus meinem Umhang zog, als ich zustach. Er hat nur leicht die Hände gehoben, nicht, um sich zu schützen oder um meinen Angriff abzuwehren. Er hat die Hände gehoben und es kam mir vor, als wolle er mich beschwichtigen. Dann lag er vor mir auf dem Boden und ich habe ihm die Finger gebrochen, jeden einzelnen Finger seiner blutbefleckten Hände. Seine dreckigen Finger. Er hat nicht gelitten vor seinem Tod. Eine winzige Sekunde nur, in der er realisiert hat, dass er sterben wird. Keine Zeit für Todesangst. Viel zu wenig Zeit. Das tut mir leid.

Nein, ich bereue es nicht. Er hat den Tod verdient. Mit dieser Schuld kann ich leben. Wie mein Bruder leidet, das kann ich nicht verkraften. Das raubt mir den Schlaf, lässt meine Haare ergrauen. Er hat nicht die Angst gehabt, die mein Bruder gehabt hat, als er tagelang in der Gewalt der Rebellen war, als er jeden Tag mehrmals vergewaltigt wurde. Ein afrikanischer Mann, der vergewaltigt worden ist, ist kein Mann mehr. Sie verstehen das nicht. Sie verstehen uns nicht. Aber glauben Sie mir, es ist so, wie ich es Ihnen schreibe. Mein Bruder ist kein Mann mehr.

Ich nenne ihn Charles, obwohl er so nicht heißt. Sagen Sie Elie zu mir, obwohl dies nicht mein Name ist. Elie war meine Freundin. Sie wurde getötet in derselben Nacht, als Charles von den Hutu-Rebellen entführt wurde. Bevor sie ihr die Kehle durchschnitten, haben sie sie mehrmals vergewaltigt. Tiere sind das.

Wilde Tiere. Mit dem Pass von Elie bin ich nach Deutschland eingereist. Mit ihrem Pass habe ich Ihr Land wieder verlassen. Das Land, das ich lieben lernte, das Land, in dem ich Medizin studiert habe. Übrigens nicht in Marburg, da hätte ich es Ihnen zu einfach gemacht, meine wahre Identität zu lüften.

Ich fürchte mich nicht vor dem Gefängnis. Das ist es nicht. Ich stehe zu dem, was ich getan habe. Wenn es sein muss, werde ich auch die Verantwortung dafür übernehmen. Aber hier in meinem Land ist so viel Elend. Ich werde gebraucht. Hier kann ich viel nützlicher sein als in einem Gefängnis in Ihrem Land. Obwohl die Häftlinge bei Ihnen bestimmt besser leben als viele Menschen hier im Kongo und in Ruanda. Ich gebe zu, das hört sich überheblich an. Ich habe keine Angst vor dem göttlichen Richter. Sie wissen nicht, wie wir hier leben.

Lesen Sie die Aufzeichnungen durch, die ich meinem Brief beilege. Aus ihnen sprechen meine Gedanken, meine Gefühle, meine Hilflosigkeit, mein Vertrauen in meine Kraft. Lesen Sie, was mein Bruder in seiner ungelenken Handschrift aufgeschrieben hat. Es sind seine innersten Gedanken, seine Ängste, seine Ausweglosigkeit. Gedanken, die er niemals seiner Frau oder seinen Kindern mitteilen könnte. Er würde seine Ehe, seine Familie, seine Existenz aufs Spiel setzen. Ich weiß, seine Schrift ist kaum zu entziffern, besser hat er es nicht gelernt. Aber er war ein toller Musiker. Nie mehr wird er die Musik von früher machen. Das ist mir bewusst. Aber vielleicht wird er ein klein wenig Mut schöpfen können, wenn er weiß, dass die Verantwortlichen zur Rechenschaft gezogen worden sind.
Den Drahtzieher habe ich bestraft. Fehlt noch der Befehlshaber hier vor Ort. Aber da bin ich dran. Sie werden es nicht verhindern können! Bis Sie diesen Brief in Händen halten, wird auch das Problem aus der Welt geschafft sein. Aus der Welt geschafft.

Jetzt muss ich über meine eigene Formulierung lächeln. Nein, Sie dürfen nicht denken, ich sei abgebrüht. Aber es geht nicht anders. Ich kann nicht anders. Ich muss auch diesen zweiten Mann töten, der für das Leid meines Bruders verantwortlich ist. Sonst findet mein Bruder keine Ruhe. Ruhe! Ich weiß, ich mache mir was vor. Mein Bruder wird nie mehr so sein, wie er vorher gewesen ist. Mein kleiner Bruder.

Sie haben bestimmt ein falsches Bild von mir. Eine eiskalte Rächerin, die, ohne mit der Wimper zu zucken, einen Familienvater absticht, seine Frau zur Witwe und seine Kinder zu Waisen macht. So bin ich nicht. Ich bin nur eine Schwester, die sich um ihren kleinen Bruder kümmert. Sich um ihn kümmern muss. Ich kann nicht anders.

Elie

Donnerstag, 9. Dezember 2010

einundfünfzig

Rebellenführer ermordet

Hintergründe liegen im Dunkeln. Polizei sucht fieberhaft nach möglichen Motiven

Wie die Polizei erst jetzt mitteilte, wurde Anfang Dezember Innocent Simbisi auf der Toilette eines Musikclubs in Goma, der Hauptstadt der Provinz Nord-Kivu in der Demokratischen Republik Kongo, ermordet aufgefunden. Simbisi ist nach Polizeiangaben erstochen worden. Sämtliche Finger beider Hände wurden ihm gebrochen.

Innocent Simbisi soll unter dem Codenamen »Radja« ein führender Offizier der FDLR-Rebellen gewesen sein. Er gilt als verantwortlich für viele Massaker an der Zivilbevölkerung im Ostkongo. Ob die Tat einen politischen Hintergrund hat, ob Rivalitätskämpfe innerhalb der FDLR eine Rolle spielen, ob es sich um einen Raubmord oder ob es sich um einen Mord aus Eifersucht handelt, darüber schwieg sich die Polizei aus.

»Wir stehen am Anfang unserer Ermittlungen«, teilte der Sprecher der Police Nationale Congolaise (PNC) in Goma der Presse mit. »Wir ermitteln in alle Richtungen.«

www.newsofafrica.com vom 09.12.2010

Freitag, 17. Dezember 2010

zweiundfünfzig

Es ging auf Weihnachten zu. Am Mittwochabend hatte es leicht zu schneien begonnen. In der Nacht auf Donnerstag hatte es dann kräftig geschneit. Jetzt, am Freitagabend zur Tagesschauzeit, lagen immer noch zehn Zentimeter Schnee und das Thermometer war deutlich in den Minusbereich gerutscht. Trotzdem stellten sich bei Lauer keine weihnachtlichen Gefühle ein. Und obwohl die klassische Rotweinzeit angebrochen war, hatte er vorhin im Keller zu einer trockenen Chardonnay-Spätlese aus Dirmstein gegriffen. Der Wein schmeckte mineralisch, die Restsüße störte Lauer nicht. Früher hatte ihm ein Wein nicht trocken genug sein können. Und mit möglichst viel Säure. Also am liebsten ein Riesling. In der letzten Zeit schmeckte ihm der Riesling nicht mehr so. Der Magen? Der Geschmack, der sich änderte? Lauer ließ den Chardonnay über seine Zunge perlen. Der Wein passte haargenau zum heutigen Abend. Er legte die Postkarte auf den Wohnzimmertisch. Sanft gewellte Grashügel. Viel Grün in allen Schattierungen. Eingestreute Hütten über das Bild verteilt. Tannenspitzen. Eine Idylle in den Bergen. Dabei war Hanne am Meer. Ob das etwas zu bedeuten hatte? Dann der Spruch von Kurt Tucholsky: »Den Puls des eigenen Herzens fühlen, Ruhe im Innern, Ruhe im Äußern. Wieder Atem holen, das ist es!« Den handgeschriebenen Text auf der Rückseite kannte er auswendig. Das war nicht schwer, denn der Text war kurz.

Kurz und bündig, sagte er sich und nahm einen weiteren Schluck vom Chardonnay.

»Lieber Leo,

die Zeit bei meiner Cousine hier in Schleswig tut mir gut. Weit weg von all den Tagesproblemen komme ich so langsam wieder zu mir. Ich habe mir unbezahlten Urlaub genommen. Bis zum Ende des Jahres. Ich werde auch die Weihnachtstage hier verbringen. Rechne nicht mit mir.

Grüße

Hanne«

Unbezahlten Urlaub? Wenn sie es sich leisten konnte! Nach der Pleite ihres eigenen Reisebüros Anfang 2009 hatte Hanne wieder in ihrem Beruf als Reiseverkehrskauffrau gearbeitet. Bei einer großen Reisebürokette. Ein Job, der sie anödete. Aber sie bekam regelmäßig ihr Gehalt und konnte die Schulden aus der Insolvenz abstottern.

»Rechne nicht mit mir.«

Bei was? Beim Weihnachtsfest? Bei einem gemeinsamen Leben? Lauer wusste es nicht. Und er wollte nicht darüber nachdenken. War seine Beziehung mit Hanne damit beendet? Wenigstens hätte die Wohnungssuche dann auch ein Ende und er könnte hier in dieser Wohnung bleiben, in der er sich so wohlfühlte. Er wunderte sich, wie emotionslos er die Beziehung zu Hanne analysierte. Wie jemand, der von außen sich alles in aller Seelenruhe anschaut.

Reinhard Mey sang vom Schuttabladeplatz der Zeit. Lange hatte Lauer die Live-Platte aus dem Jahr 1971 nicht mehr angehört. Heute Abend war er in der richtigen Stimmung. Vorhin hatte seine Schwester angerufen. Hatte seine Schwester die Mey-Doppel-LP nicht von ihrem ersten Freund geschenkt bekommen? Hatte der nicht Klaus geheißen? Oder Walter? Lauer war sich nicht sicher. Auf jeden Fall hatte seine Schwester die Platte nicht gemocht. Zu intellektuell. Lauer hatte sich die Platte unter den Nagel gerissen. Lange war sie in der Ecke verstaubt, bis Lauer, schon weit über zwanzig, das Kleinod entdeckte. Seit mehr als 25 Jahren begleiteten ihn jetzt schon Reinhards Meys Liveaufnahmen. Seine Schwester hatte mitgeteilt, dass es jetzt amtlich sei.

»Amtlich, was?«, hatte er gefragt.

»Mutter ist über Weihnachten mit ihrem Lover weg. Kannst du dich an ein Weihnachten ohne Mutter erinnern?«

Lauer schüttelte den Kopf, bis ihm einfiel, dass seine Schwester diese Antwort nicht verstehen konnte.

»Nein«, sagte er deshalb.

»Aber kein Problem«, sagte seine Schwester. »Hauptsache, Mutter geht es gut.«

Lauer war über diesen Sinneswandel zu verblüfft, um nachzufragen.

»Und ihr geht es doch gut. Oder?«, fragte sie.

»Doch, doch«, beeilte er sich.

Und dann lud seine Schwester ihn ein, den Weihnachtsabend bei sich und seinem Schwager zu verbringen, mit Würstchen, Béchamelkartoffeln und grünem Salat, ganz so wie bei Mutter. Lauer war so überrascht, dass er spontan zusagte. Erst als er aufgelegt hatte, kamen ihm Zweifel.

Reinhard Mey beendete gerade den Epitaph auf Balthasar. Lauer füllte sich Chardonnay nach, steckte die Platte in die Hülle zurück und legte die zweite Platte auf.

Komm gieß mein Glas noch einmal ein mit jenem billigen roten Wein.

Er ging in sein Schlafzimmer, das Weißweinglas in der Hand, nicht gerade stilgerecht zum Mey-Song, und fuhr seinen Computer, der dort auf einem kleinen Sekretär stand, hoch.

... in dem ist jene Zeit noch wach. Heut' trink ich meinen Freunden nach.

Er wollte nur schnell seine Mails checken und dann die neueste Folge von SOKO Leipzig nicht verpassen. Von Fabian war eine neue Mail gekommen.

»Hallo, Leo! Eigentlich wollten wir dich zu Weihnachten überraschen, aber dann kam die Einladung von guten Freunden aus Sydney. Also greifen wir zu, entfliehen dem Basler Schmuddelwetter und verbringen Weihnachten im Sommer. Hast du eigentlich bei dem Waldgrundstück in diesem Tal zugegriffen? Wie hieß es noch gleich? Wenn du Waldbesitzer bist, brauchst du unbedingt ein neues Auto. Am besten einen SUV. Ich berate dich gerne.

Lass es dir gut gehen, Vater! Dein Sohn Fabian«

»Vater«. Und »Dein Sohn«. So hatte Fabian noch nie geklungen. Lauer war gerührt. SUV? Lauer schaute bei Wikipedia nach. Sport Utility Vehicle. Zum Sport zu gebrauchendes Auto? Eine Art Geländewagen? Auf jeden Fall mit Allradantrieb. Fabian kam vielleicht auf Gedanken. Das Grundstück im Frauenthal, er hatte es ganz vergessen. Wahrscheinlich war es längst verkauft. Ein Grundstück mitten im Wald. Ein Rückzugsort. Ein Ort, an dem man die Seele baumeln lassen konnte. Weit weg von der Hektik des Alltags. Ein Ort zum Abschalten. Wollte er das? War er der Typ, der sich in den Wald zurückzog? Konnte er das? Abschalten? In seinem Beruf?

Miss Elie, die ihre Ankündigung wahr gemacht hatte. Die auch den zweiten Peiniger ihres Bruders getötet hatte. Susanne hatte die Meldung im Internet entdeckt. Hatte Miss Elie damit ihren Frieden gefunden? Hatte ihr Bruder seinen Frieden gefunden? Lauer bezweifelte es. Eine Doppelmörderin, die frei herumlief! Mörder gehörten hinter Schloss und Riegel. Aber hatten die beiden Mordopfer nicht den Tod verdient? Opfer? Waren sie nicht die wahren Täter? War es nicht eine Art von Gerechtigkeit? Er hatte Miss Elie nie zu Gesicht bekommen. Was würde es bringen, wenn sie in Mannheim im Gefängnis sitzen würde? »Radja« wäre noch am Leben. Stimmt. Und würde weiterhin Unschuldige töten, Frauen und Männer vergewaltigen lassen. Das Klingeln an der Wohnungstür riss ihn aus den Gedanken, über die er eben selbst erschrocken war.

Irene Meyers stand vor der Tür und drückte ihm eine Flasche Rotwein in die Hand.

»Nichts Besonderes«, sagte sie. »Aber ich wollte nicht mit leeren Händen hier stehen. Darf ich reinkommen?

»Klar.«

Sie stampfte mit den Füßen auf die Fußmatte im Treppenhaus. Kleine Schneehäufchen blieben ausgesperrt.

»Soll ich die Stiefel ausziehen?«

»Ich bitte dich.«

Sie betraten das Wohnzimmer.

Manchmal, da fallen mir Bilder ein. Von großen Fenstern in Säulenhallen …

»Das darf doch nicht wahr sein«, sagte Irene Meyers und schlug die Hände auf den Kopf.

»Reinhard Mey. Nicht zum Aushalten. Da werde ich depressiv.«

Sie ging zum Plattenspieler und stöberte in den Platten im Regal. Nach kurzer Zeit zog sie eine Platte heraus.

»Das ist ja ein Ding!«, sagte sie und hielt ihm eine Platte hin. Ray Manzarek, *The Golden Scarab* las Lauer. Dazu ein Gesicht, das ihm bekannt vorkam, er konnte es aber nicht zuordnen.

»Ein Juwel, Leo, noch dazu die Originalpressung von 1974, dafür bezahlst du heute gebraucht ein Vermögen.«

»Hab ich vor Jahren auf dem Flohmarkt beim Altstadtfest in Ladenburg gekauft, zwei Mark wollte der Junge am Stand. Aber Ray Manzarek?«

»Ein Schnäppchen, Leo. Sag bloß, der Name sagt dir nichts. Die Doors! Manzarek war der Organist, sein Intro zu *Riders on the Storm,* sein unfassbares Orgelspiel auf *The End*, Leo!«

Natürlich waren die Doors-Titel ihm ein Begriff, aber die Solo-Platte Manzareks spielte eher ein Schattendasein in seiner Plattensammlung.

»Hier, Leo, das passt jetzt. Leg auf.«

Lauer nahm die Platte und legte auf.

»Darf ich dir einen Schluck Wein anbieten?«

Sie wehrte ab.

Where did we come from, where are we going?/What are we doing here?

»Ich muss noch zurückfahren. Wenn es dir nichts ausmacht, könntest du mir einen Tee machen.«

»Grün? Schwarz?«

»Lieber einen Kräutertee. Irgendwas mit Ingwer, falls du so was vorrätig hast.«

Why do I have this here fear?

Lauer setzte Wasser auf und suchte den Tee aus dem Regal, grüner Rooitee mit Limone-Ingwer. Meyers lehnte am Türrahmen der Küche.

Is there a way out, how can I get out?/There must be some way out of here.

»Sei mir nicht böse, dass ich so einfach reinplatze. Aber meine Tochter besucht mich einige Tage und ich zoffe mich nur mit ihr. Nicht zum Aushalten. Ich brauchte dringend eine Auszeit.«

Alle brauchen eine Auszeit, dachte Lauer.

»Das legt sich bestimmt bald«, sagte er. Meyers ließ die Floskel unkommentiert.

»Und was treibst du an so einem verschneiten Freitagabend kurz vor Weihnachten?«, fragte Irene Meyers.

»Ich genieße einen Sommerwein und schwelge in Nostalgie.«

Und Lauer erzählte von seiner Mutter und ihrem Freund, erzählte von seiner Schwester und der überraschenden Einladung, erzählte von Fabian und der Verlobungsfeier, vom Australien-Trip über Weihnachten, erzählte von Hanne und ihrer Auszeit, erzählte von seinem Traum vom Frauenthal. Meyers hatte sich an den Küchentisch gesetzt und hörte zu, nickte ab und zu, schüttelte den Kopf, sagte »ja« und »oh, oh, oh«. Lauer trank sein Glas leer, holte zwei Teebecher und goss Meyers und sich von dem Ingwertee ein.

»Schmeckt«, sagte sie und blickte Lauer lange an. Sie stellte ihren Becher auf den Tisch und schlug die Beine übereinander. Ray Manzarek hatte gerade seine Vorstellung beendet. Meyers ging ins Wohnzimmer und kam nach einer Minute zurück. Sie drückte Lauer die Doppel-LP der Stones, *Exile on Main Street* in die Hand. Seine Lieblingsplatte von den Stones. Er legte auf.

I hear you talking when I'm on the street …

»Mal sehen, ob ich es zusammenbekomme«, sagte Meyers, als Lauer wieder am Küchentisch Platz genommen hatte. »Tauch in dich selbst ab. Laufe dir hinterher. Finde dich. Liebe dich. Erkenne dich. Kehr zu dir selbst zurück. Schau dir dich selbst an. Komme zu dir. Stammen nicht von mir, die Sprüche, musst du wissen.«

And I only get my rocks off while I'm dreaming …

Lauer hörte Meyers Worte, den Sinn erschloss sich ihm nicht sofort. Liebe dich? Sich mit einem guten Wein verwöhnen, mehr fiel ihm dazu nicht ein. Erkenne dich. Schön und gut. Aber was war das Ergebnis der Erkenntnis? Aber die Sätze ließen ihn nicht mehr los. Wenn er Ruhe fand, würde er nachdenken darüber.

»So ähnlich ging es, wenn ich mich richtig erinnere«, sagte Meyers. »Hab die Sachen mal irgendwo gelesen, ein türkischer Schriftsteller, den Namen habe ich vergessen.«

Er würde den Sinn verstehen, bestimmt! Es musste einen Weg geben, einen Weg heraus aus dem ganzen Schlamassel. Der Spruch auf der Karte von Hanne, die Aussage von Irene Meyers, ging das nicht in die gleiche Richtung?

Es klingelte wieder.

»Das ist ja wie in einem Taubenschlag«, sagte Lauer und öffnete. Direkt vor seinen Augen tauchte eine Sektflasche auf, die hektisch hin- und herwedelte. Hinter der erschien das Gesicht von Julian Meißner.

»Sekt?«, fragte Lauer. »Gibt es was zu feiern?«

»Von wegen Sekt. Schau dir das Etikett an!«

»Champagner!«, sagte Lauer.

»Zwar nur vom Aldi, aber immerhin Champagner«, sagte Julian Meißner und hängte seinen Mantel in der Garderobe im Flur auf.

»Und was gibt es zu feiern?«, kam es aus der Küche.

»Du hast Besuch? Wenn ich störe …«

»Du störst garantiert nicht«, sagte Irene Meyers, die in den Flur getreten war.

»Du hier?«

Lauer fand die Art und Weise, wie Meißner die beiden Worte betont hatte, nicht angebracht. Er stellte drei Sektgläser auf den Küchentisch. Meißner ließ den Korken langsam kommen,

Got a sweet black angel. Got a pin up girl. Got a sweet black angel. Up upon my wall.

Meyers legte eine Hand auf eines der Gläser, zog sie dann aber weg.

»Ach, was soll's. Ein Gläschen. Und dann mache ich mich auf den Heimweg.«

Alle drei hoben ihre Gläser.

»Bevor ich anstoße, will ich wissen, auf was«, sagte Lauer.

»Elvira ist schwanger.«

»Schön für euch«, sagte Meyers.

»Wolltet ihr euch nicht vor Kurzem trennen?«, fragte Lauer.

»Alter Stänkerer«, sagte Meißner und es klang wie eine Liebeserklärung. »Hat sich alles eingerenkt. Wir freuen uns.«

Weihnachten steht vor der Tür, dachte Lauer. Alles Friede – Freude – Eierkuchen. Lauers Handy piepste. Er schaute auf das Display.

»Eine SMS von Susanne«, sagte er mehr zu sich selbst.

»Vorlesen«, sagte Meißner.

»Hallo, Leo, lass den Sektkorken knallen. Ich hab gerade den Mietvertrag unterschrieben. Schöne Zwei-Zimmerwohnung in der Schwetzingervorstadt, Einzug im Januar. Prost! Susanne.«

»Dann mal prost«, sagte Meißner.

Irene Meyers trank ihr Glas leer und stellte es auf den Küchentisch.

»Ich mach mich auf den Heimweg«, sagte sie. »Hat gut getan, mit dir zu reden, Leo. Jetzt ist mein Kopf wieder frei.«

Lauer brachte die Kollegin zur Tür. Als er zurückkam, hatte Meißner nachgeschenkt.

»Läuft da was zwischen dir und Meyers?«

»Du hast vielleicht eine Fantasie«, sagte Lauer. »Jetzt mach schon, erzähl von dir und Elvira und eurem Kind.«

Und Meißner erzählte und erzählte, während Mick Jagger und die Stones von Bob Dylans countrymäßig angehauchten *Lay Lady Lay* verdrängt wurden. Und Dylan musste dem Woodstock-Auftritt von Jimi Hendrix weichen. Die Champagnerflasche stand geleert beim Altglas, der Chardonnay war ausgetrunken und auch der Rotwein, den Meyers mitgebracht hatte, war geköpft. Die Calvadosflasche beherrschte den Küchentisch. Lauer hing erschöpft auf dem Stuhl, nachdem er Jimi Hendrix beim *Star Spangled Banner* kräftig auf der Luftgitarre unterstützt hatte. Meißner holte sein Handy heraus, rief seine Frau an und teilte ihr mit, dass er die Nacht bei Lauer auf dem Sofa verbringen würde. Es fiel ihm schwer, sich deutlich zu artikulieren.

»Mach dir keine Sorgen, es ist alles gut«, beendete er das Gespräch.

»Und wenn es nicht gut ist, ist es nicht zu Ende«, sagte Lauer und war froh, dass Meißner den Spruch nicht mitbekommen hatte.

Personen, alphabetisch geordnet

Leon Ahn ist erst 19 Jahre alt, legt sich mit Samuel Imanayarakoze an, zieht dabei den Kürzeren und steht unter Stress, als eine Journalistin bei ihm Sturm klingelt.

Leo Ahn, der Vater von Leon, lebt von HARTZ-IV, ist Sportschütze und trinkt schon morgens sein Bier.

Elie Amsini Kisiraya spricht gut Deutsch, hat vor Jahren in Deutschland Medizin studiert und hält sich jetzt aber illegal hier auf.

Bellinger ist Richter und unterschreibt auch noch am Freitagabend einen Durchsuchungsbeschluss.

Annette Bissell, Journalistin beim Rhein-Neckar-Anzeiger, klingelt gerne Sturm, wenn es um eine brisante Story geht.

Theresa Brandes, Lauers Lieblings-Staatsanwältin, schwärmt von ihrem Sohn Niklas, der sich gerade als PJler in Südafrika aufhält.

Frau Böttcher, Sekretärin an der Feudenheim-Realschule, hat eine gewisse Ähnlichkeit mit Frau Werner vom Polizeipräsidium.

Charles lebt im Ostkongo und war früher mal Musikproduzent.

Roman Clement ist Chef des Dezernates 11 und somit Lauers direkter Vorgesetzter. Mit den Worten »Guten Morgen zusammen« eröffnet er die morgendlichen Besprechungen.

Susanne Dobler, junge Kommissarin, teilt sich mit Oberkommissarin Meyers das Büro und wohnt immer noch bei ihren Eltern in Schwetzingen.

Eberle, Polizeidirektor, ist der Stellvertreter Faulhabers.

Faulhaber, Polizeipräsident, »unser aller Präsident«, wie Frau Werner ihn immer bezeichnet, möchte die Aufklärungsquote der Mannheimer Polizei verbessern.

Walter Gerber, Professor Dr. med, 71 Jahre, hat eine Praxis am Heuberg in Basel und eine Vorliebe für Geister.

Christian Gernhardt, Mitte 30, junger Kommissar, kann durchaus mit PowerPoint-Präsentationen umgehen und kommt dabei Susanne näher.

Roland Hanke, Kulturredakteur des Rhein-Neckar-Anzeigers, hat, wie schon bei »Eiswut«, immer noch eine Schwäche für kriminalistische Berichterstattungen.

Elvira Harsch, resolute Pflegedienstmitarbeiterin, betreut die Seniorin Katharina Marino.

Jürgen Hellmann, Hauptkommissar beim BKA, Kollege von Ricarda Rode, ist eher schweigsam und unauffällig.

Dominik Hilpert war einer der wenigen Menschen, der mit Samuel Imanayarakoze, seinem ehemaligen Arbeitskollegen, freundschaftlichen Umgang pflegte.

Samuel Imanayarakoze gilt überall als höflich und zuvorkommend, sein Leben endet trotzdem auf einer Kirchenbank in der Sankt-Peter-und-Paul-Kirche in Mannheim-Feudenheim.

Winfried Jessen arbeitet als Pfarrer in ebendieser Kirche.

Norbert Johnson ist ähnlich einfach gestrickt wie sein Kumpel Leon Ahn.

Fabian Krämer, Lauers unehelicher Sohn, sattelt vom Bandmanager in Australien zum Schafshirten in der Schweiz um.

Holger Krück, Gabelstaplerfahrer, war mit Chantal Paulus befreundet.

Dr. Julia Langner, Rechtsmedizinerin aus Heidelberg, stößt an ihre Grenzen.

Leo Lauer, Kriminalhauptkommissar, geboren am 20.05.1959, muss sich nicht nur wieder einmal mit seinen Vorgesetzen auseinandersetzen. Auch in seiner Beziehung zu Hanne, die er in »Eiswut« kennenlernte, kommt es zu Spannungen.

Lauers Mutter ist verliebt und möchte wieder heiraten.

Theo Lentz, Kriminaltechniker, glänzt mit seiner Begabung zum Zeichnen und seiner Liebe zur Handarbeit.

Katharina Marino, schwerhörige Rentnerin, hat etwas gesehen, von dem sie der Polizei erst Jahre später berichten kann.

Martina, Lauers acht Jahre ältere Schwester, ist entsetzt über die Heiratspläne der Mutter.

Elvira Meißner leidet immer noch unter einer Fehlgeburt (siehe »Bluthitze«).

Julian Meißner, Kollege und Freund Lauers, trägt sich mit dem Gedanken, sich von seiner Frau zu trennen.

Irene Meyers, Oberkommissarin, fühlt sich verpflichtet, Lauer die Meinung zu sagen.

Bizimane Muhozi spielt eine führende Rolle bei der FDLR (Forces Démocratiques de Libération du Rwanda, auf Deutsch: Demokratische Kräfte zur Befreiung Ruandas).

Regina Müller, Frau von Samuel Imanayarakoze, muss ihre beiden Kinder Marie und Jean-Pierre alleine großziehen.

Chantal Paulus wurde mit 24 Jahren 1999 Opfer eines Mordes.

Werner Raab ist der Ex-Mann von Regina Müller und hat Probleme, die Miete für seine Wohnung in Heddesheim aufzubringen.

Oliver Reichert ist wie Leon Ahn rechts angehaucht und sitzt in U-Haft.

Eugenie Richter, alte Dame mit Prinzipien, macht eine ungewöhnliche Entdeckung in der Kirche.

Ricarda Rode, BKA-Beamtin, ist nicht bei allen in Mannheim gern gesehen.

Theresa Ruefli ist Fabians Schweizer Freundin, später seine Verlobte. Zur Familie Ruefli gehören weiterhin: Mutter Regula, die eine Schwäche für Heidschnucken hat, Schwester Agneta, Architektin im Haus am Heuberg in Basel und Bruder Urs, Chefarzt am Universitätsspital in Basel.

Roger Schuck, Sachbearbeiter bei Ellstorm in Mannheim, nimmt seine Person überaus wichtig.

Dieter Schwarze kocht vorzüglich in der *Krone* in Altleiningen und ist mit Johanna, der Wirtin dort, verheiratet.

Schwegler, Kriminaloberrat, Leiter der Kriminalinspektion 1, direkter Vorgesetzter von Clement, muss diesen überraschend vertreten.

Hanne Seeigel-Meier pflegt Lauer am Wochenende und braucht dann eine Auszeit von der Beziehung.

Herr Siegel ist Konrektor an der Feudenheim-Realschule.

Innocent Simbisi führt das gewissenhaft aus, was sein Vorgesetzter befiehlt, und erhält dafür die Quittung.

Marita Strauß unterrichtet katholische Religion und Musik an der Feudenheim-Realschule und möchte Kindern in Afrika helfen.

Annemarie Werner ist und bleibt der gute Geist in L 6, ihre Vorliebe für Fritz Wunderlich hält ungebrochen an.

Danke an

Arne Perras, der in dem Artikel »Die unausgesprochene Katastrophe« (Süddeutsche Zeitung vom 12. Dezember 2012) von zwei Männern im Kongo berichtet, die Opfer einer Vergewaltigung wurden. Durch diesen Beitrag bin ich erst auf die Problematik aufmerksam geworden.

Markus Frenzel, der in seinem Buch »Leichen im Keller« (Deutscher Taschenbuch Verlag, München 2011) darüber schreibt, wie Deutschland internationale Kriegsverbrecher unterstützt. Sein Kapitel über den Vernichtungsfeldzug der FDLR-Rebellen gegen die Zivilbevölkerung im Ostkongo ist hervorragend recherchiert und hat mir viele nützliche Informationen gegeben.

Familie Weber-Stadelmann, eine »Schweizer Originalfamilie«, die dem Buch mit der Geschichte vom Haus auf dem Heuberg in Basel und den Textpassagen in Schwyzer-Deutsch noch eine spezielle Färbung gegeben hat.

Annerose Weinberger, die die Idee mit dem verschwundenen Chef hatte.

Martin Boll, von dem ich das Wort »Grenzüberschreitungsbescheinigung« gelernt habe, und der mir immer weitergeholfen hat, wenn ich nicht mehr weiterwusste, selbst wenn er gerade in Urlaub war.

Ulrich Wellhöfer, meinen Verleger, in dessen Verlag nun schon mein fünfter Einzeltitel erscheint.

Florian, der bei der Titelauswahl am längeren Hebel saß und der mich auf Ungenauigkeiten bei der Beschreibung der alltäglichen Polizeiarbeit aufmerksam machte. Sein Standardsatz: »Im ›Tatort‹, da wäre das vielleicht möglich ...«

Julia, die in Basel wohnt und als Erste, trotz vielfältiger Arbeitsbelastung, das Manuskript durchsah, viele Fehler entdeckte, gute Änderungsvorschläge hatte und mich in jeder Hinsicht ermutigte.

Irene, die sich als Letzte »Mordsherbst« vornahm, mit der ich an mal warmen, mal verregneten Augustabenden im Frauenthal und in Feudenheim die Endfassung erstellte, bei manchem Glas Wein, rot oder weiß, aus Dirmstein oder von anderswo.

Bluthitze

Walter Landin – 272 Seiten, Euro 11,90

Gluthitze über Mannheim. Hauptkommissar Lauer ermittelt im Fall eines erschossenen polnischen Erntehelfers. Sein Kollege, Oberkommissar Meißner fällt aus, eine Praktikantin scheint ihm das Leben auch nicht leichter zu machen. Zu allem Überdruss hat Lauer gleich darauf eine zweite Leiche am Hals: eine Journalistin, erschlagen mit einem Beil – Mord im Doppelpack.
Und als sich endlich einiges zu lichten scheint, führen die Spuren plötzlich zurück in die Vergangenheit. Ein weiterer Mord rückt in den Blickpunkt der Ermittler.

Eiswut

Walter Landin – 320 Seiten, Euro 11,90

Kommissar Lauer ermittelt
Januar 2009. In Mannheim werden zwei Leichen aufgefunden. Gibt es einen Zusammenhang? Werden weitere Morde folgen? Ein undurchsichtiger Fall sorgt für Hochspannung bis zur letzten Seite.

Zauberer des Wortes, Walter Landin, der mehrfach ausgezeichnete Mannheimer Krimiautor.
Mannheimer Morgen

www.wellhoefer-verlag.de

Tod im Jungbusch

Nora Noé – 224 Seiten, Euro 14,95

Die Frauenleiche von der Teufelsbrücke hält die Jungbusch-Bewohner in Atem. Es verschwinden weitere Menschen, im Hafenviertel geht die Angst vor dem „Kanal-Killer“ um.
Doch ist es wirklich ein Serientäter, der hier sein Unwesen treibt?
Liegt der Schlüssel zur Lösung des Falls vielleicht in der Vergangenheit? Die wilden Studentenzeiten der 70er-Jahre rücken in den Blickpunkt aber auch die längst vergessenen Kellergewölbe in der Filsbach.

Mannheim auf die kriminelle Tour

Walter Landin u.a. – 280 Seiten, Euro 14,95

„Mannheim auf die kriminelle Tour“ – unter diesem Motto haben sich bekannte Krimiautoren der Region versammelt und garantieren in 29 Kurzgeschichten packende Spannung und beste Krimi-Unterhaltung von der ersten bis zur letzten Seite.

… und wie bei den bereits erschienenen Krimisammlungen „Mord im Quadrat“ und „Mörderisches Mannheim“ heißt es auch diesmal wieder:

Passen Sie gut auf sich auf, denn Mord ist eine ernste Sache.

Eine todernste!